Diogenes Taschenbuch 22708

de
te
be

W0412662

Robert Bloch

Der große Kick

Geschichten

Aus dem Amerikanischen von Jobst-Christian Rojahn

Diogenes

Titel der Originalausgaben,
denen die Geschichten entnommen sind:
›Such Stuff As Dreams Are Made of‹, Ballantine Books,
New York, 1979, Copyright © 1979 by Robert Bloch,
›Cold Chills‹, Doubleday & Company, Inc., New York 1977,
Copyright © 1977 by Robert Bloch;
›Mysteries Of The Worm‹, Kensington Publishing Corp.,
New York 1981, Copyright © 1981 by Robert Bloch.
Umschlagzeichnung von Hans Traxler

Deutsche Erstausgabe

60/94/36/1
ISBN 3 257 22708

Inhalt

Der Spiegelfluch

Rod zog das Huhn aus dem Stoffbeutel und warf es in die Grube hinab.

Das Huhn kreischte und flatterte, und Rod sah schnell weg. Die gaffende Menge, die sich um die Leinwandumzäunung der Grube eingefunden hatte, beachtete ihn nicht – alle Augen waren jetzt auf das gerichtet, was sich da unten abspielte. Dort war ein gackerndes, ein kratzendes Geräusch zu hören und dann bei den Zuschauern ein plötzliches, scharfes, gleichzeitiges Einatmen.

Rod brauchte nicht hinzusehen. Er wußte, daß das Rummelplatzmonster das Huhn erwischt hatte.

Dann fing die Menge an zu brüllen. Es war ein seltsames Getöse, zusammengesetzt aus dem Kreischen von Frauen, hartem, rauhem Gelächter am Rande der Hysterie und tiefem, rauh-männlichem Murmeln schockierten Abscheus.

Rod wußte auch, was dieses Geräusch bedeutete.

Das Jahrmarktmonster biß dem Huhn den Kopf ab.

Rod stolperte aus dem kleinen Zelt, blickte sich nicht um, war dankbar für die kühle Abendluft, die sein schweißnasses Gesicht fächelte. Sein Hemd unter dem billigen Blazer war vollkommen durchnäßt. Er würde sich wieder umziehen müssen, bevor er auf das Podest zurückkehrte, um die nächste Ansage zu machen.

Die Ansagerei selbst machte ihm nichts aus. Es war sein Job zu reden, und er machte ihn gut. Er haute gern die Tölpel übers Ohr und zog ihnen das Geld aus der Tasche. Dort oben vor diesen blöden Spruchbändern zu stehen und was über die »Exotischen Menschenwesen« rumzulabern, das gab ihm stets seinen Kick, auch wenn er nur für eine miese Freiluftshow arbeitete, die nie über das nördliche Tennessee hinauskam. Das war jetzt die dritte Saison, die er hier dabei war, und er war ein Profi, ein echter Marktschreier.

Aber auf einmal hatte er vor irgend etwas Angst, ganz plötzlich. Sinnlos, sich da was vorzumachen, er mußte der Sache ins Auge sehen.

Rod fürchtete sich vor dem Rummelplatzmonster.

Er ging hinter dem Minizelt herum in Richtung seines Wohnwagens, zog dabei sein Taschentuch heraus und wischte sich die Stirn ab. Das half ein bißchen, aber er konnte nicht fortwischen, was in seinem Kopf war. Die kalte, klamme Angst saß da drin, Tag und Nacht.

Das Blöde daran war, daß es sich nicht erklären ließ. Der »König der Volksfeste« war noch nie zimperlich gewesen – und hier draußen in der finsteren Provinz konnte man sich alles erlauben, da war das Umbringen von Hühnern noch harmlos. Wen jucken schon Hühner? Die Schlachter hacken täglich eine Million Köpfe ab. So ein Huhn ist bloß ein lausiger Vogel und ein Rummelplatzmonster nur ein elender Weinsäufer. Ein verkrachter Alkoholiker, der sich mit 'nem Anreißer zusammentut, sich so ein zusammengestoppeltes Outfit übern Kopf zieht, das ihn zum wilden Mann macht, und in seiner Grube rumhüpft, während der Ansager der Menge was über dieses wilde Ungeheuer erzählt, halb Mensch und halb Tier. Dann schmeißt er sein Huhn rein, und das Monster zieht seine Nummer ab.

Rod schüttelte den Kopf, aber was darin war, bewegte sich nicht. Es blieb da, kalt und klamm und zu einer Kugel zusammengerollt. Es war seit Beginn der Saison fast die ganze Zeit über da gewesen, aber jetzt wurde Rod klar, daß es wuchs. Die Angst wurde immer größer.

Aber wieso? Er hatte in den vergangenen drei Jahren schon mit einer Reihe von Säufern zusammengearbeitet. Vielleicht war es ja nicht das Allertollste, sich seinen Lebensunterhalt damit zu verdienen, daß man lebenden Hühnern den Kopf abbiß, aber wenn das diesen Jahrmarktmonstern nichts ausmachte, warum sollte dann er sich den Kopf darüber zerbrechen? Und er wußte doch, daß so ein Jahrmarktmonster kein wirkliches Monster war, sondern bloß ein armer Schlucker, der Pech gehabt hatte und an der Flasche hing – bereit, alles zu machen, solange er nur seine tägliche Ration Sprit bekam.

Das Monster, das sie für diese Saison eingestellt hatten, hieß Mike. Ein stiller Bursche, der sich außerhalb der Arbeitszeit von allen fernhielt. Unter seinem mit angerußtem Korken fabrizierten Make-up verbarg sich das traurige, runzlige Gesicht eines Fünfzigjährigen. Fünfzig harte Jahre, davon vielleicht dreißig Jahre starker Sauferei. Er redete nie, nahm nur seine Pulle und rollte sich zwischen den Zeltbahnen auf einem der Laster zusammen. Wenn Rod ihn so sah, hatte er nie Angst. Wenn er überhaupt irgend etwas fühlte, dann eher so eine Art Mitleid mit diesem armen Schwein.

Nur wenn das Rummelplatzmonster in seiner Grube war, spürte Rod, wie sich das Angstknäuel in ihm entrollte. Wenn er die wollige Perücke und das schwarze Gesicht sah, die angemalten Hände, die zupackten und krallten ... ja, und wenn er den Mund grinsend geöffnet sah, so daß darin die verfaulten, gelben Zähne sichtbar wurden, bereit zuzubeißen ...

Oh, das setzte ihm ganz schön zu, er war jetzt wirklich ziemlich mit den Nerven runter. Aber niemand wußte davon. Und niemand würde es je erfahren. Rod hatte nicht vor, sich hier auf dem Platz bei irgend jemandem auszuweinen, und wie würde das wohl aussehen, wenn er zu irgend so einem Seelenklempner liefe und sagte: »He, Doktor, helfen Sie mir, ich hab solche Angst, daß ich mich in ein Rummelplatzmonster verwandle.« So dumm war er nun auch wieder nicht. Kein Seelenklempner konnte ihm helfen, und mochte kommen, was wollte, er würde nie als Jahrmarktmonster enden und sich damit sein Brot verdienen. Er würde damit schon selbst fertig werden. Er mußte es und würde es auch, solange ihm niemand auf die Schliche kam und ihn dann damit nerven würde.

Rod stieg die Stufen hinauf, zog das Jackett aus und knöpfte sein nasses Hemd auf, als er in die Dunkelheit des Wohnwagens trat.

Und dann spürte er die Hände über seine nackte Brust gleiten, sich nach oben über seine Schultern schieben, um ihn zu umarmen, und er roch den Duft, spürte die Wärme und den Druck, hörte dabei die geflüsterten Worte: »Rod ... Liebling ... bist du überrascht?«

Um die Wahrheit zu sagen, Rod war nicht überrascht. Er freute sich, daß sie auf ihn gewartet hatte. Er nahm sie in die Arme und drückte seinen Mund auf den ihren, als sie zusammen auf das Feldbett sanken.

»Cora«, murmelte er. »Cora ...«

»Schschsch! Keine Zeit für Gerede.«

Sie hatte recht. Es blieb keine Zeit, denn er mußte in fünfzehn Minuten wieder auf dem blöden Podest stehen. Und es war eh keine besonders schlaue Idee, sich groß zu unterhalten, wo doch Madame Sylvia rumschlich und plötzlich aus dem Nichts auftauchen konnte, wenn man sie am wenigsten erwartete. Warum, zum Henker, mußte

Cora bloß so eine alte Krähe wie Madame Sylvia zur Großmutter haben?

Aber Rod dachte jetzt nicht mehr an Großmütter, auch nicht mehr an Rummelplatzmonster. Denn Cora brachte es fertig, daß sich die kalte, klamme Angst auflöste in warmes, sich windendes, verlangendes Fleisch. In Augenblicken wie diesem wußte Rod, warum er nicht abspringen konnte, warum er dabeiblieb. Dabeibleiben hieß, bei ihr zu bleiben, und das war ihm genug – das war das Größte, mit Bändern und Schleifchen!

Erst später, als er sich in sein Hemd wurstelte und sie flüstern hörte »Bitte beeil dich, Darling, und laß uns hier rauskommen, bevor sie sich auf die Suche nach mir macht!«, da fragte er sich, ob es das alles wirklich wert war. Dieses ganze Rumgemache für eine schnelle Fummelei im Dunkeln, mit einem jungen Küken, das sich so gut wie jedesmal die Jeans vollmachte, wenn die Alte es nur schief ansah.

Klar, Cora war ein hübsches Ding, wie maßgeschneidert für ihn. Aber bei Licht besehen war sie noch ein Kind, und niemand würde je ihr Gehirn mit einem Computer verwechseln. Und außerdem war sie eine Mexikanerin – na ja, vielleicht nicht ganz, aber sie war eine Zigeunerin, und das lief auf dasselbe raus.

Auf dem Weg zurück zu seinem Podest, wo die letzte Ansage des Tages fällig war, entschied Rod, daß es an der Zeit sei, die Sache mal abkühlen zu lassen. Von jetzt an war Frostigkeit angesagt.

Die Show packte noch am gleichen Abend zusammen, um für zehn Tage auf den Festplatz von Mazoo County umzuziehen. Dort bauten sie den ganzen Tag lang auf, und dann strömten schon die Massen herbei, die Bauernlümmel von den Farmen oben in den Bergen. Müssen ein paar tausend gewesen sein, die Abend für Abend kamen, und alle wollten was erleben.

Es gelang Rod, Cora fast eine Woche lang aus dem Weg zu gehen, ohne daß dies zu offenkundig geschah. Ihre Großmutter betrieb die Handlesebude am anderen Ende des Mittelweges, und Cora machte für sie den Lockvogel, war also normalerweise viel zu beschäftigt, um sich davonstehlen zu können. Ein paarmal sah Rod sie unten in der Menge, die um sein Podest herumstand, sah, wie sie ihm Zeichen machte, aber er schaute immer in die andere Richtung und tat so, als sähe er sie nicht. Und einmal hörte er sie mitten in der Nacht an seiner Wohnwagentür kratzen und ihn leise rufen, aber da gab er vor zu schlafen, und nach ungefähr zehn Minuten ging sie wieder weg.

Das Problem war nur, daß Rod ganz und gar nicht mehr so gut schlief – es war so, daß er jetzt jedesmal, wenn er die Augen zumachte, die Grube sah, das schwarze Jahrmarktmonster und das weiße Huhn.

Deshalb ließ er Cora auch, als sie das nächste Mal an seiner Tür kratzte, zu sich herein, und für eine Weile war er raus aus der Grube und sicher in ihren Armen. Und statt des knurrenden Monsters und des gackernden Huhns hörte er in der Dunkelheit ihre Stimme, ihre warme, sanfte Stimme, die flüsterte: »Du liebst mich doch, nicht wahr, Rod?«

Die Antwort fiel ihm leicht, kam so, wie sie immer kam: »Klar tu ich das. Weißt du doch.«

Ihre Finger schlossen sich fester um seine Arme. »Dann ist's gut. Dann können wir heiraten, und ich kann das Baby kriegen ...«

»Baby?«

Er setzte sich schnell auf.

»Ich wollte es dir nicht sagen, Schatz, nicht, bevor ich ganz sicher war, aber das bin ich jetzt.« Ihre Stimme zitterte. »Denk nur mal, Liebling . . .«

Er dachte schon. Und als er sprach, klang seine Stimme heiser.

»Deine Großmutter . . . Madame Sylvia . . . weiß sie es?«

»Noch nicht. Ich wollte, daß du mitkommst, wenn ich's ihr sage . . .«

»Sag ihr nichts.«

»Rod?«

»Sag ihr nichts. Mach es weg.«

»Schatz . . .«

»Du hast gehört, was ich gesagt hab.«

Sie versuchte ihn festzuhalten, aber er entwand sich ihr, stand auf und griff nach seinem Hemd. Sie weinte jetzt, aber je lauter sie schluchzte, desto mehr beeilte er sich, in seine Kleider zu kommen, so, als wäre sie gar nicht da. So, als ob sie gar nicht all diesen Blödsinn stotterte und stammelte – von wegen was er denn meine, das könne er doch nicht machen, er müsse ihr zuhören, und wenn die Alte das rausfände, würde sie sie umbringen.

Rod wollte sie anschreien, sie solle die Schnauze halten, er wollte ihr eins so aufs Maul hauen, *daß* sie es hielt, aber er schaffte es, sich zu beherrschen.

»Nun mal ganz ruhig, Herzchen«, sagte er. »Laß uns auf dem Teppich bleiben. Ist doch alles kein Problem.«

»Aber ich hab dir gesagt . . .«

Er tätschelte im Dunkeln ihren Arm. »Reg dich ab, ja? Du hast nichts zu befürchten. Du hast doch selbst gesagt, daß die alte Dame noch nichts weiß. Mach es weg, und sie wird nie was erfahren.«

Gott im Himmel, es war alles so einfach, daß man hätte meinen sollen, selbst so ein Schwachkopf wie Cora würde es kapieren. Statt dessen aber heulte sie wieder, lauter als je zuvor, und trommelte mit den Fäusten auf ihm herum.

»Nein, nein, das kannst du nicht von mir verlangen! Wir müssen heiraten, das erste Mal, wo ich dich rangelassen hab, da hast du mir versprochen, sobald die Saison vorbei wär . . .«

»Was mich anbetrifft, ist die Saison in diesem Augenblick zu Ende.« Rod versuchte, seine Stimme unter Kontrolle zu halten, aber als sie wieder auf ihn losging und sich an ihn klammerte, war das irgendwie schlimmer, als ihre Fäuste zu spüren zu bekommen. Das hielt er nicht länger aus, nicht dieses Anklammern, nicht dieses heulende Gewinsel.

»Hör mir zu, Cora. Es tut mir leid, was passiert ist, das weißt du. Aber das mit dem Heiraten kannst du streichen.«

So, wie sie da explodierte, hätte man meinen können, das Ende der Welt sei gekommen, und er mußte ihr eine runterhauen, um zu verhindern, daß der ganze verdammte Platz ihr Geschrei zu hören bekam. Er fühlte sich irgendwie mies, daß er ihr eine hatte knallen müssen, aber immerhin wurde sie danach so ruhig, daß er sie schnell rausschaffen konnte. Sie ging davon, noch immer weinend, aber sehr still. Sie hatte wenigstens kapiert, was Sache war.

Rod sah sie am nächsten Tag nicht, auch nicht am darauffolgenden. Aber um sie davon abzuhalten, daß sie ihm wieder auf den Wecker ging, verbrachte er die beiden Nächte drüben in Boots Donahues Wohnwagen und spielte ein bißchen Poker mit den Jungs. Er dachte sich, daß er, wenn es Schwierigkeiten geben sollte und er schnell verduften müßte, vielleicht ein paar Extradollars für die alte Meckerziege gut gebrauchen könnte.

Nur klappte es leider nicht ganz so. Normalerweise hatte er bei Karten ziemliches Glück, aber diesmal lief es an beiden Abenden nicht gut und endete damit, daß seine nächsten drei Wochenlöhne verpfändet waren. Das war schon arg genug, aber am nächsten Tag kam es noch ärger.

Basket Case setzte ihn ins Bild.

Rod war gerade auf dem Weg zum Küchenzelt, um zu frühstücken, als ihn Basket Case zu sich rief. Er lag auf einem alten Armeefeldbett vor seinem Wohnwagen, eine Zigarette im Mund.

»Haste mal Feuer?« fragte er.

Rod hielt ihm zwischen schützenden Händen ein Streichholz hin und blieb da, denn er wußte, daß er die Asche wegschnipsen mußte, solange Basket Case rauchte. Und einem Burschen, der ohne Arme und Beine auf die Welt gekommen ist, fällt's auch nicht ganz leicht, seine Kippe loszuwerden.

Komisch, die »Exotischen Menschenwesen« machten Rod nichts, wie eigenartig sie auch immer aussehen mochten. Sogar Basket Case, der nur ein lebender Kopf war, welcher auf einem gestaltlosen Klumpen von Rumpf saß, verursachte ihm keine Gänsehaut. Vielleicht war das so, weil es dem alten Basket Case selbst nichts auszumachen schien – der nahm es einfach als gegeben hin, daß er eine Mißgeburt war. Und er benahm sich und klang immer ganz normal, nicht so wie dieses versoffene Ungeheuer, das sich eine entsetzliche Perücke aufsetzte und sich das Gesicht schwärzte und Laute von sich gab wie ein blutdürstiges Tier, wenn es sich auf ein Huhn warf ...

Rod versuchte den Gedanken zu verscheuchen und zog eine Zigarette für sich selbst raus. Er nahm gerade ein Streichholz aus der Schachtel, als Basket Case zu ihm hochsah.

»Schon gehört?«

»Was denn?«

»Cora ist tot.«

Rod verbrannte sich die Finger, und das Streichholz fiel zu Boden.

»Tot?«

Basket Case nickte. »Gestern abend. Madame Sylvia hat sie nach der letzten Vorstellung im Wohnwagen gefunden ...«

»Was ist passiert?«

Basket Case sah ihn nur an. »Dachte, das könntest du mir vielleicht sagen?«

Rod mußte die Worte herauswürgen. »Was soll denn der Quatsch bedeuten?«

»Nichts.« Basket Case zuckte die Achseln. »Madame Sylvia hat Donahue erzählt, das Kind wär an 'nem geplatzten Blinddarm gestorben.«

Rod holte tief Luft. Er zwang sich, traurig auszusehen, aber ganz plötzlich fühlte er sich gut, richtig gut. Bis er Basket Case sagen hörte: »Die Sache ist bloß, daß ich noch nie von jemand gehört hab, der seinen Blinddarm mit 'ner Stricknadel zum Platzen gebracht hat.«

Rod streckte die Hand aus und nahm Basket Case die Zigarette aus dem Mund, um die Asche abzustreifen. So, wie seine Hände zitterten, brauchte er gar nicht nachzuhelfen – sie fiel ganz von allein ab.

»Die Blinddarmgeschichte ist nur Tarnung ... Madame Sylvia möchte nicht, daß die Bullen hier rumschnüffeln.« Basket Case nickte, als ihm Rod die Zigarette wieder zwischen die Lippen steckte. »Aber wenn du mich fragst, sie weiß Bescheid.«

»Jetzt hör mal, wenn du damit sagen willst, was ich annehme, dann vergiß es besser ...«

»Klar doch, ich werd's vergessen. Aber sie nicht.« Basket Case senkte die Stimme. »Die Beerdigung ist heute nachmittag. Drüben auf dem Friedhof vom County. Du läßt dich besser mit uns anderen zusammen dort sehen, damit's nicht irgendwie komisch wirkt. Danach, rat ich dir, mach dich schleunigst davon.«

»Nun aber mal sachte ...« Es drängte Rod weiterzusprechen, aber was hatte das schon für einen Zweck? Basket Case wußte es, und es war sinnlos, ihm was vormachen zu wollen. »Ich kann nicht abhauen«, sagte er. »Ich steh bei Boots Donahue mit drei Wochenlöhnen in der Kreide. Wenn ich verdufte, erzählt er's allen weiter, und ich kann nie mehr als Ansager arbeiten, jedenfalls nicht in dieser Gegend.«

Basket Case spuckte die Zigarette aus. Sie landete neben dem Feldbett auf dem Boden, und Rod trat sie aus. Basket Case schüttelte den Kopf. »Kümmere dich nicht um das Geld«, sagte er. »Wenn du nicht abhaust, arbeitest du nirgends mehr.« Er sah sich vorsichtig um, und als er weitersprach, war seine Stimme nur noch ein Flüstern. »Kapierst du denn nicht? Das ist doch der springende Punkt ... Ich sage dir, Madame Sylvia weiß, was passiert ist.«

Rod dachte nicht daran zu flüstern. »Diese alte Schlampe? Du hast doch selbst gesagt, daß sie keinen Stunk mit den

Polypen haben will, und selbst wenn, könnte sie gar nichts beweisen. Wovor soll ich also Angst haben?«

»Vor dem Spiegelfluch.«

Rod blinzelte ihn an.

»Muß ich's dir genau erklären? Also, vor drei Jahren, kurz bevor du zur Show gekommen bist, da war ein Kerl namens Richey Chef vom Zeltbaukommando. Riesig netter Bursche, aber er hatte ein Problem – er hatte Angst vor Schlangen. Babe Flynn arbeitete mit denen, hatte ein paar Boas für ihre Nummer, alle völlig harmlos. Aber Richey hatte nun mal was gegen Schlangen und kam nicht mal ihrem Wagen nahe.

Sein Fehler war, daß er dem Wagen von Madame Sylvia nahe kam. Cora war damals noch recht jung, erblühte gerade erst, könnte man sagen, aber das hinderte Richey nicht daran, einen Vorstoß zu machen. Nichts Ernstes, nur so Konversation. Wie die Alte dahintergekommen ist, weiß ich nicht, und ich weiß auch nicht, wie sie herausgefunden hat, daß er vor Schlangen Angst hatte, denn er versuchte natürlich immer, das zu verbergen.

Eines Nachmittags, es war der letzte Tag unseres Gastspiels in Red Clay, machte Madame Sylvia einen kleinen Spaziergang rüber zu Richeys Wohnwagen. Er stand gerade draußen, rasierte sich vor einem Spiegel, der an der Tür hing.

Sie sagte kein Wort zu ihm, sah ihn nicht mal an ... Sie starrte nur auf sein Bild im Spiegel. Dann machte sie ein paar Handbewegungen, murmelte irgendwas leise vor sich hin und ging wieder weg. Das war alles.

Am nächsten Morgen tauchte Richey nirgends auf. Sie fanden ihn dann auf dem Boden seines Wohnwagens liegen, mausetot. Die Hälfte seiner Knochen war gebrochen, und so, wie sein Körper zerdrückt worden war, hätte man schwören können, daß ihm ein ganzes Dutzend Boas das Gedärm zerquetscht hatte. Ich hab sein Gesicht gesehen, und du kannst mir glauben, das sah gar nicht schön aus.«

Rods Stimme war rauh. »Du meinst, die Alte hat diese Schlangen auf ihn angesetzt?«

Basket Case schüttelte den Kopf. »Babe Flynn hielt die Schlangen in ihrem Wohnwagen fest unter Verschluß. Sie schwor ein übers andere Mal, daß denen am Abend zuvor niemand auch nur nahe gekommen sei, geschweige denn sie rausgelassen habe. Aber Richey war tot. Und das meine ich eben mit dem Spiegelfluch.«

»Also . . .« Rod sprach zwar zu Basket Case, aber er selbst wollte es auch hören. »Madame Sylvia ist bloß 'ne Handleserin wie alle anderen auch und dreht den armen Schluckern erdichtete Vermögen an. Dieser ganze Quark mit den Zigeunerflüchen . . .«

»Okay, okay.« Basket Case zuckte die Achseln. »Aber wenn ich du wäre, würde ich hier verduften, und zwar schnell. Und bis dahin würde ich zusehen, daß mich die Alte nicht erwischt, wenn ich vor 'nem Spiegel stehe.«

»Danke für den Tip«, sagte Rod.

Als er davonging, rief ihm Basket Case noch nach: »Wir sehn uns bei der Beerdigung.«

Aber Rod ging nicht zu der Beerdigung.

Nicht, weil er etwa irgendwie Angst gehabt hätte oder so was – er mochte lediglich die Vorstellung nicht, da an Coras Grab zu stehen und von allen angeschaut zu werden, als wüßten sie Bescheid. Und sie wußten's inzwischen mit Sicherheit, alle. Vielleicht wäre es wirklich schlau, sich hier aus dem Staub zu machen, wie Basket Case gesagt hatte, aber nicht jetzt. Nicht, bevor er nicht zurückzahlen konnte, was er Donahue schuldete. Die nächsten drei Wochen mußte er durchhalten.

In der Zwischenzeit würde er sich halt vorsehen. Nicht, daß er diese verrückte Geschichte von dem Spiegelfluch etwa glaubte – Basket Case wollte ihn nur verarschen, das sollte so 'n Witz sein. Aber es schadete nie, vorsichtig zu sein.

Deshalb rasierte sich Rod auch schon an diesem Nachmittag für die Abendvorstellung. Er wußte, daß die Alte bei der Beerdigung war, wie alle anderen auch. Sie konnte sich nicht von hinten an ihn ranschleichen, um sich von seinem Spiegelbild seine Seele zu holen ...

Nein, das würde sie garantiert nicht tun!

Rod schnitt sich selbst eine Grimasse im Spiegel. Was war überhaupt mit ihm los? Diese Sache mit dem Fluch, die glaubte er doch gar nicht.

Aber irgend etwas stimmte nicht. Denn als er wieder in den Spiegel blickte, konnte er sich für einen kurzen Moment nicht sehen. Statt dessen starrte er in ein schwarzes, grinsendes Gesicht mit geröteten, blutunterlaufenen Augen und einem verzerrten Mund, der sich öffnete, so daß die gelben Raubtierzähne sichtbar wurden.

Rod blinzelte, und das Gesicht verschwand. Es war wieder sein eigenes Spiegelbild, das ihn ansah. Aber seine Hand zitterte so, daß er den Rasierer hinlegen mußte.

Als er nach der Flasche auf dem obersten Regalbrett griff, zitterte seine Hand immer noch, und er verschüttete von dem Whiskey mehr, als ihm ins Glas zu gießen gelang. Deshalb nahm er einen ordentlichen Schluck direkt aus der Flasche. Und dann noch einen, bis seine Hände wieder ruhig waren. Gut für die Nerven, so ein gelegentliches Schnäpschen. Man mußte sich nur in acht nehmen vor dem Zeug, durfte ihm nicht zu sehr nachgeben. Denn wenn man nicht aufpaßte, hing man schon bald an der Flasche, und ehe man sich's versah, fand man sich in der wüsten Perücke und mit einem schwarzen Gesicht da unten in der Grube wieder und wartete auf das weiße Huhn ...

Zum Teufel mit diesem Geräusch. Es würde nicht passieren. Nur noch die paar Wochen, dann war er hier weg, keine Ansagerei mehr, nichts, was ihn je wieder nerven würde. Alles, was er jetzt tun mußte, war, die Ruhe bewahren und sich vorsehen.

Rod war sehr vorsichtig, als er am Abend auf sein Podest raufstieg und das Mikro für die Ansage richtete. Als er da vor den verdammten Postern stand, fühlte er sich gut, wirklich sehr gut, und die paar Extraschlucke, die er nur so als Glücksbringer aus der Flasche genommen hatte, schienen dieses Knäuel der Angst in seinem Kopf abgewickelt zu haben. Es war leicht, seine Ansage zu den »Exotischen Menschenwesen« zu machen – »Alles hier drin zu sehen, Leute, alles hier drin« – und zuzugucken, wie sich die Blödmänner da unten drängten. Die Einfaltspinsel – sie waren die eigentlichen Mißgeburten, nur daß sie es nicht wußten. Schmissen ihr Geld raus, um so arme Teufel wie Basket Case zu beglotzen, und zahlten dann noch drauf für die EXTRA-ATTRAKTION, ZUTRITT NUR FÜR ERWACHSENE in der Grube im Minizelt. Wie pervers mußte einer sein, daß er Geld bezahlte, um ein Rummelplatzmonster zu sehen? Was war mit Leuten wie denen los?

Und was war mit ihm los? Als er über der Grube stand, den Stoffbeutel in der Hand hielt und spürte, wie das

Huhn hilflos darin herumflatterte, da fühlte er auch, wie die Angst in ihn zurückkehrte, um in ihm herumzuflattern. Er mochte nicht in die Grube schauen und das Monster dort kauern sehen, knurrend und das Gesicht verzerrend wie ein echter Wilder. Deshalb blickte er auf die Menge, und das war besser. Die Menge wußte nicht, daß er sich fürchtete. Niemand wußte, daß er Schiß hatte, schon gar nicht, wovor.

Rod sprach zu der Menge, steigerte sich immer mehr, und seine Hände begannen, an der Schnur des Leinenbeutels herumzufummeln, um ihn bald zu öffnen und das Huhn in die Grube zu werfen.

Und da sah er sie.

Sie stand drüben auf der anderen Seite, direkt am Rand der Einfriedung – nur eine kleine alte Frau, die schwarz gekleidet war und ein schwarzes Tuch um ihren Kopf gelegt hatte. Ihr Gesicht war hager, die Haut braun und ledrig, zu einem finsteren Gesichtsausdruck gerunzelt. Eine alte Frau, der niemand Beachtung schenkte – nur er sah sie.

Und sie sah ihn.

Komisch, daß er noch nie Madame Sylvias Augen wahrgenommen hatte. Sie waren groß und braun und stechend – sie starrten jetzt auf ihn, ja, durch ihn hindurch.

Rod riß seinen Blick von ihr los, zwang seine Finger, den Beutel zu öffnen. Die ganze Zeit über redete er mechanisch weiter, kam zum Schluß seiner Ansage, griff dann nach dem Huhn, zog es heraus und warf das gackernde Geschöpf dem anderen Geschöpf unten in der Grube zu – diesem Geschöpf, das knurrte und schnappte und, o mein Gott, jetzt zubiß . . .

Er konnte nicht hinsehen und mußte den Kopf abwenden, sah wieder die Menschenmenge, die jetzt kreischte und sich schauderte und ihren Nervenkitzel bekam. Und sie stand immer noch da und starrte ihn an.

Jetzt aber bewegte sie ihre krallenartige Hand, bewegte sie mit ausgestrecktem Zeigefinger über den zeltleinernen Rand der Grube. Rod wußte, worauf sie zeigte. Sie deutete auf das Jahrmarktmonster in der Grube. Und das faltige Gesicht konnte seinen Ausdruck doch verändern, denn jetzt lächelte es.

Rod drehte sich um und suchte sich seinen Weg hinaus in die Nacht.

Sie wußte Bescheid.

Nicht nur über ihn und Cora, sondern über alles. Diese Augen, die ihn angestarrt und durch ihn hindurchgesehen hatten, hatten auch in ihn hineingeblickt – hineingeblickt und seine Angst entdeckt. Deshalb hatte sie mit dem Finger gezeigt und gelächelt – sie wußte, wovor er sich fürchtete.

Die Lichter am Mittelweg waren hell, aber hinter den Zeltwänden war es dunkler, ausgenommen dort, wo ein Streifen des Mondlichts auf die große Wassertonne fiel, die neben dem Küchenzelt stand.

Rods Gesicht war schweißnaß. Er lief zur Tonne und tauchte sein Taschentuch ins Wasser, um sich die Stirn damit abzuwischen. Es war schon bald wieder Zeit für eine weitere Ansage und die nächste Vorführung. Er mußte sich zusammenreißen.

Das kalte Wasser half ihm dabei, wieder einen kühlen Kopf zu bekommen, und er tauchte das Taschentuch erneut ein. So war's schon besser. Es gab keinen Grund durchzudrehen, bloß weil ihn ein beknacktes altes Weibsbild böse angesehen hatte. All die Geschichten von den

Zigeunern und dem bösen Blick und dem Spiegelfluch, das war doch alles Blödsinn. Und selbst wenn etwas dran sein sollte, er würde sie nicht an sich ranlassen. Er würde sich nicht vor irgendwelche Spiegel stellen ...

Dann blickte er hinunter auf das Wasser in der Tonne, sah im Mondlicht, das darauf fiel, sein Gesicht darin gespiegelt. Und er sah ihr Gesicht – sie stand genau hinter ihm. Ihre Augen blickten starr, und ihr Mund murmelte etwas, und jetzt kamen ihre Hände hoch, machten in der Luft Bewegungen. Sie machte Bewegungen mit den Händen wie eine alte Hexe, sie war dabei, ihn mit dem Spiegelfluch in ein Rummelplatzmonster zu verwandeln.

Rod drehte sich um, und das war das letzte, woran er sich erinnern konnte. Er mußte ohnmächtig geworden, gefallen sein, denn als er wieder zu sich kam, lag er immer noch am Boden.

Aber der Boden war irgendwie anders als der draußen vor dem Zelt – er war mit Sägemehl bedeckt. Und das Licht war heller, es schien zwischen den Segeltuchwänden der Grube direkt auf ihn herab.

Er war in der Grube.

Als Rod das klargeworden war, blickte er auf und wußte, daß es zu spät war, daß sie ihn erwischt hatte, daß er jetzt in dem Körper des Monsters steckte.

Aber da stimmte noch etwas anderes nicht. Die Grube war tiefer, die zeltleinerne Wand drum herum viel höher. Alles schien größer zu sein, selbst die verschwommenen Gesichter, die sich dort ganz oben am Grubenrand drängten. Dort ganz oben – wieso war er so klein?

Als er das Knurren hörte, schoß sein Blick hin und her. Rod drehte sich um und sah wieder nach oben, gerade rechtzeitig, um das schwarze, grinsende Gesicht über sich aufragen zu sehen, zu sehen, wie der riesige Mund sich öffnete und die verfaulten gelben Zähne entblößte. Da erst merkte Rod, was sie ihm wirklich angetan hatte – als die gewaltigen Hände nach ihm schnappten und ihn heranzogen. Einen Augenblick lang gackerte er und flatterte mit den Flügeln.

Dann biß ihm das Rummelplatzmonster den Kopf ab.

Die Tierschau

Es war dunkel, als der Lastwagen Dave an der verlassenen Lagerhalle absetzte. Dave mußte die Augen zusammenkneifen, um die Buchstaben auf dem verwitterten Ortsschild erkennen zu können – MEDLEY, OKLAHOMA – 1134 EINW.

Der Fernfahrer meinte, Dave würde wahrscheinlich auf dem State Highway, der auf der anderen Seite an der Stadt vorbeiführte, weiterkommen können, und so schleppte sich Dave durch den Schlauch der Hauptstraße von Medley. Und das war ein Schlauch!

Neun Uhr an einem heißen Sommerabend, und Medley hatte die Bürgersteige schon hochgeklappt. *Freds Imbiß* hatte dichtgemacht, *Jiffys Supermarkt* war auch zu, sogar *Phils Tankstelle* lag verlassen da. Auf der dunklen Straße standen keine Autos geparkt, und nicht einmal die üblichen Gruppen von Jugendlichen hingen an den Straßenecken rum.

Dave wunderte sich darüber, aber nicht lange. Innerhalb von fünf Minuten hatte er die ganze Hauptstraße hinter sich gebracht, kam am anderen Ende auf freies Feld hinaus – und da sah er die Lichter und hörte die Musik.

Auf dem kleinen Rummelplatz vor ihm war ein Volksfest im Gange – Musik vom Band dröhnte aus Lautsprechern, der Parkplatz war mit Autos vollgestellt, Menschenmengen wogten durch den Mittelweg.

Dave machte sich nicht viel aus dieser Art von Vergnügung, aber er hatte noch achtzig Cent in der Tasche und seit dem Frühstück nichts mehr gegessen. Er bog in die Nebenstraße ein, die zum Festplatz führte.

Wie er sich das schon gedacht hatte, war das Volksfest ein Flop. Eine dieser Freiluftshows, die mit Lastwagen rumziehen. Ein paar klapprige Gäule zum Reiten für die Kinder und eine Menge »Nur hereinspaziert!«-Vorstellungen für die Bauerntrampel der Gegend. Glücksräder drehen, auf Dosen werfen, Lose ziehen, Schwindel dieser Art. Bis er sich an einem der Stände einen Hamburger und einen Kaffee besorgt hatte, wußte er, was hier gespielt wurde – ein großes Scheißspiel.

Das sah Medley, Oklahoma – 1134 Einw. wohl anders. Die ganze verrottete Stadt war an diesem Abend da und wahrscheinlich alle Bauernlümmel der näheren und weiteren Umgebung – sie alle schlurften und drängten, um ans andere Ende des Mittelweges zu gelangen.

Und dort an diesem anderen Ende entdeckte er das kleine rote Zelt mit dem winzigen Podest davor. Schlaff und lustlos in der unbewegten Luft baumelnd, kündete ein sonnengebleichtes Spruchband von den Wundern im Zeltinneren.

CAPTAIN RYDERS HOLLYWOOD-DSCHUNGELSAFARI stand da zu lesen.

Was eine ›Hollywood-Dschungelsafari‹ war, wußte David nicht. Und die zerknitterten Stoffposter an beiden Seiten des Eingangs waren auch keine große Hilfe. Das Bild von einem Burschen im Entdeckeroutfit, der mit einer großen, sich um seinen Hals windenden Schlange kämpfte – der gleiche Typ, wie er einem Krokodil das Maul aufriß – eine weitere Abbildung, auf der er mit einem Löwen rang. Das letzte Poster zeigte den Burschen, wie er neben einem Käfig stand, und in dem Käfig war ein großes, haariges Fragezeichen zu sehen, fast zwei Meter groß. Auch die Buchstaben darunter waren schwarz und haarig. WAS IST DAS? SEHEN SIE SICH DEN KÖNIG DES URWALDS LEBENDIG HIER IM ZELT AN!

Dave hatte keine Ahnung, was das sein sollte, und es interessierte ihn auch nicht allzusehr. Aber er war den ganzen Tag auf diesen Waschbrettstraßen durchgerüttelt worden und war kaputt, und der Lärm der Lautsprecher hier auf dem Mittelweg tat ihm in den Ohren weh. Da drin war wenigstens irgend so etwas wie eine Show im Gange, und als er die Öffnung sah, die an der Ecke des Zelts zwischen Leinwand und Boden klaffte, bückte er sich und schlüpfte hinein.

Das Zelt war ein Leinwandofen!

Dave konnte Öl riechen – an heißen Sommerabenden kann man es in Oklahoma immer riechen. Und die Leute hier drin rochen noch übler. Schlimm genug, daß er selbst Tramper auf der Durchreise war und kein Bad nehmen konnte, aber was für eine Entschuldigung hatten die?

Die Menschen drängten sich um eine kleine, tragbare Bühne aus Brettern, die im Hintergrund des Zelts stand, und hörten einer Ansage von Captain Ryder zu. Jedenfalls dachte Dave, daß er das sein mußte, auch wenn der Typ mit dem unechten Safarihut und den schmutzigen weißen Reithosen seinem Abbild auf den Postern nicht gerade sehr ähnlich sah.

Er rasselte seinen Spruch mit so einer rauh-heiseren Stimme runter, die auch ohne Mikrophon trägt – irgendein Gesülze darüber, daß er mal Stuntman in Hollywood und Afrikaforscher gewesen wäre. Und nirgends war eine Schlange oder ein Krokodil oder ein Löwe zu sehen.

Der miese Hamburger fing an, in Daves Magen mächtig

rumzurumoren, und bei der Hitze und dem Gestank im Zelt hätte er fast kotzen müssen. Er wollte gerade kehrtmachen und sich durch die Menge drängen, als der Mann oben auf der Bühne mit seinem Rohrstock auf die Bretter klopfte.

»Und jetzt, meine Freunde, wenn Sie etwas näher herantreten möchten ...«

Die Menge bewegte sich geschlossen nach vorn, wie die Reiser eines Besens, und Dave wurde an den Rand einer viereckigen, mit Leinwand abgedeckten Grube neben der Bühnenplattform gedrückt. Selbst wenn er es versucht hätte, wäre er da nicht weggekommen. Die Muskelmänner standen dicht gedrängt, warteten.

Dave wartete ebenfalls, aber er hörte auf, der Stimme oben auf der Bühne zuzuhören. All dieses Gerede über das dunkelste Afrika war nichts als Theater. Vielleicht kauften ihm das ja die Trottel da ab, aber er doch nicht, nicht ein Wort. Er hoffte nur, der Macker würde sich beeilen und zum Ende der Show kommen. Er wollte bloß raus hier.

Captain Ryder pochte mit seinem Stock auf die Abdeckung der Grube, und seine heisere Stimme hob sich. Vor Hitze mußte Dave laut gähnen, aber ein paar der Sätze drangen doch zu ihm durch.

»... werden Sie hier heute abend das wildeste Ungeheuer der Welt zu sehen bekommen ... unter größter Gefahr für Leib und Leben eingefangen ...«

Dave schüttelte den Kopf. Er wußte, was da in der Grube war. Irgend so ein lausiges Vieh, secondhand von nem Zirkus gekauft, vielleicht eine räudige Hyäne. Und jede Wette, daß sie nicht mal lebendig war, sondern ausgestopft. Tolle Sache!

Captain Ryder hob die Abdeckung an und zog sie nach hinten von der Grube fort. Er schwenkte seinen Stock.

»Sehen Sie her – der Herr des Dschungels!«

Alles drängte, schob, spähte in die Grube.

Der Menge stockte der Atem.

Und Dave, der mit den anderen schob und spähte, starrte auf das Wesen hinab, das vom Boden der Grube zu ihm heraufblinzelte.

Es war ein lebendiger, voll ausgewachsener Gorilla!

Das Monster hockte auf einem Strohhaufen, und seine gewaltigen Arme waren mit schweren Ketten an eisernen Pflöcken festgemacht. Es glotzte nach oben, zum Rand der Gesichter hinauf, und bewegte dabei seinen großen, grauen Kopf langsam hin und her, hatte den Mund mit den gelben Zähnen geöffnet und die mächtigen Kiefer zu einer leeren Grimasse verzogen. Nur die kleinen, feuchten, rotgeränderten Augen zeigten die Andeutung eines Ausdrucks – genug, um Dave, der noch nie einen Gorilla gesehen hatte, zu sagen, daß dieses Tier krank war.

Das auf dem Boden der Grube ausgebreitete Stroh war naß und dreckig. In einer Ecke stand ein unangetasteter Blechteller mit einer wäßrigen Pampe – kleingehackte Mohrrüben, Okraschoten und Rübenkraut schwammen in einem öligen Schleim, darüber eine Wolke brummender Schmeißfliegen. In der erstickenden Hitze des Zeltes war der beißende Geruch, der aus der Grube aufstieg, kaum noch zu ertragen. Dave spürte, wie sich seine Magenmuskeln erneut zusammenzogen. Er versuchte sich zu zwingen, seine Aufmerksamkeit wieder Captain Ryder zuzuwenden. Der alte Knacker kam gerade von der Bühne runter, trat hinter die Grube und fuhr mit seinem Stock rein.

»... braucht keine Angst haben, Leute, wie ihr seht, ist er völlig harmlos, nicht wahr, Bobo?«

Der Gorilla winselte, duckte sich auf das verschmutzte Stroh, um dem stochernden Stock zu entgehen. Aber die Ketten schränkten seine Bewegungsmöglichkeiten ein, und die Spitze des Stocks bohrte sich in die zottigen Schultern des Tiers.

»Und jetzt wird Bobo den Besuchern einen kleinen Tanz vorführen, ja?« Der Gorilla winselte wieder, aber die Stockspitze stach tief, und die rauhe Stimme festigte sich zum Befehlston.

»Auf, Bobo ... auf!«

Das Tier erhob sich schwerfällig auf die Hinterbeine. Und als sich der Stock über seinen Schultern hob und senkte, begann der massige Körper, sich hin und her zu bewegen. Die Menge machte »Oh!« und »Ah!« und kicherte.

»So ist's recht! Tanz für die Leute, Bobo, tanz...«

Ein Fliegenschwarm brummte um das Tier herum aufwärts, umschwirrte die haarige Gestalt, glänzte in der Hitze. Dave sah, wie sich das kranke Tier schlurfend bewegte, hin und her, hin und her. Dann bewegte sich sein Magen im gleichen Rhythmus, und er mußte die Augen schließen, drehte sich um und kämpfte sich blind durch die dicht gedrängt stehenden Menschen.

»He ... paß doch auf, wo du hintrittst, Freundchen ...«

Dave kam gerade noch rechtzeitig aus dem Zelt raus.

Ohne den Hamburger ging es ihm schon wesentlich besser, und vom Festplatz fortzukommen, half auch, aber nicht genug. Als Dave die Straße zwischen den Feldern entlanglief, spürte er die Übelkeit wiederkommen. Das

Einatmen der öligen Luft machte ihn ganz benommen, und ihm wurde klar, daß er sich mal eine Minute hinlegen mußte. Er ließ sich in den Graben neben der Straße fallen, wo ihm ein Büschel Gras Deckung bot, und schloß die Augen, um das Drehen in seinem Kopf zu stoppen. Nur eine Minute . . .

Die Benommenheit verschwand, aber hinter seinen geschlossenen Lidern konnte er immer noch den Gorilla sehen, immer noch dieses ausdruckslose Gesicht und die nur allzu ausdrucksvollen Augen. Augen, die von dem verdreckten Strohhaufen unten in der Grube hochstarrten, Augen, die von Schmerz und hoffnungsloser Resignation getrübt waren, während die Ketten klirrten und der Stock über die haarige Schulter hinfuhr.

Müßte ein Gesetz geben, dachte Dave. Es müßte ein Gesetz geben, das verbot, ein armes, stummes Geschöpf so zu behandeln. Und der Bursche da, dieser Captain Ryder . . . für ein Vieh wie ihn müßte es auch ein Gesetz geben.

Ach, zum Teufel damit! Es war besser, nicht mehr daran zu denken und sich dafür ein bißchen auszuruhen. Noch ein paar Minuten mehr würden auch nichts schaden . . .

Der Donner weckte ihn schließlich. Er ließ ihn schlagartig zu sich kommen, und dann spürte er, wie die warmen, schweren Tropfen auf seinen Kopf und sein Gesicht prasselten.

Dave stand auf, und der Wind fegte über ihn weg, pfiff über die Felder. Er mußte Stunden geschlafen haben, denn alles war pechschwarz, und als er sich umsah, waren auch die Lichter vom Festplatz weg.

Für einen Augenblick schien der Himmel wie aus Silber, und er konnte den Regen fallen sehen. Sehen, verdammt und zugenäht? Fühlen konnte er ihn – und dann kam der Donner wieder und machte ihm klar, was Sache war. Das war nicht nur so ein Sommerregen, sondern ein richtiges Unwetter! Noch eine Minute, und er würde völlig durchnäßt sein. Bis er den State Highway erreicht hätte, konnte er schon ertrunken sein, und anhalten würde auch niemand. Bei so einem Wetter fuhr niemand durch die Gegend.

Dave zog den Reißverschluß seiner Jacke zu, klappte den Kragen hoch. Das half zwar nichts, die Straße langzulaufen auch nichts, aber warum sollte er sich nicht in Bewegung setzen? Er hatte den Wind im Rücken, was es ein bißchen leichter machte, aber gegen den Regen zu gehen war so, als liefe man durch eine Wasserwand.

Wieder das Zucken eines Blitzes, wieder das Rollen des Donners. Und dann verbanden sich Zucken und Rollen und bekamen etwas Gleichmäßiges. Das Licht wurde heller, und das Geräusch übertönte das Zischen von Wind und Regen.

Dave sah sich um und erkannte die Ursache: die Scheinwerfer und der Motor eines Lastwagens, der auf der Straße hinter ihm herankam. Als er sich noch weiter genähert hatte, wurde Dave klar, daß es gar kein Laster war, sondern ein Wohnmobil, eines von diesen Doppeldeckerdingern mit einer Fahrerkabine vorn dran.

Im Augenblick war ihm scheißegal, was genau das für ein Gefährt war – Hauptsache, es hielt an und nahm ihn mit. Als das Wohnmobil fast auf seiner Höhe war, trat Dave auf die Straße raus und winkte.

Das Wohnmobil wurde langsamer, hielt an. Die schattenhafte Gestalt in der Fahrerkabine beugte sich hinter dem Lenkrad hervor zur Seite, und eine Hand stieß das Ausstellfenster auf der Beifahrerseite auf.

»Willst du mit, Mann?«

Dave nickte.

»Steig ein.«

Die Tür ging auf, und Dave kletterte in die Fahrerkabine. Er rutschte ein Stück über den Sitz und zog die Tür hinter sich zu.

Das Wohnmobil setzte sich wieder in Bewegung.

»Mach das Fenster zu«, sagte der Fahrer. »Es regnet rein.«

Dave schloß das Fenster und wünschte, er hätte es nicht getan. Die Luft in der Kabine war zum Schneiden – es stank nicht nur nach Schweiß, sondern nach noch etwas anderem. Dave erkannte den Geruch, noch ehe der Fahrer die Flasche aus seiner Jackentasche gezogen hatte.

»Wie wär's mit 'nem Schluck?«

Dave schüttelte den Kopf.

»Billiger Maisschnaps. Schmeckt beschissen, ist aber besser als gar nichts.«

»Nein, danke.«

»Wie du willst.« Die Flasche wurde gekippt und gluckerte. Ein Blitz erhellte die Straße vor ihnen, ließ das Glas der Windschutzscheibe glänzen, auch das Glas der angesetzten Flasche. In dem kurzen Aufleuchten konnte Dave das Gesicht des Fahrers sehen, und der Strahl des Blitzes wurde zu einem Strahl des Wiedererkennens.

Der Fahrer war Captain Ryder.

Donner grollte, rollte über den Himmel, und das Wohnmobil bog auf den glatten, regennassen State Highway ein.

»... was ist los, bist du taub, oder was? Ich hab dich gefragt, wo du hin willst.«

Dave schrak zusammen.

»Oklahoma City«, sagte er.

»Da hast du das große Los gezogen. Genau da will ich auch hin.«

Großes Los! Dave hatte gerade über den alten Knaben nachgedacht, sich an den Gorilla in der Grube erinnert. Er haßte diesen Scheißkerl wie die Pest, und bei der Vorstellung, die ganze Strecke bis Oklahoma City mit ihm zusammen zu fahren, wollte sich ihm einmal mehr der Magen umdrehen. Andrerseits hatte sein Magen auch nichts davon, wenn er hier mitten in der Prärie und in einem Gewitter abgesetzt würde, was sollte es also. Ein schneller Blick auf den Regen traf die Entscheidung für ihn.

Das Wohnmobil schlingerte, und Ryder kämpfte mit dem Steuerrad.

»Junge, Junge ... das ist vielleicht ein Windchen!«

Dave nickte.

»Kriegt ihr hier öfter so was ab?«

»Weiß ich nicht«, sagte Dave. »Ich komm zum ersten Mal hier durch. Ich will mich mit einem Freund in Oklahoma City treffen. Von dort wollen wir nach Hollywood weiter ...«

»Hollywood?« Die heisere Stimme wurde tiefer. »Dieser gottverdammte Ort!«

»Aber kommen Sie nicht von dort?«

Ryder blickte schnell auf, und das Licht eines Blitzes zuckte über seine plötzlich gerunzelte Stirn. Als Dave ihn so aus der Nähe sah, fiel ihm auf, daß der andere gar nicht so alt war – noch etwas anderes als die Zeit hatte diesen finsteren Gesichtsausdruck geformt und die bitteren Linien um Augen und Mund eingegraben.

»Wer hat dir das erzählt?« fragte Ryder.

»Ich war heut abend bei dem Volksfest da. Ich hab mir Ihre Show angesehen.«

Ryder knurrte, und seine Augen verfolgten durch das Zwillingspendel der Scheibenwischer hindurch die Straße vor ihnen. »Ganz schön lausig, was?«

Dave begann schon zu nicken, hörte dann aber schnell wieder auf. Es hatte keinen Zweck, sich auf irgendwas einzulassen. »Dieser Gorilla von Ihnen sah so aus, als wär er krank.«

»Bobo? Der ist in Ordnung. Nur das Wetter. Wenn wir nach Norden kommen, wird's ihm wieder gutgehn.« Ryder nickte in Richtung des massigen Wohnmobils hinter ihnen. »Hab keinen Mucks von ihm gehört, seit wir los sind.«

»Er fährt mit?«

»Was glaubst du denn? Daß ich ihn per Luftpost schicke, was?«

Eine Hand hob sich gestikulierend vom Lenkrad. »Dieses Mobil ist 'ne Spezialanfertigung. Ich hab den oberen Teil, er hat den unteren. Ich laß die Tür hinten offen, damit er frische Luft kriegt, aber keine Bange ... hab alles vergittern lassen. Guck mal durch das Fensterchen hinter dir.«

Dave drehte sich um und spähte durch das Fensterchen in der Rückwand, das mit Maschendraht gesichert war. Er konnte das beleuchtete Innere des oberen Decks sehen, sauber und ganz normal zum Wohnen eingerichtet. Dann wandte er den Blick davon ab und starrte in die Dunkelheit darunter. An den Seitenwänden waren die Zeltbahnen, die Bretter des Bühnenpodests, die Spruchbänder und das Zeltgestänge festgezurrt. Auf dem Boden dazwischen lag Stroh, das zu einer Art Nest aufgehäuft war. Vor der vergitterten Öffnung am anderen Ende des Wagens hockte die schwarze, massige Gestalt des Gorillas, den Rücken Dave zugewandt, da er nach hinten auf die Straße und den strömenden Regen hinausstarrte. Das Wohnmobil machte eine kurze, schlingernde Bewegung, das Tier zuckte zusammen und warf den Kopf herum, so daß Dave kurz seine glasigen Augen sehen konnte. Es schien leise zu winseln, aber wegen des Regens war sich Dave nicht ganz sicher.

»Der hat's richtig gemütlich«, sagte Ryder. »Und wir auch.« Er hatte die Flasche wieder rausgezogen und entkorkte sie geschickt mit einer Hand.

»Du willst wirklich kein Schlückchen?«

»Ich passe«, sagte Dave.

Die Flasche wanderte aufwärts, blieb plötzlich in der Luft stehen. »He, Augenblick mal.« Ryder blickte erneut finster zu ihm herüber. »Du nimmst doch nicht etwa was anderes, oder, Kumpel?«

»Drogen?« Dave schüttelte den Kopf. »Ich doch nicht!«

»Na, ein Glück.« Die Flasche kippte, sank wieder herab, wurde von Ryder zugestöpselt. »Ich kann diesen ganzen Scheiß nicht ausstehen. Drogen. Drogen und Hippies. Hollywood ist voll von beidem. Ich kann dir nur raten, fahr da nicht hin. Kein Ort für 'n jungen Menschen, heute nicht mehr.« Er rülpste laut, machte sich daran, die Flasche in seiner Jacke zu verstauen, entkorkte sie dann aber wieder.

Als Dave ihn trinken sah, wurde ihm plötzlich bewußt, daß der andere sich besoff. Das beste würde es also wohl sein, ihn am Reden zu halten, ihn von der Flasche abzulenken, damit er das Wohnmobil nicht noch von der Straße schmiß.

»Ganz im Ernst, waren Sie wirklich mal Stuntman in Hollywood?« fragte Dave.

»Klar doch, einer der besten. Aber das war noch in den

alten Zeiten, bevor der Ort vor die Hunde ging. Hab für all die Großen gearbeitet ... Kunstreiterei, Stürze, Double bei Kampfszenen, alles. Frag irgend jemand von denen, die's erlebt haben, die werden dir alle sagen, daß der alte Captain Ryder mit Yakima Canutt mithalten konnte, vielleicht sogar besser war.« Die Stimme krächzte weiter, heiser vor Stolz. »Siebenfünfzig pro Tag, die hab ich bekommen. Siebenhundertfünfzig, jeden Tag, den ich gearbeitet hab. Und ich hab viel gearbeitet.«

»Ich wußte gar nicht, daß die so viel ausspucken«, meinte Dave.

»Du mußt dabei nur immer eins bedenken ... ich hab nicht nur die Stürze in der Totalen gemacht. Wenn sie Cap Ryder engagierten, dann wußten sie, daß sie 'n Spezialtalent bekamen. Nicht viele Stuntmen können nämlich auch mit Tieren umgehen. Hast du mal welche von diesen alten Dschungelfilmen im Fernsehn gesehn ... Tarzanfilme, solche Sachen? Also, bei mehr als der Hälfte von denen bin ich der Kerl, der die Wildkatzen-Nummern gemacht hat. Löwen, Leoparden, Tiger, was du willst.«

»Klingt aufregend.«

»Klar doch, wenn du Krankenhäuser magst. Hab mal mit 'nem schwarzen Panther gekämpft, hätte mir in einer der Szenen, die sie haben wollten, fast den Arm abgerissen. Siebenfünfzig, das klingt nach 'ner Menge Zaster, aber du hättest mal sehen sollen, was ich für Arztrechnungen hatte. Ganz abgesehen von dem, was ich für Kostüme und Extras geblecht hab. Wie die Löwenfelle und den Affenanzug ...«

»Versteh ich nicht«, sagte Dave mit gerunzelter Stirn.

»Manchmal brauchen sie bei einer Szene in Großaufnahme das Gesicht des Stars. Wenn's also so 'ne Kampfszene war mit 'nem Löwen oder irgendwas, da kam ich gerade recht . . . ich hab dann das Tier gedoubelt. Ob du's glaubst oder nicht, drei Tausender hab ich allein für so 'n lausigen Affenanzug hingeblättert! Hat sich aber ausgezahlt. Hättest mal die Riesenbude sehen sollen, die ich oben über dem Laurel Canyon hatte. Vier Schlafzimmer, Garage für drei Wagen, Tennisplatz, Swimmingpool, Sauna, alles da. Melissa mochte das . . .«

»Melissa?«

Ryder schüttelte den Kopf. »Was rede ich denn da rum? Du willst doch dieses Gefasel über die guten alten Zeiten gar nicht hören. Alles den Bach runter, vorbei.«

Die Erwähnung des Baches erinnerte ihn offenkundig an etwas anderes, denn Dave sah, wie er wieder nach der Flasche angelte. Und als er sie diesmal ansetzte, gluckerte sie, bis sie leer war.

Ryder kurbelte die Scheibe auf seiner Seite runter und schmiß die Flasche in den Regen hinaus.

»Alles futsch«, murmelte er. »Vorbei. Keine Flasche mehr, kein Haus mehr, keine Melissa . . .«

»Wer war das?« erkundigte sich Dave.

»Willst du's wirklich wissen?« Ryder machte mit dem Daumen eine ruckartige Bewegung zur Windschutzscheibe hin. Dave folgte der Geste verwirrt, bis sein Blick die Decke der Fahrerkabine erreicht hatte. Dort war direkt über dem Rückspiegel ein kleiner Bilderrahmen befestigt. Aus diesem blickte das Gesicht eines Mädchens – blondes Haar, hübsche Züge und mit der Art Lächeln, wie man es in den Jahresberichten der Oberschulen sehen kann.

»Meine Nichte«, erklärte ihm Ryder. »Sechzehn. Aber ich nahm sie zu mir, als sie gerade fünf war, gleich nach dem Tod meiner Schwester. Ich hab sie zu mir genommen und aufgezogen, elf Jahre lang. Und zwar wie sich's gehört.

Ich sag dir, dem Mädchen hat's nie an irgendwas gefehlt. Was sie haben wollte, was sie brauchte, sie hat's bekommen. Die Reisen, die wir zusammen gemacht haben ... die schöne Zeit, die wir zusammen hatten ... Zum Teufel, ich glaube, das klingt alles ziemlich albern, aber du glaubst gar nicht, was einem das für einen Kick geben kann, wenn man die Freude von so 'nem Kind sieht. Und schlau? Präsidentin der Unterstufe von Brixley war sie ... So heißt die Privatschule, auf die ich sie geschickt hab, die beste der Stadt, die Hälfte der Stars schickt ihre Töchter dorthin. Und das war sie für mich, so, als wär sie mein eignes Fleisch und Blut, meine leibliche Tochter. Den Rest kannste dir denken. Wie's passiert ist, werd ich wohl nie erfahren.« Ryder spähte blinzelnd auf die Straße vor sich, zwang sich zur Konzentration.

»Wie was passiert ist?« fragte Dave.

»Die Hippies. Diese gottverdammten Scheißhippies.« Die Augen blickten plötzlich hellwach aus dem häßlichen Netzwerk der Falten. »Frag mich nicht, wo sie diese Schweinehunde kennengelernt hat, ich hatte immer gedacht, ich hätte sie vor all dem beschützt. Aber diese Mißgeburten sind überall. Sie muß durch eine ihrer Freundinnen in der Schule mit ihnen in Berührung gekommen sein – weiß der Himmel, selbst in Bel Air kannste 'n Haufen von diesen Typen sehen. Aber du mußt bedenken, sie war erst sechzehn, und wie konnte sie da wissen, auf was sie sich einläßt? Ich nehme an, daß in dem Alter jemand, der älter ist und 'n Bart hat und 'ne schicke Gitarre und ein frisiertes Motorrad, ganz schön aufregend ist.

Wie auch immer, sie haben sie in die Finger gekriegt. Eines Abends, als ich bei den Dreharbeiten war ... vielleicht hat sie sie zu sich ins Haus eingeladen, vielleicht sind sie auch nur vorbeigekommen, und sie hat sie reingeholt. Vier Stück, alle total vollgedröhnt. Dude, so hieß der älteste von ihnen ... war so was wie ihr Anführer, und es war von Anfang an alles seine Idee. Sie rauchte nie irgendwas, aber er hatte auch gar nicht damit gerechnet, daß sie's tun würde, und war vorbereitet. Muß es so hingedreht haben, daß sie was Kaltes zum Trinken angeboten hat, und da hat er das Zeug heimlich in ihr Glas getan. Genug, um nem Elefantenbullen den Rest zu geben, wie der Coroner sagte.«

»Sie meinen, es hat sie umgebracht ... «

»Nicht gleich. Ich wünschte, das hätte es.« Ryder wandte sich ab, in seinem Gesicht arbeitete es, und Dave mußte sich anstrengen, um sein Gemurmel durch das Rauschen des Regens zu verstehen.

»Dem Coroner nach muß sie noch mindestens eine Stunde gelebt haben. Lange genug, daß jeder drankam, Dude und die andern drei. Und danach noch lange genug, daß sie auf die Idee kommen konnten.

Sie waren in meiner Bude, und die hatte ich mir wie so 'ne Art Trophäenzimmer eingerichtet ... Tierfelle an allen Wänden, Trommeln von Eingebornen, Voodoomasken, so Zeug halt, das ich von meinen Reisen mitgebracht hatte. Und da waren diese vier Freaks, total high, und das Mädchen schon nicht mehr bei sich. Einer von den Schweinskerlen holte 'ne Trommel runter und hämmerte drauf rum. Ein andrer schnappte sich 'ne Maske und fing an rumzuhopsen wie so 'n Medizinmann. Und Dude, es war Dude, das weiß ich bestimmt, er und der andre Scheißkerl zogen das Löwenfell von der Wand und hängten es Melissa um. Weil das ja 'n Trip war, und sie alle Afrika spielten. Großer weißer Jäger. Ich Tarzan, du Jane.

Zu diesem Zeitpunkt konnte Melissa schon nicht mehr stehen. Dude brachte sie auf die Hände und Knie runter, und da blieb sie zitternd. Und dann ... dieses miese Schwein ... zog er die Kordeln an und band das stinkende Löwenfell über ihrem Kopf und ihren Schultern fest. Und nahm 'nen Speer von der Wand, einen von den Massai-Speeren, und wollte ihn ihr gerade in die Rippen rammen ...

Das war, was ich sah, als ich reinkam. Dude, der große Macho, wie er mit diesem Speer über Melissa stand.

Er stand aber nicht mehr lange so da. Einen Blick auf mich, und er muß Bescheid gewußt haben. Ich glaube, er hat den Speer geworfen, bevor er losgerannt ist, aber daran kann ich mich nicht mehr genau erinnern. Überhaupt erinnere ich die nächsten paar Minuten nicht mehr. Sie sagten dann, ich hätte einem der Freaks das Schlüsselbein gebrochen, und der andre Mistkerl, der mit der Maske, hätte 'ne Gehirnerschütterung abbekommen, wo sein Kopf gegen die Wand geschlagen ist. Der dritte war fast tot, als die Polente kam und meine Hände von seinem Hals wegzerrte. Tja, sie kamen zu spät, um ihn noch retten zu können.

Und sie kamen zu spät für Melissa. Sie lag einfach da unter dem dreckigen Löwenfell ... das ist das einzige, woran ich mich erinnere, und ich wünschte, ich könnt's vergessen ...«

»Sie haben einen von den Jungs getötet?«

Ryder schüttelte den Kopf. »Ich hab ein Tier getötet. Das hab ich denen beim Prozeß gesagt. Wenn ein Tier bösartig wird, hat man ein Recht dazu. Der Richter verknackte mich zu fünfen, aber ich war nach etwas über zwei Jahren wieder draußen.« Er blickte zu Dave hinüber. »Schon mal drin gewesen?«

»Nee. Wie ist es da ... hart?«

»Das kannste aber laut sagen. Hart wie sonstwas.« In Ryders Bauch rumpelte es. »Als ich reinkam, war ich zu reizbar, deshalb haben sie mich erst mal in 'ne Einzelzelle gesteckt, und das half nichts. Du hockst da im Dunkeln und fängst an zu denken. Da sitz ich nun, gewohnt, durch die ganze Welt zu reisen, und bin eingesperrt in 'nem kleinen Käfig wie ein Tier. Und diese Tiere ... die Melissa umgebracht haben ... die laufen draußen frei rum. Einer war tot, klar, und die beiden andern, die ich in die Mangel genommen hatte, die hatten ja vielleicht ihre Lektion gelernt. Aber der Große, der, der das alles angezettelt hatte, der war frei. Die Bullen haben ihn nicht erwischt und waren auch gar nicht mehr scharf drauf, damit ihre Zeit zu vergeuden, jetzt, wo der Prozeß gelaufen war.

Ich hab ne Menge über Dude nachgedacht. Das war der Name vom Chef, oder hab ich dir das schon gesagt?« Ryder blinzelte Dave an und sah ziemlich hinüber aus. Aber seine Fahrerei war okay, und er würde nicht am Steuer einschlafen, solange er weitererzählte, deshalb nickte Dave.

»Meistens dachte ich darüber nach, was ich mit Dude machen würde, wenn ich raus käme. Es würde schwierig werden, ihn zu finden, aber ich wußte, ich würd's schaffen ... Teufel auch, ich hab schließlich Jahre in Afrika verbracht, die Fährten von Tieren verfolgt. Und dieses wollte ich unbedingt zur Strecke bringen.«

»Dann stimmt es, daß Sie ein Entdecker waren?« fragte Dave.

»Tierfänger«, antwortete Ryder. »Kenia, Uganda, Nigeria ... das war vor Hollywood, und ich hab alles gesehen. Sachen, von denen diese jungen Punker heute nicht mal träumen. Da drüben haben sie getanzt und getrommelt und Drogen genommen, lange bevor der erste Hippie aus seinem Busch gekrochen ist, und ich sag dir, die haben wirklich 'ne Ahnung davon.

Nicht so wie dieser Dude, als er das Löwenfell über Melissa gebunden hat ... der war einfach total ausgeflippt, spielte rum. Der hätte mal sehen sollen, was ein paar von den Medizinmännern da drüben zustande bringen.

Also, die klauen sich erst ein Mädchen, manchmal auch einen Jungen, aber laß uns mal sagen ein Mädchen, wegen Melissa. Und die sperren sie in eine Höhle, in eine mit niedriger Decke, so daß sie nicht stehen kann, sondern auf allen vieren kriechen muß. Sie setzen sie unter Drogen, verpassen ihr ordentliche Dosen, genug, damit sie für lange Zeit weg ist. Und wenn sie wieder zu sich kommt, hat man ihre Hände und Füße so operiert, daß Krallen drangemacht werden können. Löwenkrallen. Und sie haben sie in ein Löwenfell eingenäht. Das Fell nicht nur um sie gelegt, sondern sie richtig ganz eingenäht, und es kann nicht mehr entfernt werden.

Stell dir mal vor, wie das sein muß. Sie steckt da in diesem Löwenfell, ist in 'ne Höhle eingesperrt, unter Drogen gesetzt, weiß nicht, wo sie ist und was vor sich geht. Und so halten sie sie. Füttern sie nur mit rohem Fleisch. Sie ist ganz allein im Dunkeln, riecht nur diesen verdammten Löwengeruch, niemand redet mit ihr, und niemand ist da, mit dem sie reden kann. Und bald kommen sie wieder rein und zerbrechen ein paar Knochen in ihrer Kehle, den Kehlkopf, und nun kann sie nur noch winseln und knurren. Winseln und knurren und auf allen vieren rumkriechen.

Weißt du, was passiert, Junge? Weißt du, was mit so jemand passiert? Sie werden verrückt. Und nach 'ner Weile fangen sie an zu glauben, daß sie wirklich 'n Löwe sind. Der nächste Schritt für den Medizinmann ist dann, sie rauszuholen und zum Töten abzurichten, aber das ist 'ne andere Geschichte.«

Dave blickte schnell hoch. »Sie verarschen mich doch . . .«

»Steht alles in den Regierungsberichten. Mag ja sein, daß heute die Jets auch den Flughafen von Nairobi anfliegen können, aber da im tiefen Urwald hat sich nichts geändert. Wie ich sage, einige von den Leutchen haben mehr Ahnung von Drogen, als so ein Hippie je haben wird. Vor allem so ein dummes Tier wie Dude.«

»Was geschah, als Sie wieder raus waren?« fragte Dave. »Haben Sie ihn erwischt?«

Ryder schüttelte den Kopf.

»Aber ich dachte . . . Sie sagten doch, Sie hätten alles genau geplant.«

»Man kommt auf 'ne Menge komische Einfälle, so allein für sich. In gewisser Weise ist das so, als wenn man in einer von diesen Höhlen eingesperrt wär. Bei Licht besehen war es das, was mich drauf brachte.«

»Auf was?«

»Nichts.« Ryder machte eine schnelle Handbewegung. »Vergiß es. Das hab ich auch getan. Als ich rauskam, dachte ich mir, daß es so wohl am besten wäre. Vergeben und vergessen.«

»Sie haben nicht versucht, diesen Dude ausfindig zu machen?«

Ryder runzelte die Stirn. »Sagte ich doch. Ich hatte andres, woran ich denken mußte. Zum Beispiel, daß ich geschäftlich erledigt war, daß das Haus, die Möbel, alles futsch war. Hatte auch Probleme mit dem Alkohol. Aber das gehört nicht hierher. Jedenfalls endete alles bei der Rummelplatzshow, und mehr gibt's nicht zu erzählen.«

Ein Blitz zuckte über den Himmel, und rollender Donner folgte ihm. Dave drehte sich um, sah durch das drahtvergitterte Fensterchen nach hinten. Der Gorilla hockte immer noch an der rückwärtigen Türöffnung und spähte durch das Gitter hinaus in die Nacht. Dave sah ihn sich lange an, wollte damit eigentlich gar nicht mehr aufhören, denn er wußte, daß er dann die Frage würde stellen müssen. Aber je länger er schaute, desto klarer wurde ihm, daß er keine andere Wahl hatte.

»Was ist mit ihm?« fragte er.

»Mit wem?« Ryder folgte Daves Blick. »Ach, du meinst Bobo? Den hab ich bei einem Händler aufgelesen, den ich kenne.«

»Muß teuer gewesen sein.«

»Die sind nicht billig. Nicht mehr viele übrig.«

»Weniger als hundert.« Dave zögerte. »Ich hab darüber mal zu Hause in der Sonntagszeitung gelesen. Großer Artikel über die Nationalparks. Da hieß es, Gorillas seien geschützt, dürften gar nicht verkauft werden.«

»Ich hatte Glück«, murmelte Ryder. Er beugte sich vor, und seine Schnapsfahne hüllte Dave ein. »Ich hab Verbindungen, verstehst du?«

»Klar.« Dave wollte die Worte nicht aussprechen, aber er konnte sie nicht zurückhalten. »Was ich nicht verstehe, ist diese lausige Tierschau auf dem Rummelplatz. Wo Gorillas so selten sind, sollten Sie doch bei 'ner großen Show auftreten können.«

»Das ist mein Bier.« Ryder warf ihm einen seltsamen Blick zu.

»Ich spreche vom Geschäftlichen.« Dave atmete tief ein.

»Wenn Sie so pleite waren, wo haben Sie dann das Geld herbekommen, um ein Tier wie das da zu kaufen?«

Ryder machte ein finsteres Gesicht. »Sagte ich doch schon. Ich hab alles verhökert ... das Haus, die Möbel ...«

»Und Ihren Affenanzug?«

Die Faust fuhr so schnell hoch, daß Dave sie gar nicht sah. Sie traf ihn an der Stirn, der Schlag schleuderte ihn zurück über den Sitz, gegen die unverriegelte Wagentür.

Dave versuchte, nach irgend etwas zu greifen, aber es war zu spät, er stürzte schon. Er landete auf dem Rücken im Straßengraben, und nur der Schlamm dort rettete ihn.

Dann geriet der Himmel in Brand, Donner krachte, und das Wohnmobil glitt an ihm vorüber, verschwand im dunklen Tunnel der Nacht. Aber zuvor konnte Dave noch einen letzten Blick auf den Gorilla werfen, der hinter den Gitterstäben hockte.

Auf den Gorilla mit seinem von Drogen benommenen Blick, seiner maskenhaften, bewegungslosen Schnauze und seinen hochgereckten Armen, an denen das Muster einer groben schwarzen Naht zu erkennen war.

Die Karten lügen nicht

»Auf Sonntag?« sagte Danny. »Was soll das heißen, ich werde auf Sonntag sterben?«

Danny versuchte, seinen Blick so auf die alte Frau zu konzentrieren, daß er sie klar sah, aber es wollte ihm nicht gelingen – zu besoffen! Sie war nur ein großer, dicker Fleck, ganz wie die Karten, die vor ihnen auf dem Tisch ausgelegt waren.

»Tut mir sährrr leid«, murmelte die alte Frau. »Kann ich nurrr läsen raus, was ich säh. Es stäht in Karten.«

Danny griff nach der Tischkante und stand auf. Der Geruch des Weihrauchs in dem abgedunkelten Zimmer verursachte ihm Übelkeit. Es war nicht leicht, sich auf den Beinen zu halten, und es war auch nicht leicht zu lachen, aber er schaffte es.

»Zum Teufel mit dir, Schwester. Mit dir und mit den Karten auch.«

Die alte Frau starrte ihn an, aber es war kein Zorn in ihrem Blick, nur Mitleid, und das war irgendwie noch schlimmer.

»Ich werd nicht auf Sonntag sterben«, krächzte Danny. »Nicht ich. Sie sprechen mit Danny Jackson, capito? Ich bin ein Star. Ein großer Star. Und Sie, Sie sind man nur eine . . .«

Da stand er, schwankend in der Dunkelheit, und sagte der Alten, was sie war – und dies unter Verwendung eines Vokabulars, das während seiner dreißig Jahre im Showgeschäft ausgereifter und reicher geworden war.

Ihre Augen zuckten nicht, ihr Blick flackerte nicht, und

es lag noch immer nur Mitleid darin, als ihm schließlich die Puste ausging.

Und als er aus dem stinkenden Zimmer rannte, von ihrem Mitleid verfolgt, hallte es in seinem Kopf nach:

»Sie werden auf Sonntag stärrrben.«

Verdammtes Echo in seinen Ohren, selbst noch, als er den Motor seines Ferrari aufheulen ließ und davonbrauste. Der Wagen schlingerte, spielte Fangen mit der Mittellinie – ein Segen, daß es so spät und die Straße leer war.

Es war spät, und er war total besoffen, voll bis zum Stehkragen. Mußte er sein, denn sonst wäre er nie und nimmer die ganze Scheißstrecke bis nach South Alvarado runtergebrummt, nur um so eine verlogene, auf Wahrsagerin machende Alte aus dem Bett zu klingeln und ihr fünfzig Dollar hinzublättern für eine verlogene, blödsinnige Prophezeiung, dieser alten Schlampe da, dieser elenden Hexe ...

Aber sie waren alle Hexen, alle miteinander, und Lola war die schlimmste.

Danny nahm den Weg über Bel Air, vermied den Sunset und fuhr dann den Pico rauf, bis er über eine Nebenstraße nach Westwood hinübergelangen konnte. Wenn man einen in der Krone hat, dann bekommt man spitz, wie man richtig fahren muß, wie man sicher durch die Straßen kommt, sicher durch die Minuten und die Stunden und die Tage und Nächte, selbst wenn man mit den Nerven runter ist und schreien möchte und Lola auch schreit.

Und natürlich schrie Lola, sie war aufgeblieben und hatte auf ihn gewartet, legte in dem Augenblick los, als er die Haustür aufschloß.

»Verdammt und zugenäht, wo steckst du denn? Hast du ganz vergessen, daß du morgen früh um sechs einen Termin hast ...?«

Da kam noch eine ganze Menge mehr, aber Danny schlug die Tür hinter sich zu, die Tür des Gästezimmers. Er schlief schon seit drei Monaten nicht mehr mit Lola in einem Bett, und das nicht nur wegen dem, was ihm Dr. Carlsen über seine Pumpe erzählt hatte.

Es war besser hier im Schlafzimmer, wo er seine Kleider abstreifen und sich auf das alte Doppelbett plumpsen lassen konnte, weit weg von der Schlampe, weit weg von der Hexe.

Nur wollte die Hexe einfach nicht verschwinden. Hier im Dunkeln konnte Danny ihre Augen wieder sehen, die ihn anstarrten, als ob die Alte alles durchschaute, als ob sie über alles Bescheid wüßte. Aber niemand wußte, was ihm der Arzt gesagt hatte, Lola nicht, das Studio nicht, nicht einmal sein Agent. Wie konnte also irgend so eine alte Schlampe nur einen Blick auf ihn werfen und schon alles wissen?

In den Karten. Es steht in den Karten.

Ihre Augen, er erinnerte sich an ihre Augen, als sie das gesagt hatte. Sie waren so tief und schwarz gewesen. So schwarz wie das Pikas, das dort auf dem Tisch gelegen hatte. Und auch die Pikdame war dann aufgetaucht, und da hatte sie dieses Ding losgelassen, von wegen daß er »auf Sonntag« sterben werde.

Morgen war Donnerstag. Donnerstag, Freitag, Samstag, Sonntag . . .

Hol's der Teufel. Das hatte er der alten Zigeunerin gesagt, und das sagte er auch zu sich selbst. Morgen war Donnerstag, und er dachte besser daran. Lola hatte recht, er hatte um sechs Uhr einen Termin, die Probeaufnahmen sollten gedreht werden, und das war's, was zählte. Nicht die Tage bis Sonntag waren wichtig, sondern die wenigen Stunden bis zu den Probeaufnahmen.

Donnerstag. Benannt nach Donar, dem Donnergott. Sein Name war einmal Kuhlsberg gewesen, nicht Jackson, und er wußte Bescheid, ihm war alles klar. Donnerstag, das war Gewitter, Entladung elektrischer Energie, schön und gut, aber es brauchte auch Energie, mit dem Kopf überhaupt erst einmal aus dem Bett zu kommen. Gottlob konnte er sich davonstehlen, bevor Lola aufwachte, und durch die nebligen Straßen kommen, bevor der Verkehr auf dem San Diego Freeway richtig dicht wurde.

Aber die eigentliche Energieleistung kam erst noch, der Kampf, da unter den Lampen zu lächeln, während Benny das Puder-Make-up auftrug und die kleinen Haarteile da auf seiner schweißnassen Stirn anklebte, wo sich die Geheimratsecken gebildet hatten. Der Schweiß war bloß der Alkohol, der aus ihm rausströmte, kein Angstschweiß, denn er wußte ja, daß er nichts zu befürchten hatte. Die Probe war lediglich eine Formalität, alles, was sie brauchten, waren sechs Minuten Film, die sie den Senderbossen und Agenten in New York vorführen konnten. Die Serie hatte grünes Licht, das hatte ihm Fischer in der vergangenen Woche gesagt, und Fischer machte ihm nie was vor. Der verdammt beste Agent der ganzen Branche. Also keine Panik, er konnte seinen Text, alles, was er tun mußte, war rein in die Dekoration und die Szene runterspielen. Sollte es irgendwelche Hänger geben, würde Joe Collins einspringen. Joe war ein guter Mann ... zwar wäre er einer Hauptrolle nicht gewachsen, aber er war trotz alledem ein echter Profi. Und Rudy Moss war ein verdammt guter Regisseur und ein Spezi von ihm. Sie waren hier alle Freunde und wußten alle, wieviel für sie bei dieser Serie auf dem Spiel stand.

»Fertig, Mr. Jackson.«

Danny lächelte, stand auf, schlenderte hinaus, dorthin, wo Joe Collins im Set auf ihn wartete. Er fand seine Kreidemarkierungen, einer vom Kamerateam zog ein Bandmaß aus, der Mikrophongalgen senkte sich, und er testete die Lautstärke seiner Stimme. Dann schalteten sie die Scheinwerfer an, Rudy Moss gab ihm seinen Einsatz, und sie drehten.

Sie drehten, und er vermasselte alles.

Beim ersten Take vergaß er die Sache mit der Zigarette. Sie brachen ab und fingen noch mal von vorne an, und da geriet er durcheinander, als er zu Joe hinübergehen sollte, war aus dem Bild, bevor er es merkte. Also drehten sie's noch mal, aber diesmal war er verkrampft, und Moss war nicht zufrieden mit dem, was er geliefert bekam, deshalb zurück und alles noch mal von vorn. Dann fing er an, Zeilen zu vergessen – aber so etwas kommt vor. Das Problem war nur, daß er dort unter den Scheinwerfern stehen mußte und es Unterbrechungen gab, als ein Flugzeug über das Studio weg flog und den Ton verdarb und als jemand mitten in seine lange Rede hineinplatzte – und dann verpaßte Joe noch eines seiner Stichworte, und das bescheuerte Scriptgirl sagte falsch vor, und er schwitzte, war pitschnaß, und seine Hände fingen an zu zittern, und Moss war sehr geduldig, und es war schon die sechzehnte Aufnahme, und keine Lunchpause, und er konnte die Blicke sehen, die die Aufnahmemannschaft ihm zuwarf, und um halb vier waren sie glücklich fertig – achteinhalb Stunden für ein lausiges Stückchen Dialog – es war ein Flop.

Alle waren sehr höflich und sagten: »Gute Arbeit, Mr. Jackson« und »Großartig« und »Geschafft, Junge«, aber Danny wußte, was er geschafft hatte.

Der Kampf war vorbei, und er hatte ihn verloren.

Es hatte keinen Zweck, nach Hause zu gehen, denn Lola würde ihn fragen, wie's gelaufen sei, und Fischer würde anrufen, und hol's der Geier. Es gab ein kleines Lokal am Meer, südlich von Malibu, wo die Beleuchtung hübsch und schummrig war und man als Gegengewicht für seine Martinis ein gutes Steak bekam.

Das war genau das richtige, und obwohl er dann einen Kotflügel zerschrammte, als er aus dem Parkplatz rausfuhr, der schon geschlossen war, kam er ohne weitere Probleme nach Hause. Lola wartete an diesem Abend nicht auf ihn – Quatsch, Abend, es war ja schon Morgen, Freitag morgen ... und das Bett im Gästezimmer war angenehmer denn je.

Bis er die Augen schloß und sah, was die Karten verrieten. Freitagmorgen. *Freitag. Und in zwei Tagen ...*

Wenn die alte Ziege so gut im Vorhersagen der Zukunft war, wenn sie das alles aus den Karten rauslesen konnte, warum hatte sie ihm dann nicht einen Tip gegeben, was die Probeaufnahmen anbetraf? Da ging's wirklich um Leben oder Tod, sie aber hatte kein Sterbenswörtchen darüber verloren! Natürlich nicht ... was konnte schon sie oder sonst jemand in einem lausigen Haufen Spielkarten sehen? Mehr war da nämlich gar nicht, nur ganz gewöhnliche Spielkarten, und sie war nur eine billige Gaunerin und Sonntag nur ein Tag der Woche.

Und heute war Freitag. Inzwischen Freitag mittag, mit einem Danny, der sich zur Toilette tastete und unter der Dusche bibberte und sich rasierte und nach unten stolperte und den Zettel fand und ihn zweimal, dreimal las, bis er's endlich kapiert hatte.

Lola weg. Hatte ihn verlassen. *»Sorry ... hab versucht, mit Dir zu reden ... halte das nicht aus, dabei zuzusehen,* *wie Du Dich kaputtmachst ... bitte ... brauche Hilfe ... versuch mich zu verstehen.«* Lieber Himmel, diese Worte, wie aus einem Seriendialog des Vorabendprogramms! Aber es lief alles auf eins hinaus – Lola war fort.

Danny rief bei ihrer Mutter in Laguna an. Keine Antwort. Dann versuchte er es bei ihrer Schwester da oben in Arrowhead. Nichts. Inzwischen hatte er sich die Bude mal angesehen, festgestellt, daß sie ihren ganzen Krempel ausgeräumt hatte, alles. Sie mußte einen ganzen Tag gebraucht haben, um den Kombi zu beladen. Es war ihr ernst, sie hatte ihren Auszug allem Anschein nach wochenlang geplant. Als nächstes bekam er wahrscheinlich einen Anruf von irgend so einem Staranwalt, von einem dieser Schickimickis. Mein Himmel, sie hätte doch zumindest warten können, bis sie gewußt hätte, ob er in der Serie drin sein würde!

Die Serie! Plötzlich fiel Danny ein, daß er ja um zwei im Vorführraum Nr. 9 sein mußte – wegen der Probeaufnahmen.

Aber es war schon eins durch, und außerdem brauchte er sich das ja auch gar nicht anzusehen – er wußte doch, was sie im Kasten hatten. Sechs Minuten Schrott.

Er stieg deshalb in sein Auto und fuhr zum Lunch ins Scandia. Zumindest hatte er vor, dort zu Mittag zu essen, aber am späten Nachmittag war er noch nicht weiter als bis zur Bar gekommen.

Dort erwischte ihn dann sein Agent, irgendwo zwischen der fünften und sechsten Bloody Mary.

»Dachte ich mir doch, daß ich Sie hier finden würde«, meinte Fischer. »Also, auf geht's.«

»Wohin?«

»Ins Büro. Ich mag's nicht, wenn all die netten Leute hier dabei zusehen, wie ich Ihnen eine scheure.«

»Lassen Sie mich in Ruhe, Fischer.«

»Jetzt kriegen Sie endlich den Arsch hoch.« Er zerrte Danny vom Hocker. »Los, gehn wir.«

Fischers Büro lag am Strip, nur ein paar Häuserblocks entfernt. Aber als sie dort ankamen, fühlte sich Danny schon erledigt – er wußte, was Fischer sagen würde.

»Keine Anrufe«, sagte dieser zum Mädchen am Empfang. Dann nahm er Danny mit in sein Privatbüro hinter seinem Büro und schloß die Tür.

»Nun also«, sagte Fischer, »dann erzählen Sie mal.«

»Haben Sie die Probeaufnahmen gesehen?«

Fischer nickte, wartete. Er hatte einen grimmigen Zug um den Mund, aber sein hartes Gesicht und seine harte Sprache konnten Danny nicht täuschen – er wußte, daß das nur gespielt war. Innen drin war Fischer ein lieber Kerl, der sich immer für seine Leute zerriß. Man konnte dieses Mitgefühl in seinen Augen sehen, es war auch in diesem Augenblick da, es war der gleiche mitleidsvolle Blick, den auch die Wahrsagerin gehabt hatte ...

Danny wollte die Sache mit der Wahrsagerin erzählen, aber er wußte schon, wie sich das anhören würde – und außerdem würde es auch nichts bringen. Alles, was er sagen konnte, war: »Ich war nicht besoffen. Ich schwöre bei Gott, daß ich nicht besoffen war!«

»Das weiß ich. Es hat ja auch gar niemand behauptet, daß Sie's waren. Ich wünschte, Sie wären's gewesen ... ich hab Sie schon in Szenen gesehen, mit ein paar Drinks im Kahn, und Sie sind ganz groß rausgekommen.« Fischer schüttelte den Kopf. »Alle vom Team wußten, was gestern mit Ihnen los war, aber selbst das würde noch nichts machen. Das Problem ist, daß es heute jeder dort im Vorführraum sehen konnte, da auf der Leinwand. Sie hatten einen Kater.«

»Es war schlimm, was?«

»Schlimm?« Fischer seufzte und drehte seinen Stuhl, um Danny anzuschauen. »Muß ich denn wirklich noch deutlicher werden, Danny? Jemand macht drei Filme hintereinander, die alle Flops sind, und raus ist er. Klar, ich weiß, daß diese Sache bei Metro nicht Ihre Schuld war, aber sie ist halt rumgegangen, und ich habe schon seit sechs Monaten kein Angebot mehr bekommen. Was Filme anbetrifft, sind Sie weg vom Fenster. Moynihan hat mir gesagt ...«

»Lassen Sie Moynihan raus«, sagte Danny. »Er ist mein Manager. Er sollte eigentlich überhaupt nicht mit Ihnen sprechen.«

»Mit wem kann er denn noch sprechen, wenn Sie nicht auf ihn hören wollen?« Fischer öffnete einen Aktendeckel auf seinem Schreibtisch und blickte auf einen vollgetippten Bogen Papier. »Ihre Schulden belaufen sich beim Haus auf dreiundachtzig, bei den Autos auf neun. Beim Mobiliar stehen Sie in der Kreide, das sind noch mal zwanzig, einschließlich der Renovierung. Ihr Konto ist bei Null. Und wenn die Ihre Karten einziehen, dann bleibt Ihnen nicht mal genug, um sich bei Linny's einen Kringel zu kaufen.«

Karten? Warum mußte er auf Karten zu sprechen kommen? Danny wurde es ganz heiß, und er öffnete seinen Hemdkragen.

»Hören Sie schon auf!« sagte er. »Ich brauche nur eine Chance.«

»Die habe ich Ihnen verschafft.« Fischer starrte ihn über den Schreibtisch hinweg an, genau so, wie ihn die Alte über den Kartentisch hinweg angestarrt hatte. »Drei Monate lang zerreiß ich mich förmlich in der Luft, um diese Fernsehsache für Sie an Land zu ziehen. Honorar, Wiederholungshonorare, Beteiligungen ... Ich brauche Ihnen wohl nicht zu sagen, was da für Sie drin ist. Wenn das klappen würde, hätten Sie für den Rest Ihres Lebens ausgesorgt.«

Leben? Mal angenommen, mir bleiben nur noch zwei Tage?

Dannys Herz klopfte heftig, er konnte nicht mehr, aber er mußte zuhören. Verschwommen sah er, wie Fischers Zeigefinger auf ihn losfuhr.

»Also machen Sie die Probeaufnahmen. Und was sehe ich? Sie spazieren da rum wie so ein gottverdammter Zombie ...«

Zombie. Danny wußte, was ein Zombie war. *Ein lebender Toter.* Irgend etwas hämmerte in seinem Inneren, hämmerte so laut, daß er nur noch gerade eben hören konnte, wie Fischer sagte: »Warum, Danny? Das ist alles, was ich wissen möchte. Sagen Sie mir, warum.«

Aber das konnte ihm Danny nicht sagen, denn er mußte sich das Jackett ausziehen, mußte sein Hemd ausziehen, mußte sich die Haut runterreißen und rausholen, was immer darunter hämmerte und pochte, hämmerte und pochte. Er hob die Hand, spürte den Schmerz durch seinen Arm schießen und dann ...

Nichts.

Danny öffnete die Augen und sah die weiße Zimmerdecke. Weiß wie im Cedars oder Sinai, eine Krankenzimmerdecke.

Da bin ich also. Ich bin nicht tot. Und welcher Tag ist heute?

»Samstag«, sagte die dicke Krankenschwester. »Nein, nicht aufsetzen. Der Onkel Doktor möchte, daß wir hübsch vorsichtig sind.«

Dicke Schwestern und Kleinkindersprache, das hatte

ihm gerade noch gefehlt. Aber Dr. Carlsen war ein bißchen hilfreicher, als er am Abend erschien.

»Nein, es ist kein Schlaganfall, nichts dergleichen. Wie ich das sehe, war's wohl nicht einmal ein Infarkt. Dehydrierung, Unterernährung, allgemeine Erschöpfung ... Sie haben wieder getrunken, nicht?«

»Ja.«

»Ich hab Ihnen für heute nacht etwas zur Beruhigung verschrieben. Morgen werden dann ein paar Labortests gemacht, nur um sicherzugehen.«

»Wann kann ich wieder nach Hause?«

»Nach Auswertung der Tests. Derweil kann Ihnen ein bißchen Ruhe nichts schaden.«

»Aber morgen ...«

Danny brach ab. Was sollte er sagen? Daß morgen Sonntag war, daß er morgen sterben würde, daß das in den Karten stand?

Dr. Carlsen glaubte nicht an Karten – er glaubte an Tests und Kurven und Proben. Und warum auch nicht? Diese Dinge waren verdammt viel sinnvoller als das Pikas auf einem staubigen Tisch in irgend so einer Bruchbude in South Alvarado.

Und daß er hier im Krankenhaus lag, war auch sinnvoll. Hier hatte er wenigstens jemanden, der sich um ihn kümmerte, und *wenn* es morgen Probleme geben sollte ...

Würde es aber nicht. Er mußte jetzt nur seine Pillen schlucken und schlafen.

Danny starrte an die weiße Zimmerdecke, bis sie schwarz wurde, und dann war da wieder nichts mehr, nichts als Schlaf, süßer Schlaf, und die Pikdame saß ihm gegenüber am Tisch und sah zu, wie er nach einem Drink griff, der nur nicht da war, weil Lola ihn mitgenommen hatte, als sie von ihm fortging, und er wußte, daß es nichts machte, daß es nur ein alberner Test war, und den machte er doch mit links in seinem Schlaf, süßen Schlaf ...

Am Sonntagmorgen war Danny sehr lebendig und hatte einen Mordshunger. Aber er bekam kein Frühstück, nicht einmal eine Tasse Kaffee – alles erst nachdem man ihn zum Labor gerollt und die Tests gemacht hatte.

Als sie ihm das Blut abnahmen, geriet er einen Augenblick lang in Panik. Aber wie die Schwester sagte, würde es ihn nicht umbringen – und das tat es auch nicht.

Und später bekam er Mittagessen, ein reichliches Mittagessen, und er durfte aufstehen, um zur Toilette zu gehen, und ein netter, junger Pfleger kam und rasierte ihn, und dann döste er wieder vor sich hin bis zum Abendessen.

Der Sonntag war also so gut wie vorbei, und er war immer noch da. Verdammt, er fing sogar an, sich wohlzufühlen, und wenn er jetzt noch einen Drink und eine Zigarette kriegen könnte ...

»Sorry, aber der Onkel Doktor möchte, daß wir heute abend wieder unsere Beruhigungsmittelchen schlucken.« Die dicke Schwester war wieder da, ein echter Schatz. Aber Danny nahm die Pillen mit einem Schluck Wasser und legte sich zurück, denn es war neun Uhr, es blieben also nur noch drei Stunden, und wenn er die schaffte, war alles geritzt.

Wenn er die schaffte? Verdammt und zugenäht, er schaffte sie, das wußte er jetzt, konnte es in seinen Knochen, in seiner Pumpe spüren. Kein Hämmern, kein Pochen – alles ruhig, alles hell. Hell wie die weiße Zimmerdecke, die jetzt grau wurde und wieder schwarz, schwarz wie das Pikas.

Irgend etwas fing in Dannys Brust zu hämmern an, aber er verkrampfte sich, um sich zur Entspannung zu zwingen

– das war schon komisch, sich verkrampfen, um sich zu entspannen, aber es schien zu funktionieren, ja, es funktionierte ... und jetzt war alles wieder ruhig und friedlich, er konnte schlafen, weil es still war. *Still wie das Grab ...*

Danny fing an zu schreien.

Dann ging das Licht an, und die dicke Schwester kam ins Zimmer gerannt. »Was ist denn Mr. Jackson, wissen Sie nicht, daß es erst ein Uhr nachts ist?«

»Ein Uhr nachts?«

Sie nickte.

»Montag?«

Als sie erneut nickte, hätte Danny sie küssen mögen. Er versuchte sogar, sie wirklich zu küssen, weil er es geschafft, weil er nun alles hinter sich hatte.

Jetzt war es leicht, wieder einzuschlafen. Alles war jetzt leicht, jetzt, wo Montag war.

Montag mit einem schönen Frühstück und der Zeitung mit dem dicken Sportteil. Montag mit einer frischen Rasur und dem Pfleger, der die Blumen vom Studio hereinbrachte ... halt mal, was zum Kuckuck war denn das? Es stand nichts in der Zeitung – wieso also wußte das Studio Bescheid?

Das erfuhr Danny, als sie das Telefon eingestöpselt hatten und er seinen ersten Anruf erhielt. Fischer.

»Hören Sie«, sagte Danny, »es tut mir sehr leid, wegen vorgestern ...«

»Mir nicht«, entgegnete Fischer. »Seien Sie still, und hören Sie zu.«

Also hörte Danny zu.

»Vielleicht war das das beste, was uns passieren konnte. Jedenfalls hat mich das auf eine Idee gebracht. Ich habe im Studio angerufen und denen einen Wink gegeben.«

»Sie haben das Studio angerufen?«

»Ja. Hab ihnen auch das mit Lola erzählt.«

»Wo hatten Sie das denn her?«

»Sie rief mich am Freitag abend an. Keine Sorge, sie hat mir fest versprochen, sich nicht eher an die Presse zu wenden, als bis wir soweit sind.«

»Soweit wozu?«

»Unterbrechen Sie mich nicht dauernd, sondern hören Sie zu«, sagte Fischer. »Ich habe dem Studio die Wahrheit gesagt, nur die Daten ein bißchen frisiert. Sagte, Lola wäre am Mittwoch, also nicht am Donnerstag, bei Ihnen ausgezogen, und Sie hätten das gewußt, als die Probeaufnahmen gemacht wurden. Die Pagliacci-Masche, das Herz bricht, aber die Show muß weitergehen ... Sie hätten da ja auch nicht allzu blendend ausgesehen, hätten sich aber nichts anmerken lassen wollen, und wie könnten sie Ihnen am Zeug flicken, wo Sie doch so getroffen gewesen seien, daß Sie am nächsten Tag tatsächlich einen Zusammenbruch erlitten hätten?«

»Müssen Sie dabei so froh klingen?« fragte Danny.

»Ich bin froh, und Sie werden es auch sein. Denn sie haben mir das abgekauft. In Anbetracht der Umstände haben sie die Probeaufnahmen rausgeschmissen, haben bereits mit New York telefoniert, und alles ist geklärt. Nächste Woche werden neue Aufnahmen gemacht, sobald der Doktor grünes Licht gegeben hat. Na, wie klingt das für den Anfang, alter Freund?«

Es war ein sehr guter Anfang – und es wurde alles immer besser. Denn der nächste Anruf kam von Lola. Die machte einen Riesenwirbel.

»Tut mir so leid ... alles ist meine Schuld ... hätte dir beistehen sollen, als du mich brauchtest ... hab dem

Anwalt gesagt, er soll die Sache vergessen ... der Arzt meint, ich könnte dich morgen besuchen ... ach, mein armes Schätzchen ...«

Ach, mein schmerzendes ...

Aber alles war gut, ja bestens, denn eine Scheidung oder auch nur Trennung in diesem Augenblick hätte ihn das Leben gekostet. Und er hatte ja ein Leben, ein ganz neues Leben, beginnend mit dem heutigen Tag.

Die Krönung des Ganzen aber war Dr. Carlsens Besuch am Nachmittag. »Die vorläufigen Laborberichte sind da. Noch zu früh, um Endgültiges zu sagen, aber es sieht so aus, als wären meine Vermutungen nicht ganz unzutreffend gewesen. Kleines Geräusch, leichte Unregelmäßigkeit, aber nichts, was sich nicht mit einer medikamentösen Behandlung in den Griff kriegen ließe. Und mit einer Dosis gesundem Menschenverstand.«

»Wann kann ich hier raus?«

»Vielleicht morgen.«

»Ich dachte eher an jetzt, jetzt gleich.«

Dr. Carlsen zuckte die Achseln. »Sie denken immer nur an das Jetzt. Das ist Ihr Problem.« Er setzte sich auf den Bettrand. »Ich sprach von gesundem Menschenverstand, Danny. Soll ich deutlicher werden? Zwei, vielleicht drei Drinks pro Tag – einen vor dem Abendessen, einen danach, vielleicht dann noch einen Schlaftrunk, wenn Sie den Abend aus waren. Regelmäßiges Leben. Über die Diät und die Übungen können wir später reden. Am wichtigsten ist jedoch für Sie, daß Sie aufhören, Angst zu haben.«

»Ich? Angst?«

Danny schenkte dem Arzt ein breites Lächeln, aber es verfing nicht. »Sie sind jetzt nicht dran«, beschied ihn der Arzt. »Ich weiß, was Sie umgehauen hat. Es war die Angst.

Die Angst, was mit Ihrer Karriere werden würde, Angst, weil Ihre Ehe dabei war, in die Brüche zu gehen, Angst vor einem Herzinfarkt ...«

Okay, Klugscheißer.

»Sehen Sie das denn nicht, Danny? Manchmal kann die Furcht davor schlimmer sein als die Krankheit selbst. Wenn Sie es lernen, den Dingen ins Gesicht zu sehen, vor denen Sie sich fürchten ...«

Danny lächelte, Danny nickte, Danny dankte ihm, Danny hatte es eilig, ihn loszuwerden.

Vielleicht hatte der Doktor ja recht, die Sache mit der Angst leuchtete ein. Die einzige Schwierigkeit war die, daß Carlsen nicht wußte, wovor er, Danny, tatsächlich Angst gehabt hatte. Aber wenn er das dem Doktor erzählte, würde der sich nur ans Telefon hängen und einen Psychiater ranholen. Man rennt nicht einfach so rum und faselt von zwielichtigen Wahrsagerinnen, die einem prophezeit haben, daß man am Sonntagabend sterben wird.

Das war jetzt jedoch vorbei und vergessen. Es war Montag, und er fühlte sich großartig und hatte keinerlei Angst mehr vor irgendwas.

Er hatte auch keine Angst mehr davor, aus dem Bett zu steigen und seine Kleider aus dem Schrank zu holen und sich anzuziehen und hinunter in die Halle zur Aufnahme zu gehen. Er hatte keine Angst vor der dicken Schwester und auch nicht vor der Oberschwester, als er ihr sagte, daß er das Krankenhaus verlasse.

Klar, es gab eine Menge Geschrei und Drohungen, den Arzt rufen zu wollen, und das ist wirklich nicht in Ordnung, Mr. Jackson, aber wenn Sie darauf bestehen, unterschreiben Sie hier.

Danny unterschrieb.

Die Nachtluft tat ihm gut, als er draußen vor dem Portal auf ein Taxi wartete – alles war ruhig, in den Straßen herrschte diese feierabendliche Atmosphäre, so ein Abendgefühl.

Danny nannte dem Taxifahrer seine Adresse und machte es sich für die lange Fahrt hinaus nach Bel Air bequem. Der Fahrer war ein schlauer Bursche, er wich dem Verkehr auf dem Wilshire aus und fuhr über den Olympic nach Süden. Miese Gegend, ein Haufen Neonlichter über billigen Bars . . .

»Augenblick. Ich hab's mir anders überlegt. Setzen Sie mich hier ab.«

Zum Teufel, warum nicht? Hatte der Doktor nicht gesagt, er dürfe sich vor dem Abendessen einen genehmigen? Außerdem waren es ja nicht die Drinks, sondern es war die Angst. Und die war nun schon lange weg. Sie war gestern nacht gestorben.

Das verlangte nach einer kleinen Feier. Und sei es in einem lausigen Lokal wie diesem, mit barbusiger Bedienung und Gästen ohne Gesicht. Obwohl . . . diese kleine Pussi da am Ende des Tresens war gar nicht so ohne.

»Scotch on the rocks.« Danny blickte den Tresen entlang. »Fragen Sie mal, was meine Freundin da trinken möchte.«

Sie war nicht seine Freundin, noch nicht, aber der Drink machte sie schnell dazu. Und als sie beide reif für einen zweiten waren, zogen sich Gloria und er in eine Nische im Hintergrund zurück.

So hieß sie, Gloria. Sie war eine von den Stripperinnen in dem Laden, hatte heute frei, sähe das aber nicht so eng, wenn er verstünde, was sie meine.

Danny sah sehr wohl, worauf sie hinauswollte, und er

sah noch eine Menge mehr – gute Figur, hübsche Beine, die richtige Sorte Mund. Teufel auch, er hatte schließlich was zu feiern (und es war schon sehr, sehr lange her). Schön, Lola kam morgen zurück, großartig. Aber jetzt war heute. *Montag* abend. Premierenabend, erste Vorstellung eines Superhits, Start zu einer langen Laufzeit. *Das neue Leben des Danny Jackson.*

»Danny Jackson, das bist du?« Gloria riß den Mund auf. Hübsche, sinnliche Unterlippe. Er hatte ein Gespür dafür, das war wie Radar, Instinkt, saß im Bauch. Nicht genau, aber irgendwo da. Merkwürdig, sehr merkwürdig, und das verlangte nach einem weiteren Drink ...

»Selbstverständlich weiß ich, wer du bist!« Gloria hielt ganz gut mit, und jetzt saßen sie beide in eine Ecke der Nische gezwängt, so richtig schnuckelig.

Und er erzählte ihr, wie sich das so ergeben hatte, daß er hier reingeschneit war, was überhaupt alles passiert war, natürlich ohne Nennung von Namen, aber es fiel leicht zu reden, und wenn er vielleicht noch einen letzten für unterwegs, so als Wegzehrung ...

Der Weg führte natürlich nach nebenan – er hatte das Motel gesehen, als er aus dem Taxi gestiegen war. Alles sehr praktisch.

›George Spelvin und Frau‹ trug er sich ein, und der Portier warf ihm einen merkwürdigen Blick zu, aber Danny hatte keine Angst, ihn konnte nichts mehr erschrecken.

Das Pikas war nichts anderes als eine der Karten im Pack, und dies war ein total neues Spiel – die Pikdame war fort, und statt ihrer war Gloria da. Die niedliche kleine Gloria, rotes Haar auf einem weißen Kissen, und die Nachttischlampe warf Schatten auf die Wand. Große, schwarze Schatten wie große, schwarze Augen, die starrten und beobachteten und warteten …

Aber nein, die Angst war weg, er vergaß. Montag nacht, alles klar? Und er zerstörte sich nicht selbst, das war aus und vorbei, war alles ein Fehler gewesen. Ein Fehler, sich zu betrinken, ein Fehler, einem plötzlichen Impuls nachzugeben und sich die Zukunft vorhersagen zu lassen, ein Fehler, einer spinnerten alten Zigeunerin und ihrem Gefasel über Karten Glauben zu schenken. Über dein Leben bestimmen nicht die Karten, sondern du bestimmst über dein Leben, und er hatte das bewiesen. Oder etwa nicht?

»Klar doch, Danny, klar hast du das.«

Er mußte laut gedacht und Gloria die ganze Geschichte erzählt haben. Denn sie knöpfte sein Hemd auf und half ihm und murmelte: »Heute ist Montag, capito? Nichts zu befürchten, und ich werd dir nichts tun …«

Das würde sie ganz und gar nicht. Sie war genau das, was der Doktor verschrieben hatte. Na ja, nicht genau das, sondern nur einen Drink vor dem Abendessen und regelmäßige Lebensweise und keine Angst mehr haben. Das war das Entscheidende, das, woran er immer denken mußte: keine Angst haben. Okay, er hatte also keine Angst. Und zur Hölle mit den Ärzten – und den Wahrsagerinnen auch.

Danny war soweit, und er schnappte sich Gloria, und ja, das war's, das war's, was ihm gefehlt hatte. Er blickte hinab in Augen, in ihre dunklen Augen, dunkel wie die Augen der alten Frau. Und jetzt weiteten sie sich vor Lust, und er konnte ihre Pupillen sehen, schwarze Asse auf einem staubigen Tisch. Und da war keine Lust, nur dieser rasende Schmerz, als das Pikas auf ihn zukam, höher, höher, höher …

Danny merkte nicht, wie er starb, und er wußte auch nicht, woran er starb. Gloria hatte ihm nichts von sich erzählt, nicht einmal den Namen erwähnt, den sie als Stripperin trug. Es war halt einer dieser erfundenen Namen, wie ihn sich Stripperinnen immer zulegen. Sonntag nannte sie sich, Amanda Sonntag.

Drei blinde Mäuse

2. April

Okay, Doc, Sie haben gewonnen!

Ich werde mein Versprechen halten und regelmäßig Eintragungen machen, aber der Teufel soll mich holen, wenn ich mit Überschriften anfange wie etwa »Mein Tagebuch« oder »Lieber Doktor«. Sie wollen, daß ich alles so aufschreibe, wie es ist? Okay, aber so, wie es im Augenblick steht, nehmen Sie sich besser in acht, Doc. Wenn Ihnen so was vorschwebt wie in meinem Bewußtseinsstrom rumwaten, dann passen Sie mal gut auf die Krokodile auf!

Ich weiß schon, was Sie denken. »Da haben wir einen Berufsschriftsteller, der behauptet, er sei blockiert. Bring ihn dazu, ein Tagebuch zu führen, und er wird wieder schreiben.« Stimmt's, Doc?

Nur ist das nicht mein eigentliches Problem. Meine Schwierigkeit ist das genaue Gegenteil – antithetisch, wenn Sie's hochgestochen haben wollen. Logorrhöe. Krankhafte Geschwätzigkeit. Billiges Wortgeklingel von einem billigen Vielschreiber. Aber das sagen sie im Studio immer: Autoren kann man für 'n Groschen kriegen.

Okay, hier haben Sie Ihren Groschen. Gehn Sie, und besorgen Sie mir ein Dutzend Autoren. Mal sehen – ich möchte zwei Hemingways, einen Thomas Wolfe, einen James Joyce, ein paar Homers, wenn sie frisch sind, und sechs William Shakespeares.

Das hätte ich fast zu dem Gerber gesagt, als er mich aus der Show rausgeschmissen hat. Aber was bringt's? Die

Produzenten haben eh nur eins im Kopf. Sie zeigen auf den Parkplatz und sagen: »Ich fahr den Cadillac, du fährst den Volkswagen.« Klar. Wenn du schon so schlau bist, warum bist du dann nicht reich?

Nennen Sie's eine Rationalisierung, wenn Sie wollen. Ihr Psychiater seid doch groß darin, an alles ein Etikett zu heften. Hefte dem Esel den Schwanz an, darum geht es doch, und der Patient ist immer der Dumme. Oh, Verzeihung, es heißt ja nicht »Patient«, sondern »Analysant«. Bei fünfzig Dollar die Stunde kann man sich's leisten, sich ausgefallene Wörter einfallen zu lassen. Aber ich kann es mir bei fünfzig Dollar die Stunde nicht leisten, keine ausgefallenen Träume aufzuschreiben.

Wenn Sie so was von mir haben wollen, dann vergessen Sie es. Es gibt keine Träume. Nicht mehr. Es war einmal (wie wir Schriftsteller sagen) ein Traum. Der Traum, nach Hollywood zu kommen und das Fernsehen zu erobern. Für ›Comedy Shows‹ schreiben, auf diese neue Art in seiner Freizeit großes Geld zu machen, ein schickes Anwesen mit Swimmingpool zu kaufen und auf den Putz zu hauen, bis man's sich dann mit einer tollen Braut gemütlich macht.

Aber die Träume sind nicht das Problem. Erst wenn sie wahr werden, gerät man in Schwierigkeiten. Dann entdeckt man, daß die Komödie gar nicht mehr komisch ist, daß das große Geld verschwindet und sich der Swimmingpool in einen Bewußtseinsstrom verwandelt. Selbst so eine hübsche kleine Mieze wie Jean verwandelt sich in was anderes. Das ist kein Traum mehr, sondern ein Alptraum, und der ist Wirklichkeit.

Da haben Sie Ihr Problem, Doc. Heilen Sie mich von der Wirklichkeit.

Eine wenig bekannte historische Tatsache. Kurz nachdem er in Peru verwundet worden war, schrieb Pizarro, schon immer ein Meister des Understatements, er sei nicht voll einsatzfähig.

Verdammt noch mal, Doc, ich sage, das ist komisch! Ich nehme Ihnen Ihre Theorie nicht ab, Wortspielereien seien eine Form der oralen Aggression. Weil ich nicht der aggressive Typ bin.

Feindselig, ja. Ist ja wohl kein Wunder. Aus der Show geschmissen, nachdem ich drei Spielzeiten lang für diesen Gerber und seinen miesen, unbegabten Komiker Blut und Wasser geschwitzt habe. Lou Lane konnte nicht mal einen Job als Aufpasser in einem Waschsalon kriegen, bis ich dann angefangen habe, ihm seine Sachen zu schreiben – und heute ist er der große Starautor, wenn man ihn so reden hört.

Aber das wird mich nicht dazu verleiten, irgendwas Blödes zu machen. Muß ich auch nicht. Eine Spielzeit ohne mich, und er ist wieder da, wo er hingehört – Parkwächter auf dem Drive-in-Friedhof. Bedienung am Auto. Wir holen und bringen. Ha, ha.

Gerber hat mir den gleichen Vortrag gehalten – mein Zeug bekäme langsam so was Miesepetriges. Wir wollen keine schwarze Komödie. Das ist häßlich, und dies ist doch eine Art Familienserie. Okay, vielleicht war das meine Methode, Dampf abzulassen, alles aus mir raus zu kriegen – Katharsis, nennt man das nicht so? Und da bin ich wohl ein bißchen zu deutlich geworden. Das ist der Punkt, an dem Sie ins Spiel kommen. Ändern Sie mein Bewußtsein für mich, bringen Sie mich wieder in Gang, und ich werde mir einen neuen Auftrag holen und mit den Familienkomödien weitermachen.

Derweil keine Probleme. Jean verdient die Brötchen. So hatte ich mir das nicht vorgestellt, als wir heirateten. Zuerst dachte ich, ihre Singerei, das sei nur so zum Spaß, und spielte mit. Sollte der Gesangslehrer sie nur beschäftigt halten, während ich an der Show arbeitete – gib ihr was zu tun, irgendein Hobby. Selbst als sie die ersten Engagements bei ein paar Clubs annahm, war das noch immer, was mich betraf, der Abend der Hobbysänger. Aber dann kamen sie mit dem Plattenvertrag, und nach der Single kam das Album usw. Mein kleiner Spatz verwandelte sich in einen Kanarienvogel.

Komisch, diese Jean. So ein Nichts, als ich sie kennenlernte. Sehr gut, soweit es die Sparte Aussehen anbetraf, aber davon mal abgesehen – nichts. Erst durch die Singerei wurde das ganz anders. Die Entdeckung ihrer Stimme war die Entdeckung ihrer selbst. Ganz plötzlich war Selbstvertrauen da.

Natürlich bin ich stolz auf sie, aber es macht mir immer noch ein bißchen zu schaffen. Die Art, wie sie das Kommando übernommen hat, wie sie darauf bestanden hat, daß ich zum Psychiater gehe. Nicht, daß ich deshalb verärgert wäre, ich weiß ja, daß sie's nur zu meinem Besten tut, aber es ist doch schwer, sich daran zu gewöhnen. Wie am letzten Abend der Guild-Vorstellung, als uns ihr Agent mit einem Freund bekannt machte – »Ich möchte, daß du Jean Norman und ihren Mann kennenlernst.«

An zweiter Stelle. Geht mir gegen den Strich, Doc. Ich bin jetzt ein großer Junge. Das letzte, was ich gebrauchen kann, ist eine Identitätskrise, nicht wahr? Und solange wir aufrichtige Beichte spielen, muß ich schon zugeben, daß mir Jean einen Punkt voraus ist – ich habe ein bißchen tief in die Flasche geguckt, seit man mich rausgeschmissen hat.

Ich habe das bei unserer letzten Sitzung nicht erwähnt, aber das ist der eigentliche Grund, warum sie wollte, daß ich zu Ihnen gehe. Sie meint, der Alkohol sei meine Schmusedecke. Vielleicht wäre schon alles gut, wenn man sie mir wegnähme. Oder nicht?

Die Schmusedecke des einen ist das Leichentuch des anderen.

7. April

Sie blöder Hund, was soll das heißen, Alkohol ist bloß ein Symptom?

Zunächst einmal: Ich bin kein Alkoholiker. Klar, ich trinke, vielleicht trinke ich auch viel, in diesem Geschäft trinken alle. Es ist entweder das oder Hasch oder harte Drogen, aber ich werde nicht ausflippen und mir mein Leben versauen. Aber man braucht doch etwas, um bei Verstand zu bleiben, und bloß weil ich ein paar Gläschen kippe, heißt das noch lange nicht, daß ich ein Alkoholiker bin.

Aber nehmen wir mal rein theoretisch an, ich wäre einer. Sie nennen das ein Symptom. Symptom für was?

Wie wär's, wenn Sie mir mal diese Kleinigkeit verrieten? Sie lehnen sich da in Ihrem dick gepolsterten Stuhl zurück, falten die Hände über Ihrem dick gepolsterten Bauch und überlassen mir die ganze Quatscherei – lassen Sie uns doch zur Abwechslung auch mal was von Ihnen hören. Welchen Verdacht haben Sie, Herr Richter, Herr Geschworener, Herr Staatsanwalt, Herr Henker? Wie lautet die Anklage – hochgradige Heterosexualität?

Ich bitte nicht um Mitgefühl. Davon bekomme ich schon eine Menge – von Jean. Zuviel. Dieses ›Ach-mein-armes-Schätzchen‹-Getue steht mir bis hier. Ich will weder Toleranz noch Verständnis, noch sonst so ein heuchlerisches Gefasel. Nennen Sie mir zur Abwechslung einfach mal ein paar Fakten. Es hängt mir zum Hals raus, wie Jean die Mami spielt – und Sie den großen Daddy. Was ich brauche, ist echte Hilfe, Sie müssen mir helfen. Bitte, bitte, helfen Sie mir.

9. April

Zwei Vorsätze.

Nummer eins: Ich werde nicht mehr trinken. Ich höre sofort damit auf, hier und jetzt. Ich war total besoffen, als ich die letzte Eintragung gemacht habe, und ich brauchte sie heute, wo ich nüchtern bin, nur noch mal durchzulesen, um zu erkennen, was ich mir angetan habe. Also Schluß mit der Trinkerei, ein für allemal.

Nummer zwei: Von jetzt an werde ich dies hier Dr. Moss nicht mehr zeigen. Ich werde bei den therapeutischen Sitzungen ohne jede Einschränkung mitmachen, aber das ist alles. Es gibt schließlich so etwas wie eine Verletzung der Intimsphäre. Und nach dem, was heute passiert ist, werde ich mich nie wieder so rückhaltlos öffnen. Vor allem ohne Betäubungsmittel, und das habe ich gerade aufgegeben.

Wenn ich auch weiterhin alles aufschreibe, so geschieht dies zu meiner eigenen Information, und es sind ganz persönliche Notizen. Ich werde ihm das natürlich nicht sagen. Er würde bloß wieder irgend so einen psychiatrischen

Spruch parat haben, der besagt, daß ich Selbstgespräche führe. Mir ist das jetzt alles klargeworden – diese Seelenklempner sind samt und sonders autoritäre Figuren und benutzen die Etikette, die sie einem aufkleben, nur dazu, einen fertigzumachen. Wer braucht so was schon?

Alles, was ich brauche, ist, daß ich nicht aus den Augen verliere, was vor sich geht, wenn die Dinge anfangen, sich zu verwirren. Wie bei der Sitzung heute.

Vor allem diese Hypnotherapie.

Solange das eine Sache zwischen mir und mir selbst bleibt, gebe ich gern zu, daß mir die Vorstellung, hypnotisiert zu werden, schon immer angst gemacht hat. Und wenn ich irgendwie den Verdacht gehabt hätte, daß der alte Schnüffler versuchen würde, mich einzuschläfern, wäre ich in Null Komma nix draußen gewesen.

Aber er erwischte mich, als ich nicht auf der Hut war. Ich lag da auf der Couch und sollte sagen, was immer mir in den Kopf kam. Nur hatte ich kein Glück, mir fiel nichts ein. Emotionale Erschöpfung, sagte er und drehte das Licht runter. Warum nicht die Augen zumachen und entspannen? Nicht einschlafen, nein, nur so ein bißchen tagträumen. Tagträume sind manchmal wichtiger, als die, die beim Schlafen kommen. Und er sagte, er wolle auch gar nicht, daß ich einschliefe – wenn ich mich ganz auf seine Stimme konzentrierte und mich einfach fallen ließe . . .

Er hat mich erwischt. Ich hatte überhaupt nicht das Gefühl, die Kontrolle zu verlieren, da war keine Panik, ich wußte, wo ich war und alles, aber er hat mich erwischt. Muß er, denn er sprach die ganze Zeit über die Erinnerung. Daß die Erinnerung unsere ganz eigene, persönliche Form der Reise durch die Zeit sei, ein Vehikel, das uns zurückbrächte, weit zurück in die früheste Kindheit, ob ich das nicht auch meinte? Und ich sagte ja, sie kann uns zurückbringen, mich zurückbringen, zurück ins alte Virginia.

Dann fing ich an, etwas vor mich hin zu summen, woran ich schon Jahre nicht mehr gedacht hatte. Und er sagte, was ist das denn, klingt wie ein Kinderlied, und ich sagte, stimmt, Doc, kennen Sie's nicht, »Drei blinde Mäuse«?

Warum singen Sie es mir nicht mal vor, sagte er. Da fing ich an.

Drei Mäuse so blind, drei Mäuse so blind,
schau, wie sie rennen, wie flink sie sind!
Sie laufen alle der Bäuerin nach.
Wer hat denn sowas schon gesehn?
Drei Mäuse, so blind, wer kann das verstehn?

Sehr hübsch, sagte er. Aber haben Sie da nicht eine Zeile ausgelassen?

Was für eine Zeile? fragte ich. Ganz plötzlich, ohne jeden Grund, konnte ich fühlen, wie ich sehr nervös wurde. Das ist das Lied. Meine alte Dame hat es mir vorgesungen, als ich klein war. So was würde ich doch nie vergessen! Was für eine Zeile?

Er fing an, es mir vorzusingen.

Sie laufen alle der Bäuerin nach,
Die schneidet ihnen die Köpfe ab.

Dann passierte es.

Es war nicht, wie wenn man sich erinnert. Es passierte, in diesem Augenblick, noch einmal.

Spät am Abend. Kalt. Wind weht. Ich wache auf. Ich möchte einen Schluck Wasser trinken. Alle schlafen. Dunkel. Ich gehe in die Küche.

Dann höre ich das Geräusch. Wie ein Klopfen auf dem Boden. Es macht mir Angst. Ich knipse das Licht an und sehe es. In der Ecke hinter der Tür. Die Falle. Irgendwas bewegt sich darin. Ganz grau und haarig und zappelt hoch und runter.

Die Maus. Ihre eine Pfote steckt in der Falle, und sie kann nicht weg. Vielleicht kann ich helfen. Ich hebe die Falle hoch und schiebe den Bügel zurück. Ich halte die Maus in der Hand. Sie windet sich und quiekt, und das erschreckt mich noch mehr. Ich möchte ihr nicht weh tun, sie nur raussetzen, damit sie weglaufen kann. Aber sie zappelt und quiekt, und dann beißt sie mich.

Als ich das Blut an meinem Finger sehe, habe ich keine Angst mehr. Ich werde wütend. Ich will ihr nur helfen, und sie beißt mich. Mieses kleines Luder. Quiekt mich an, hat die Augen zu dabei. Blind. Drei blinde Mäuse. Bauersfrau.

Da. Neben der Spüle. Das Brotmesser.

Sie versucht wieder, mich zu beißen. Dir werd ich's heimzahlen. Ich nehme das Messer. Und ich schneide, ich lasse das Messer fallen, ich schreie.

Ich schrie wieder, dreißig Jahre später, und ich öffnete die Augen, und da war ich – im Behandlungszimmer von Dr. Moss, flennte wie ein Kind.

Wie alt waren Sie da? fragte Dr. Moss.

Sieben.

Das kam einfach so raus. Ich hatte vergessen, wie alt ich gewesen war, hatte vergessen, was sich zugetragen hatte – das war in meinem Kopf alles schwarz übermalt, genau wie die Zeile von dem Kinderlied.

Aber jetzt erinnere ich mich wieder. Ich erinnere mich an alles. An meine alte Dame, wie sie den Mäusekopf im Mülleimer fand und mich dann windelweich prügelte. Ich glaube, daß mich das krank gemacht hat, nicht der Biß, auch wenn der Arzt kam und mir eine Spritze gab und meinte, Ursache des Fiebers sei eine Infektion. Zwei Wochen lang lag ich im Bett. Wenn ich aufwachte, laut schreiend wegen der Alpträume, kam meistens meine alte Dame rein und hielt mich im Arm und sagte, wie leid es ihr tue. Sie sagte mir immer, wie leid es ihr tue – nachdem sie mir irgendwas angetan hatte.

Ich nehme an, es war damals, daß ich anfing, sie wirklich zu hassen. Kein Wunder eigentlich, daß ich so viele von Lou Lanes Nummern um Mutter- oder Schwiegermutter-Gags herumgebaut habe. Orale Aggression? Mag sein. All diese Jahre wußte ich nicht, war mir nie klar, wie sehr ich sie haßte. Ich hasse sie immer noch, hasse sie . . .

Was ich jetzt brauche, ist ein Drink.

23. April

Zwei Wochen seit der letzten Eintragung. Ich habe Dr. Moss erzählt, ich hätte aufgehört, ein Tagebuch zu führen, und er hat mir das abgenommen. Ich habe Dr. Moss außerdem noch eine Menge andrer Sachen erzählt, aber ob er mir die geglaubt hat oder nicht, weiß ich nicht. Nicht, daß es mich interessierte, so rum oder anders. Ich glaube ja auch nicht alles, was er mir erzählt.

Hebephrenische Schizophrenie. Also, das ist doch mal ein ordentliches Fachchinesisch!

Was bedeutet, daß sich bestimmte Persönlichkeitstypen in die Kindheit oder in infantiles Verhalten zurückziehen, wenn sie mit einer Streßsituation konfrontiert und nicht mit ihr fertig werden.

Ich habe das neulich nachgeschlagen, nachdem ich einen kurzen Blick auf die Notizen von Moss hatte werfen können, aber wenn es das ist, was er denkt, dann ist er der Durchgedrehte.

Dr. Moss hat's mit Wörtern wie durchgedreht, plemplem, irre. Geistige Behinderung, das ist sein Speed.

Das und Regression. Er ist ganz besessen von der Regression. Keine Hypnose mehr – ich hab ihm gesagt, daß das out ist, total –, und er hat's geschnallt. Aber er benutzt andere Methoden, etwa die freie Assoziation, und sie scheinen zu funktionieren. Dabei rede ich mich selbst in das Erinnern hinein, rede mich in die Vergangenheit zurück.

Ich hab da ein paar Sonderbarkeiten entdeckt. Zum Beispiel, daß ich kein Glas Milch getrunken habe, bis ich fünf Jahre alt war – meine alte Dame ließ mich immer diese Babynahrung aus der Flasche trinken, und es gab deshalb einen großen Krach, als ich in den Kindergarten kam und dort meine Milch auf keine andere Art und Weise zu mir nehmen wollte. Da hat sie mir eine gescheuert und gesagt, sie müsse sich meinetwegen schämen, wenn sie es dem Lehrer erklären solle, und hat mir die Flasche weggenommen. Aber es war in erster Linie ihre Schuld. Ich fange an zu begreifen, warum ich sie gehaßt habe.

Mit meinem alten Herrn hatte ich auch nicht gerade das große Los gezogen. Wann immer wir Leute zum Essen da hatten, brachte er Sachen, die ich zu ihm gesagt hatte, all dieses törichte Kindergeplapper, das man von sich gibt, weil man es nicht besser weiß, und alle lachten dann. Schwer vorstellbar, daß auch Kindern was peinlich sein kann, bis man sich daran erinnert, wie das war. Der Alte ermunterte mich dauernd, was Albernes zu sagen, nur damit er den Beifall einheimsen konnte, wenn er es seinen Kumpeln weitererzählte. Kein Wunder, daß man solche Sachen vergißt – es tut viel zu weh, sich daran zu erinnern.

Es tut immer noch weh.

Natürlich gibt es auch schöne Erinnerungen. Als Kind schert man sich meistens um gar nichts, man macht sich keine Gedanken über die Zukunft und man begreift nicht mal, was so Sachen wie Schmerz oder Tod wirklich bedeuten – und schon das ist es wert, sich daran zu erinnern.

Ich scheine bei unseren Sitzungen immer damit anzufangen, aber dann lenkt mich Dr. Moss stets zu den anderen Dingen hin. Katharsis, sagt er, ist gut für Sie. Lassen Sie alles raus. Okay, ich spiele mit, aber wenn wir mit so einer Kinderstunde durch sind, bin ich reif für einen ordentlichen Drink bei mir zu Hause.

Jean hat wieder angefangen, mich deswegen zu nerven. Wir hatten gestern abend erneut Krach, als sie von ihrem Clubtermin nach Hause kam. Singen, das ist das einzige, was sie jetzt noch interessiert, für mich hat sie nie Zeit.

Okay, das ist ihre Sache, warum kümmert sie sich nicht darum und läßt mich in Ruhe? Ich war besoffen, na und? Ich hab versucht, ihr von der Therapie zu erzählen und davon, wie weh mir das tut und wie da ein Drink hilft. Warum wirst du nicht endlich erwachsen? sagte sie. Ein bißchen Schmerz hat noch keinem geschadet.

Manchmal glaube ich, daß alle verrückt sind.

25. April

Sie sind verrückt, jawohl.

Jean rief Dr. Moss an und erzählte ihm, daß ich wieder zur Flasche gegriffen habe.

»Zur Flasche«, sagte ich, als er mir das berichtete. »Wie hört sich denn das an? Man könnte meinen, sie sei meine Mutter und ich ihr Baby.«

»Meinen Sie das denn nicht auch?« fragte Moss.

Ich sah ihn bloß an. Ich wußte nicht, was ich sagen sollte. Diesmal besorgte ausnahmsweise mal er die ganze Rederei.

Er fing ganz ruhig an, sprach davon, wie sehr er gehofft hätte, daß uns die Therapie helfen würde, bestimmte Dinge gemeinsam rauszufinden. Und daß ich nach einer gewissen Zeit beginnen würde, die Bedeutung der Verhaltensmuster zu verstehen, die mein Leben bestimmten. Aber das hätte anscheinend nicht funktioniert, und wiewohl er im allgemeinen nicht gern das Risiko eines psychischen Traumas auf sich nähme, schiene es ihm in diesem Falle doch angezeigt, daß er die Situation für mich kläre.

An diesen Teil kann ich mich erinnern, fast wörtlich, weil alles einen Sinn ergab. Was er mir aber dann weiter erzählte, geriet mir völlig durcheinander.

Zum Beispiel sagte er, ich sei oral auf die Flasche fixiert, weil die für mich die Kindermilchflasche darstelle, die mir meine Mutter weggenommen habe, als ich noch ein Kind war. Und daß ich beim Schreiben von Komödien gelandet sei, weil ich die Situation reproduzieren wolle, als mein Vater den Leuten meine komischen Bemerkungen weitererzählte – denn auch wenn sie damals gelacht hätten, habe es doch bedeutet, daß sie mir ihre Aufmerksamkeit geschenkt hätten, und das brauchte ich. Zur gleichen Zeit hätte ich meinen Vater aber auch verabscheut, weil er das Verdienst für sich reklamiert habe, die anderen amüsiert zu haben, wie ich nun auch Lou Lane verabscheute, weil der sich mit dem aufspiele, was ich für ihn schriebe. Deshalb hätte ich den Job auch dadurch torpediert, daß ich Sachen produziert hätte, die er nicht gebrauchen konnte. Ich hätte gewollt, daß er sie benutzt und dann damit durchfällt, weil ich ihn haßte. Lou Lane sei für mich zur Vaterfigur geworden, und mein Vater sei mir verhaßt.

Ich erinnere mich, daß ich Dr. Moss angesehen und gedacht habe, er müsse verrückt sein. Nur ein verrückter Psychiater kann einem solche Sachen auftischen.

Er legte sich wirklich ins Zeug, als er über meine alte Dame sprach. Wie ich sie als Kind so gehaßt hätte, daß ich meine Gefühle hätte verdrängen müssen – sie auf etwas anderes übertragen, damit ich mich nicht schuldig fühlen mußte.

Wie damals, als ich nachts aufgestanden sei, um mir ein Glas Wasser zu holen. In Wahrheit habe ich meine Flasche wiederhaben wollen, aber meine Mutter habe sie mir nicht gegeben. Und vielleicht sei die Flasche Symbol für etwas gewesen, was sie meinem Vater gegeben habe. Eigentlich sei ich davon aufgewacht, daß ich die beiden gehört hätte, und vor allem deswegen hätte ich sie gehaßt.

Dann sei ich in die Küche gegangen und hätte dort die Maus gesehen. Die Maus habe mich an das Kinderlied und das Kinderlied an meine Mutter erinnert. Ich hätte das Brotmesser genommen, die Maus aber nicht töten wollen. Eigentlich hätte ich, in meinem Kopf, meine Mutter getötet . . .

Da habe ich ihm eine verpaßt. Mitten auf sein dreckiges Maul.

Niemand darf so über meine Mutter sprechen.

29. April

Besser so. Brauche keinen Dr. Moss. Brauche keine Therapie. Mach das selbst.

Hab's gemacht. Regression. Nimm ein kleines Schlückchen, mach einen kleinen Trip. Kleinen Trip auf der Erinnerungsstraße.

Nicht zu den bösen Sachen. Gute Sachen. All die warmen, sanften Erinnerungen. Die Zeit, als ich mit dem Fieber im Bett lag und Mutter hereinkam mit der Eiscreme auf dem Tablett. Und mein Vater mir dieses Spielzeug brachte.

Das ist das Schöne am Erinnern. Das Schönste von der Welt. In der Schule haben wir früher so ein Gedicht gelesen. »Wende dich rückwärts, o Zeit, du geschwinde, mach mich, ach, heute nur wieder zum Kinde!« Schön, kein Problem. Ein paar Drinks, und schon bist du unterwegs. Bißchen Schmieröl für die alte Zeitmaschine.

Als Jean das mit Dr. Moss erfuhr, ist sie in die Luft gegangen. Ich solle ihn sofort anrufen und mich entschuldigen, schrie sie.

»Hol ihn der Teufel«, sagte ich. »Ich brauche ihn nicht mehr. Ich kann mit all dem auch selbst fertig werden.«

»Vielleicht wirst du's müssen«, sagte Jean.

Dann erzählte sie mir von Vegas. Auftritt in einer Lounge, drei Wochen dort auf dem Strip. Ganz aufgeregt, weil das bedeutet, daß sie's geschafft hat, jetzt dick im Geschäft ist. Lou Lane spielt den großen Macher, hat ihren Agenten angerufen und ihr dann erklärt, es sei alles geritzt.

»Augenblick mal«, sagte ich. »Lou Lane hat das für dich arrangiert?«

»Er ist mir ein guter Freund gewesen«, sagte Jean. »Während dieser ganzen Zeit hat er die Verbindung nicht abreißen lassen, weil er sich Sorgen um dich macht. Er wäre auch dein Freund, wenn du es nur zulassen würdest.«

Klar wäre er das. Mit Freunden wie dem brauchst du keine Feinde mehr. Mir fiel es wie Schuppen von den Augen. Kein Wunder, daß er bei Gerber protestiert und dafür gesorgt hatte, daß ich aus der Show flog. So kam er an Jean ran. Er hatte das alles arrangiert, und wie! Die beiden spielen jetzt zusammen in Vegas! Jean in der Lounge und er in der Suite, und dann, nach der Show ...

Einen Augenblick lang war ich so außer mir, daß ich gar nichts mehr sehen konnte, und ich weiß nicht, was ich gemacht hätte, wenn ich was hätte machen können. Aber ich meine, ich konnte wirklich nichts mehr sehen, weil ich zu weinen anfing. Und dann hielt sie mich im Arm, und es war alles wieder gut. Sie wollte den Vegas-Termin absagen und hier bei mir bleiben, wir würden das zusammen durchstehen. Aber ich mußte ihr eins versprechen – kein Alkohol mehr.

Ich hab's versprochen. So weich, wie sie mich gemacht hat, hätte ich ihr alles versprochen.

Ich sah ihr dabei zu, wie sie die Bar leer räumte, und dann fuhr sie in die Stadt, um mit ihrem Agenten zu reden.

Das ist eine Lüge, versteht sich. Sie hätte ihn auch von hier aus anrufen können. Sie macht also irgendwas anderes.

Zum Beispiel direkt zu Lou Lane gehen und ihm alles brühwarm erzählen. Ich kann sie förmlich hören. »Keine Sorge, Darling, ich mußte diesmal einen Rückzieher machen, sonst wäre er zu mißtrauisch geworden. Aber was sind drei Wochen Vegas, wo wir ein ganzes Leben vor uns haben?« Und dann gehen die beiden zusammen ...

Nein, ich will nicht darüber nachdenken. Ich muß auch nicht darüber nachdenken, es gibt andere Dinge, bessere.

Ich hab ja meine Flasche. Die, von der sie nichts wußte, als sie die Bar leer räumte, die, die ich im Keller gehortet hab.

Ich werde mich nicht mehr rumquälen. Sie kann mir nicht vorschreiben, was ich zu tun habe. Nimm ein kleines Schlückchen, mach einen kleinen Trip. Das ist alles.

Ich hab die Wohnung für mich.

Später

Sie hat die Flasche kaputtgemacht.

Sie ist reingekommen, hat mich gesehen, mir die Flasche weggerissen und sie kaputtgeschmissen. Ich weiß, daß sie wütend ist, denn sie ist in die Küche gelaufen und hat die Tür hinter sich zugeknallt. Warum in die Küche?

Da ist ein Nebenanschluß.

Ich frag mich, ob sie versuchen wird, Dr. Moss anzurufen.

30. April

Ich war ein ungezogener Junge.

Der Onkel Doktor ist gekommen, er sagte, was haste gemacht.

Ich sagte, sie hat mir die Flasche weggenommen.

Er hat's auf dem Boden gesehen, das Messer.

Ich mußte das machen, sagte ich.

Er sah Blut.

Wie die Maus, sagte er.
Nein, keine Maus. Ein Kanari.
Nich in den Mülleimer gucken, sagte ich.
Er tat's aber doch.

Das Männchen

I

Wohlgemerkt, ich kann nicht beschwören, daß meine Geschichte wahr ist. Es könnte auch ein Traum gewesen sein oder, schlimmer noch, ein Zeichen geistiger Verwirrung. Aber ich denke, sie ist wahr. Woher sollen wir schließlich wissen, was es hier auf Erden so alles gibt? Es existieren noch immer seltsame Monstrositäten und üble, unglaubliche Widernatürlichkeiten. Jeder Krieg, jede neue geographische oder wissenschaftliche Entdeckung fördert ein weiteres schreckliches Beweisstück dafür zutage, daß die Welt doch nicht so ganz der vernunftbestimmte Ort ist, als den wir sie uns so gerne vorstellen.

Wie können wir sicher sein, daß unsere selbstgefälligen Vorstellungen von der Realität dieser tatsächlich entsprechen? Von einer Million Menschen wird nur einem das grauenvolle Wissen zuteil, während der Rest von uns in gnädiger Unwissenheit verharrt. Es hat Reisende gegeben, die nicht heimgekehrt, Forscher, die verschwunden sind. Von denen, die nach Hause zurückkehrten, wurden einige auf Grund dessen, was sie berichteten, als verrückt angesehen, während andere klugerweise für sich behielten, was ihnen auf schreckliche Weise offenbart worden war. So blind, wie wir nun einmal sind, wissen wir nur wenig über das, was unterhalb unseres normalen Lebens lauert. Man kennt Geschichten von Seeschlangen und Kreaturen der Tiefe, Sagen von Zwergen und Riesen, Berichte von eigenartigen medizinischen Greueln und widernatürlichen Geburten. Unter dem Eindruck von Krieg, Pest und Hungersnot sind alptraumhaft verkrüppelte menschliche Persönlichkeiten entstanden. Es hat Kannibalen gegeben, Leichenschänder und Aasfresser; ekelhafte Riten der Anbetung und der Opferung; wahnsinnige Morde und gotteslästerliche Verbrechen. Wenn ich deshalb daran denke, was ich gesehen und gehört habe, und dies mit bestimmten anderen grotesken und unglaublichen Berichten vergleiche, fange ich an, um meinen Verstand zu bangen.

Wenn es jedoch irgendeine vernünftige Erklärung für diese Geschichte geben sollte, so hoffe ich bei Gott, daß ich davon Kenntnis erhalte, bevor es zu spät ist. Doktor Pierce meint, ich solle ganz ruhig sein – er riet mir, diesen Bericht zu verfassen, um mir meine Ängste von der Seele zu schreiben. Aber ich bin nicht ruhig und werde nicht ruhig sein können, bis ich die Wahrheit erfahren habe, die endgültige Wahrheit, und bis ich voll und ganz davon überzeugt worden bin, daß meine Ängste nicht durch eine grauenhafte Wirklichkeit begründet sind.

Ich war bereits in einem nervlich angespannten Zustand, als ich nach Bridgetown ging, um mich etwas auszuruhen. Das akademische Jahr war diesmal eine arge Plackerei gewesen, und ich war nur zu froh, mal von der ermüdenden Routine des Unterrichtsalltags fortzukommen. Durch den Erfolg meiner Vorlesungen war meine Position in der Fakultät für das kommende Jahr gesichert, weshalb ich, als ich den Entschluß faßte, Urlaub zu nehmen, alle diesbezüglichen Erwägungen aus meinem Kopf verbannte. Wegen der hervorragenden Möglichkeiten, die der See dem Forellenangler bietet, entschied ich mich für Bridgetown. Dort bezog ich in einem dreigeschossigen Gasthaus direkt am Seeufer Quartier – es hieß »Kane

House«, der Wirt Absolom Gates. Er gehörte noch der alten Schule an, war ein ergrauter, ältlicher Veteran, dessen Vater in den sechziger Jahren in der Fischerei tätig gewesen war. Er selbst war ein glühender Verehrer von allem, was mit der Angelei zu tun hatte – aber nur im Sinne Izaak Waltons. Sein Haus war das Mekka der Petrijünger. Die Zimmer waren groß und luftig, das von Gates' verwitweter Schwester zubereitete Essen war reichlich und schmackhaft. Nach einer ersten Besichtigung richtete ich mich auf einen bemerkenswert angenehmen Aufenthalt ein.

Und dann lief mir bei meinem ersten Besuch im Ort Simon Maglore über den Weg.

Ich hatte Simon Maglore in meinem zweiten Semester als Collegelehrer kennengelernt. Schon damals hatte er mich sehr beeindruckt. Dies nicht nur auf Grund seiner äußeren Erscheinung, obwohl die schon ungewöhnlich genug war. Er war groß und hager, hatte breite, hängende Schultern und einen gekrümmten Rücken. Er war kein Buckliger im gewöhnlichen Sinn, sondern hatte nur eine merkwürdige Geschwulst unter seinem linken Schulterblatt. Er gab sich große Mühe, diese Wucherung zu verbergen, aber ihre Größe vereitelte doch den Erfolg seiner diesbezüglichen Versuche. Von dieser unglücklichen Verunstaltung jedoch abgesehen, war Maglore ein recht gutaussehender Bursche gewesen. Mit seinen schwarzen Haaren, den grauen Augen und der hellen Haut erschien er als wahres Musterexemplar intelligenter Männlichkeit. Und es war diese seine Intelligenz, die so großen Eindruck auf mich gemacht hatte. Seine Leistungen im Seminar waren brillant, seine Arbeiten teilweise einfach genial. Trotz des eigentümlich morbiden Zuges seiner Dichtungen und

Essays waren die Kraft und die Phantasie nicht zu übersehen, die diese wilde Bildlichkeit und unheimliche Farbigkeit hervorbrachten. Eines seiner Gedichte, »Die Hexe wird gehängt«, trug ihm damals den *Edsworth Memorial Prize* des Jahres ein, und einige seiner größeren Arbeiten wurden in bestimmten, der Öffentlichkeit nicht zugänglichen Anthologien nachgedruckt.

Von Anfang an interessierten mich der junge Mann und seine ungewöhnliche Begabung sehr. Zunächst reagierte er auf meine Avancen nicht – ich kam zu dem Schluß, daß er ein Einzelgänger war. Ob das an seiner körperlichen Besonderheit oder an seinen geistigen Neigungen lag, vermag ich nicht zu sagen. Er lebte für sich allein in der Stadt, und man wußte, daß er vermögend war. Mit den anderen Studenten verkehrte er nicht, obwohl diese ihn wegen seiner Schlagfertigkeit, seines Charmes und seiner großen Beschlagenheit auf dem Gebiet der Literatur und Kunst gern in ihren Reihen gesehen hätten. Allmählich gelang es mir aber, seine natürliche Zurückhaltung zu überwinden, und wir wurden Freunde. Er lud mich in seine Wohnung ein, und wir unterhielten uns miteinander.

Ich erfuhr damals von seinem ernsthaften Glauben an das Okkulte und Esoterische. Er erzählte mir von seinen italienischen Vorfahren und ihrem Interesse an der Zauberei. Einer von ihnen war Bevollmächtigter der Medici gewesen. Die Familie war aber schon früh wegen gewisser Anschuldigungen der Heiligen Inquisition nach Amerika gegangen. Er berichtete mir auch von seinen eigenen Studien auf dem Gebiet des Unbekannten. Seine Zimmer waren angefüllt mit seltsamen Zeichnungen, die er nach Träumen angefertigt hatte, und noch seltsameren Figuren aus Ton. Auf den Regalen seiner Bücherschränke standen viele ausgefallene alte Bücher. Ich entdeckte Ranfts *De Masticatione Motuorum in Tumulis* (1734), das beinahe unbezahlbare Werk *Die Kabala von Saboth* (die griechische Übersetzung, etwa 1686 erschienen) und Ludvig Prinns berüchtigtes Buch *De Vermis Mysteriis.*

Ich besuchte Maglore mehrmals in seiner Wohnung, bevor er dann ganz plötzlich im Herbst 1933 das College verließ. Der Tod seiner Eltern hatte ihn in den Osten zurückgerufen, und er reiste ab, ohne sich verabschiedet zu haben. Ich hatte ihn jedoch inzwischen sehr zu respektieren gelernt und interessierte mich lebhaft für seine Zukunftspläne, zu denen auch ein Buch über die in Amerika erhaltenen gebliebenen Hexenkulte und ein Roman gehörten, der die Auswirkungen des Aberglaubens auf den menschlichen Geist zum Thema haben sollte. Er schrieb mir nicht, und ich hörte nie wieder etwas von ihm – bis zu dieser zufälligen Begegnung auf der Straße.

Er erkannte mich. Ich bezweifle, daß ich ihn meinerseits auch erkannt hätte. Er hatte sich sehr verändert. Als wir uns die Hände gaben, bemerkte ich seine ungepflegte Erscheinung und seine unordentliche Kleidung. Er sah älter aus. Sein Gesicht war hagerer und viel blasser. Er hatte Schatten um die Augen – und darin. Seine Hände zitterten, und er zwang seinem Gesicht ein lebloses Lächeln auf. Seine Stimme klang tiefer, wenn er sprach, aber er erkundigte sich in der gleichen charmanten Art und Weise nach meinem Befinden, die er früher immer an den Tag gelegt hatte. Ich erklärte ihm schnell den Grund meines Aufenthaltes und fing dann an, ihn auszufragen.

Er berichtete mir, daß er hier in der Stadt wohne, dies schon seit dem Tode seiner Eltern. Er arbeite gerade sehr intensiv an seinen Büchern, meine aber, daß das Ergebnis seiner Anstrengungen alle körperlichen Unannehmlichkeiten in ihrem Gefolge mehr denn rechtfertige. Er entschuldigte sich für sein unordentliches Aussehen und seine Müdigkeit. Er würde sich gerne bald einmal ausführlich mit mir unterhalten, habe aber in den nächsten Tagen sehr viel zu tun. Voraussichtlich in der kommenden Woche wolle er mich in meinem Hotel aufsuchen – jetzt aber müsse er schnell Papier im Dorfladen besorgen und dann nach Hause zurück. Mit einem abrupten Abschiedsgruß wandte er sich um und ging davon.

Als er dies tat, erschrak ich erneut. Sein Buckel war größer geworden. Er war jetzt praktisch doppelt so groß wie damals, als ich ihn kennenlernte, und es war jetzt überhaupt nicht mehr möglich, ihn irgendwie zu verbergen. Zweifellos hatte die harte Arbeit ihren Tribut an Kraft von Maglore gefordert. Ich dachte an ein Sarkom und schauderte.

Auf meinem Rückweg zum Hotel ließ ich mir alles durch den Kopf gehen. Simons Abgezehrtheit entsetzte mich. Es war seiner Gesundheit nicht zuträglich, so hart zu arbeiten, und die von ihm gewählte Thematik war auch nicht eben bekömmlich. Die andauernde Isolation und die nervliche Anspannung untergruben beide zusammen seine Konstitution in besorgniserregender Weise, und ich beschloß, mich in Fragen der Lebensführung zu seinem Mentor zu ernennen. Ich wollte ihn so bald wie möglich und ohne eine formelle Einladung besuchen. Es mußte etwas geschehen.

Als ich beim Hotel angelangt war, kam mir noch eine Idee. Ich wollte Gates fragen, was er über Simon und dessen Arbeit wußte. Vielleicht förderte das irgendwelche interessanten Aspekte seines Tuns zutage, die seine seltsame Veränderung erklärten. Ich suchte deshalb den würdigen Herrn auf und sprach ihn auf das Thema an.

Was ich von ihm erfuhr, bestürzte mich. Offensichtlich mochten die Bewohner des Ortes weder Simon noch seine Familie. Die alten Leute waren zwar einigermaßen wohlhabend gewesen, aber mit ihrem Namen verband sich schon seit frühester Zeit ein zweifelhafter Ruf. Der Stammbaum der Familie wies nur Hexen und Hexenmeister auf. Ihr dunkles Treiben war von Anfang an sorgfältig verborgen gehalten worden, aber die Leute in ihrer Umgebung wußten Bescheid. Anscheinend hatten fast alle Maglores irgendwelche körperlichen Verunstaltungen gehabt, die die Aufmerksamkeit auf sich gelenkt hatten. Einige waren mit Wolfsrachen geboren worden, andere mit Klumpfüßen. Ein paar waren zwergwüchsig gewesen, und alle waren früher oder später beschuldigt worden, den berühmten »bösen Blick« zu haben. Etliche waren mit Nyktalopie begabt gewesen, das heißt, sie konnten tagsüber bei hellem Licht nichts sehen. Simon war keineswegs der erste Bucklige in der Familie. Sein Großvater war einer gewesen und dessen Großvater ebenfalls.

Es wurde auch viel über Inzucht und Absonderung der Sippe geredet. Das wies für Gates und seine Freunde ganz deutlich auf eines hin, nämlich auf Hexentum. Und das waren keineswegs ihre einzigen Beweise. Mieden die Maglores nicht den Ort und schlossen sich in ihrem Haus auf dem Berg ein? Und zur Kirche ging auch niemand von ihnen. Wußte man nicht, daß sie nach Einbruch der Dunkelheit oft lange Gänge unternahmen – in Nächten, in denen alle anständigen Leute, die etwas auf sich hielten, sicher in ihren Betten ruhten?

Es gab wahrscheinlich gute Gründe dafür, daß sie so

unfreundlich waren. Vielleicht besaßen sie Sachen, die sie gern in ihrem alten Haus verborgen halten wollten, und hatten nur Angst, daß die Öffentlichkeit davon erfuhr. Die Leute munkelten, das Haus sei voll von üblen und heidnischen Büchern, und es gab eine alte Geschichte, daß die ganze Familie wegen ihres Treibens aus irgendeinem Ort im Ausland hatte fliehen müssen. Was wußte man schließlich schon? Sie sahen verdächtig aus; sie führten sich sonderbar auf – vielleicht waren sie's ja auch? Und dieser neue da, der Simon, der war der Schlimmste.

Bei dem war alles schiefgegangen. Seine Mutter war bei der Geburt gestorben. Man hatte einen Arzt aus der großen Stadt holen müssen – kein ortsansässiger Doktor hatte den Fall übernehmen wollen. Auch der Junge war fast gestorben. Einige Jahre lang hatte ihn niemand zu Gesicht bekommen. Sein Vater und sein Onkel hatten sich die ganze Zeit um ihn gekümmert. Als der Knabe dann sieben Jahre alt war, hatte man ihn auf eine Privatschule geschickt. Er war nur einmal nach Hause zurückgekommen, als er etwa zwölf Jahre alt war. Da war sein Onkel gestorben. Der war verrückt geworden, oder so etwas. Jedenfalls hatte er einen Anfall gehabt, der zu einer Gehirnblutung geführt hatte, wie der Doktor das nannte.

Simon war damals ein nettaussehender Bursche gewesen, bis auf den Buckel natürlich. Aber der schien ihm nicht viel auszumachen – er war ja auch noch ziemlich klein. Er war ein paar Wochen geblieben und dann in seine Schule zurückgekehrt. Erst beim Tode seines Vaters war er erneut aufgetaucht, das war vor zwei Jahren gewesen. Der alte Mann war ganz allein in dem großen Haus gestorben, und man hatte den Leichnam erst ein paar Wochen später entdeckt. Ein vorbeikommender Hausierer hatte angeklopft, war durch die offene Tür und ins Wohnzimmer spaziert und hatte dort den alten Maglore tot in seinem großen Sessel gefunden. Seine Augen waren offen gewesen, darin ein Blick fürchterlichen Grauens. Vor ihm hatte ein großes Buch voller seltsamer, nicht zu entziffernder Zeichen gelegen.

Ein eilig herbeigerufener Arzt hatte Tod durch Herzversagen festgestellt. Aber der Hausierer war sich dessen nach seinem Blick in die angstgeweiteten Augen und auf die eigenartigen, verwirrenden Schriftzeichen in dem Buch nicht so sicher. Er hatte jedoch keine Gelegenheit mehr gefunden, sich ein bißchen genauer dort umzuschauen, denn noch am gleichen Abend war der Sohn eingetroffen.

Die Leute hatten ihn sehr merkwürdig angesehen, als er kam, denn man hatte ihm noch gar keine Nachricht vom Ableben seines Vaters geschickt. Sie waren dann sehr still geworden, als er ihnen einen zwei Wochen alten Brief in der Handschrift seines Vaters vorwies, in dem dieser von einer Ahnung seines unmittelbar bevorstehenden Endes geschrieben und dem jungen Mann angeraten hatte, nach Hause zu kommen. Die sorgfältig formulierten Sätze dieses Schreibens hatten den Eindruck erweckt, als enthielten sie eine geheime Botschaft, denn der Junge hatte es gänzlich unterlassen, sich nach den Umständen zu erkundigen, unter denen sein Vater gestorben war. Die Beerdigung hatte im Familienkreis stattgefunden, und der Tote war, wie üblich, in den Kellergewölben unter dem Haus beigesetzt worden.

Die schauerlichen und eigenartigen Vorfälle bei der Heimkehr von Simon Maglore hatten die Landleute sofort auf der Hut sein lassen. Es geschah auch nichts, was sie zu einer Änderung ihrer ursprünglichen Meinung über den

Jungen hätte bewegen können. Er blieb ganz allein für sich in dem stillen Haus. Er hatte keine Hausangestellten und freundete sich mit niemandem an. Seine gelegentlichen Gänge in den Ort dienten allein dem Zweck, Nahrungsmittel einzukaufen. Und er schaffte diese Einkäufe immer selbst im Auto nach Hause. Er kaufte viel Fleisch und Fisch. Ab und zu hielt er auch beim Drugstore, wo er sich Beruhigungsmittel besorgte. Er war nicht gesprächig und beantwortete Fragen nur höchst einsilbig. Und doch war er ganz offenkundig gut erzogen. Das Gerücht ging um, er schreibe an einem Buch. Allmählich waren dann seine Besuche im Ort immer seltener geworden.

Jetzt redeten die Leute über sein verändertes Aussehen. Langsam, aber unaufhaltsam veränderte er sich und dies in sehr unangenehmer Art und Weise. Zunächst einmal war festzustellen, daß sich seine Verunstaltung vergrößerte. Er war gezwungen, einen sehr weiten Mantel zu tragen, um das Ausmaß des Buckels zu verbergen. Er ging leicht gebeugt, als mache ihm dessen Gewicht zu schaffen. Gleichwohl suchte er nie einen Arzt auf, und kein Bewohner der Stadt fand den Mut, sich zu seinem Befinden zu äußern oder ihn danach zu fragen. Außerdem alterte er stark. Er wurde seinem Onkel Richard immer ähnlicher, und seine Augen hatten diesen flackernden Blick angenommen, der auf Tagblindheit hindeutete. All dies trug seinen Teil zu dem Gerede der Leute bei, denen die Familie Maglore schon seit Generationen Anlaß zu interessanten Mutmaßungen gegeben hatte.

Später waren diese Mutmaßungen noch durch sehr viel konkretere Entwicklungen genährt worden. Denn in jüngster Zeit war Simon heimlich unterwegs gewesen und überall in der Gegend auf einsam gelegenen Gehöften aufgetaucht.

Er stellte dabei vor allem den alten Leuten Fragen. Er schreibe, so sagte er ihnen, ein Buch über einheimische Sagen und Überlieferungen. Er wolle sich bei ihnen nach den alten Erzählungen der Gegend erkundigen. Ob sie je Geschichten über lokale Kulte oder Gerüchte von Ritualen in den Wäldern gehört hätten? Ob es Häuser gebe, in denen es spuke, oder Orte im Wald, die man meide? Hätten sie schon mal den Namen »Nyarlathotep« oder Anspielungen auf »Shub-Niggurath« und den »Schwarzen Boten« gehört? Ob sie sich an die alten Geschichten der Pasquantog-Indianer von »Tiermenschen« oder Hexenversammlungen erinnern könnten, bei denen auf den Bergen Vieh geopfert worden sei? Diese und ähnliche Fragen ließen die von Natur aus argwöhnischen Landbewohner auf der Hut sein. Sollten sie über Kenntnisse dieser Art verfügen, dann waren diese ihrem Wesen nach ganz entschieden unbekömmlich, und es lag ihnen nicht daran, sie diesem Außenseiter aus freien Stücken mitzuteilen. Einige wußten von diesen Dingen aus alten Erzählungen, die aus der Gegend am Nordufer des Sees stammten, und andere hatten in den Einsiedeleien der östlichen Berge von wahren Alpträumen raunen hören. Es gab in dieser Beziehung eine ganze Menge, was sie eingestandenermaßen nicht wußten, und das, was sie argwöhnten, war nicht für die Ohren Außenstehender bestimmt. Wohin Maglore auch kam, immer hörte er nur Ausflüchte oder wurde offen abgewiesen, und er hinterließ einen ganz eindeutig schlechten Eindruck.

Die Nachricht von diesen Besuchen zog Kreise. Sie wurde zum Gegenstand eingehender Diskussionen. Vor allem ein alter Mann – ein Bauer namens Thatcherton, der allein auf einem abgelegenen Stück Land westlich des Sees und fernab der Hauptstraße hauste – wußte eine besonders interessante Geschichte zu erzählen. Maglore war eines Abends gegen acht bei ihm erschienen und hatte angeklopft. Er hatte den Alten dazu bewogen, ihn hereinzubitten, und dann versucht, seinen Gastgeber dazu zu überreden, ihm über einen verlassenen Friedhof, den es dort in der Gegend geben sollte, Auskunft zu geben.

Der Bauer berichtete, sein Gast sei in einer beinahe schon hysterischen Verfassung gewesen, habe in höchst melodramatischer Weise drauflosgeredet und immer wieder von so einem mythologischen Blödsinn wie »Geheimnissen des Grabes«, dem »Dreizehnten Abkommen«, dem »Fest von Ulder« und den »Doelgesängen« geredet. Auch vom »Ritus des Paters Yig« sei die Rede gewesen, und bestimmte Namen seien mit seltsamen Waldzeremonien in Verbindung gebracht worden, die angeblich in der Nähe dieses Friedhofs abgehalten würden. Maglore hatte gefragt, ob jemals Vieh verschwunden sei und ob sein Gastgeber je »Stimmen im Wald« gehört habe, die »Vorschläge gemacht« hätten.

All diese Dinge hatte der alte Mann ausnahmslos abgestritten und seinem Gast auch die Erlaubnis verweigert, wiederzukommen und das Grundstück bei Tageslicht in Augenschein zu nehmen. Das habe den unerwarteten Gast sehr wütend werden lassen, und er habe gerade zu einer sehr erregten Erwiderung ansetzen wollen, als etwas Merkwürdiges geschehen sei. Maglore sei plötzlich sehr blaß geworden und habe gebeten, ihn zu entschuldigen. Er scheine einen schweren Anfall innerer Krämpfe bekommen zu haben, denn er habe sich vor Schmerzen gekrümmt und sei dann zur Tür gewankt. Dabei habe er, Thatcherton, den schockierenden Eindruck erhalten, daß sich der Buckel auf dem Rücken des Gastes bewege! Es habe so ausgesehen, als winde er sich und rutsche auf der Schulter hin und her, als wenn Maglore ein Tier unter seinem Mantel verborgen gehalten habe! In diesem Augenblick habe sich Maglore abrupt umgedreht und sich in Richtung Haustür zurückgezogen, als versuche er, dieses ungewöhnliche Phänomen vor ihm, Thatcherton, zu verbergen. Maglore sei ohne ein weiteres Wort hinausgegangen und zu seinem Wagen gehastet. Wie ein Affe sei er gelaufen, habe sich wie verrückt auf den Fahrersitz geworfen und die Reifen durchdrehen lassen, als er aus dem Hof brauste. Maglore war in der Dunkelheit verschwunden und hatte einen überaus verwirrten Mann zurückgelassen, der keine Zeit verlor, allen Freunden die Geschichte von seinem phantastischen Besucher zu erzählen.

Seitdem war es zu keinen weiteren Zwischenfällen dieser Art gekommen, und bis zu diesem Nachmittag war Maglore nicht mehr im Ort gesehen worden. Aber die Leute redeten nach wie vor über ihn, und er war ihnen nicht willkommen. Es wäre wohl ratsam, dem Manne aus dem Wege zu gehen, was immer er auch sein mochte.

Das war die Quintessenz der Geschichte, die mir mein Freund Gates erzählte. Als er geendet hatte, zog ich mich ohne jeden Kommentar auf mein Zimmer zurück, um über das Gehörte nachzudenken.

Ich war nicht geneigt, mich den am Ort herrschenden abergläubischen Ansichten anzuschließen. Meine Erfahrung auf diesem Gebiet ließ mich ganz automatisch der Mehrzahl der vernommenen Einzelheiten keinen Glauben schenken. Ich verstand genug von der Psychologie von

Landbewohnern, um zu wissen, daß sie alles, was vom Gewohnten abweicht, mit Argwohn betrachten. Angenommen, die Familie Maglore zog tatsächlich ein Einsiedlerdasein vor – na und? Das wäre doch für jede Gruppe zugezogener Ausländer nur natürlich. Zugegeben, sie litten unter erblich bedingten Mißbildungen, aber das machte sie noch nicht zu Hexen. Der Volksglaube hat schon viele Menschen der Hexerei beschuldigt, deren einziges Vergehen es war, einen körperlichen Fehler zu haben. Selbst Inzucht war dort, wo eine soziale Ächtung stattfand, durchaus zu erwarten – was hatte das mit Magie zu tun? Sie kommt in solchen ländlich-rückständigen Gebieten weiß der Himmel oft genug vor, und nicht nur bei Ausländern. Eigenartige Bücher? Wahrscheinlich. Die Tagblindheit? Ist überall anzutreffen. Verrücktheit? Vielleicht – einsame Geister degenerieren leicht. Simon war jedoch ein brillanter Kopf. Ihn führte unseligerweise sein Interesse am Mystischen und Unbekannten in die Irre. Es war eine Fehleinschätzung gewesen, die ihn dazu gebracht hatte, bei Landbewohnern, die des Lesens und Schreibens unkundig waren, nach Informationen für sein Buch zu suchen. Sie waren natürlich intolerant und mißtrauisch. Und seine schlechte körperliche Verfassung erhielt in den Augen dieses leichtgläubigen Volkes eine übertriebene Bedeutung.

Dennoch war an diesen entstellten Berichten wahrscheinlich genug Wahres, um es dringend erforderlich zu machen, daß ich sofort mit ihm sprach. Er mußte raus aus dieser unzuträglichen Atmosphäre und einen guten Arzt aufsuchen. Sein Genie durfte nicht solch eines milieubedingten Hindernisses wegen brachliegen oder gar kaputtgehen. Das Leben hier würde ihn zerstören, geistig und körperlich. Ich beschloß, ihn am nächsten Tag aufzusuchen.

Nachdem ich diese Entscheidung getroffen hatte, ging ich hinunter zum Abendessen, machte danach am Ufer des mondbeschienenen Sees noch einen kleinen Spaziergang und begab mich sodann zur Ruhe.

Am folgenden Nachmittag setzte ich meinen Plan in die Tat um. Das herrschaftliche Haus der Maglores stand – etwa eine halbe Meile außerhalb Bridgetowns – auf einem steilen Berg und blickte finster auf den See hinab. Es war kein fröhliches Haus, dazu war es viel zu alt und zu vernachlässigt. Ich stellte mir vor, wie diese gähnenden Fenster in einer mondlosen Nacht aussehen mußten, und schauderte. Mich erinnerten die leeren Öffnungen an die Augen einer blinden Fledermaus. Die beiden Giebel ähnelten ihrem Kopf mit den hochstehenden Ohren, und die Seitenflügel mit ihrem steilen Dach hätte man für ihre Flügel halten können. Als ich merkte, in welche Richtung meine Gedanken gingen, war ich überrascht und verwirrt. Auf dem langen, baumbeschatteten Weg zum Haus hinauf bemühte ich mich deshalb, meine Phantasie wieder in die Gewalt zu bekommen. Mein Besuch diente einem ganz bestimmten Zweck.

Als ich klingelte, hatte ich mich beinahe wieder gefaßt. Das geisterhafte Schellen der Glocke hallte drinnen in den gewundenen Fluren wider. Schwache, schlurfende Schritte waren zu hören, und dann wurde die Tür mit lautem Quietschen geöffnet. Vor dem dunklen Hintergrund der Türöffnung stand Simon Maglore.

Bei seinem Anblick wich meine gerade erst wiedergewonnene Fassung einem plötzlichen Entsetzen und einem überwältigenden Abscheu. Er sah in diesem grauen, flackernden Licht unheimlich aus. Sein hagerer, gebeugter Körper war bucklig gekrümmt, und er hatte seine an den

Seiten herabhängenden Hände zu Fäusten geballt. Die verschwommenen Umrißlinien seiner Gestalt ließen mich an ein geducktes Tier denken. Nur sein Gesicht war ganz zu sehen. Es war eine wächserne Totenmaske, aus der mich zwei Augen anfunkelten.

»Sie sehen doch, daß ich heute nicht ich selbst bin. Gehen Sie, Sie Narr . . . gehen Sie!« Er schlug mir zu meiner Verblüffung die Tür vor der Nase zu, und ich war wieder allein.

2

Ich war noch immer ganz benommen, als ich wieder unten im Ort ankam. Aber nachdem ich mein Hotelzimmer erreicht hatte, fing ich doch an, mir gut zuzureden. Meine romantische Phantasie hatte mir einen erbärmlichen Streich gespielt. Der arme Maglore war krank – wahrscheinlich das Opfer irgendeiner ernsthaften Nervenfunktionsstörung. Ich erinnerte mich, daß er dem Bericht von Gates zufolge in der Apotheke des Ortes Beruhigungsmittel kaufte. Meine närrische Empfindlichkeit hatte mich seine unglückliche Erkrankung ganz falsch deuten lassen. Was für ein Kindskopf ich doch gewesen war! Ich mußte morgen wieder hingehen und mich entschuldigen. Danach hieß es dann, Maglore dazu zu bewegen, von hier fortzugehen und sich richtig zu erholen. Er hatte wirklich ziemlich schlecht ausgesehen, und das Temperament war auch mit ihm durchgegangen. Wie sich der Mann verändert hatte!

In dieser Nacht schlief ich nur wenig. Früh am nächsten Morgen brach ich erneut auf. Diesmal vermied ich sorgsam die beunruhigenden Phantasiebilder, die das alte Haus meinem empfänglichen Geist aufnötigen wollte. Ich war ganz und gar auf die Sache konzentriert, als ich an der Tür klingelte.

Diesmal begrüßte mich ein anderer Maglore. Auch er hatte sich zu seinem Vorteil verändert. Zwar sah er alt und krank aus, aber in seinen Augen war ein normales Licht und in seiner Stimme ein vernünftigerer Klang, als er mich höflich hereinbat und sich für seinen deliriösen Anfall am Vortage entschuldigte. Er bekomme häufiger solche Anfälle, erklärte er mir, und habe vor, schon sehr bald abzureisen und sich gründlich zu erholen. Ihm liege sehr viel daran, sein Buch abzuschließen – es bleibe nun nicht mehr viel zu tun – und zu seiner Arbeit am College zurückzukehren. Nach dieser Feststellung wandte er sich abrupt einer Reihe von erinnerungsträchtigen Themen zu. Als wir im Wohnzimmer Platz genommen hatten, erinnerte er an unsere freundschaftliche Beziehung auf dem Campus und schien sehr interessiert daran zu erfahren, was sich dort so getan hatte. Fast eine Stunde lang bestritt er die Unterhaltung so gut wie allein und lenkte sie so, daß irgendwelche direkten persönlichen Fragen ausgeschlossen waren.

Gleichwohl fiel mir nicht schwer zu sehen, daß er ganz und gar nicht gesund war. Er klang, als stehe er unter einem ungeheuren Druck – seine Worte erschienen gezwungen, seine Aussagen gekünstelt. Einmal mehr fiel mir auf, wie blaß er war, wie blutlos. Sein mißgestalteter Rücken kam mir riesig vor, sein Körper entsprechend zusammengeschrumpft. Ich erinnerte mich an meine Befürchtung, es könnte ein Krebsgeschwür sein, und stellte mir die Frage erneut. Inzwischen schwatzte er weiter, wobei er sich ganz offensichtlich gar nicht wohl in seiner Haut fühlte. Das Wohnzimmer machte einen kahlen Eindruck – die Bücherschränke waren leer, die Regalbretter voller Staub. Auf dem Schreibtisch waren keine Papiere oder Manuskripte zu sehen. An der Decke hatte eine Spinne ihr Netz gesponnen – es hing herab wie das dünne Haar auf der Stirn eines Leichnams.

Als Maglore eine Pause machte, fragte ich ihn nach seiner Arbeit. Er antwortete unbestimmt, daß sie sehr kompliziert sei und den Großteil seiner Zeit in Anspruch nehme. Er habe jedoch ein paar höchst interessante Entdeckungen gemacht, was ihn reichlich für seine Mühen entschädige. In seinem augenblicklichen Zustand würde es ihn zu sehr aufregen, wenn er jetzt auf Einzelheiten seines Tuns eingehen wollte, aber er könne wohl sagen, daß allein schon seine Entdeckungen auf dem Gebiet des Hexenwesens der Geschichte der Anthropologie und der Metaphysik neue Kapitel hinzufügen würden. Er interessiere sich ganz besonders für die alten Geschichten von den »Hausgeistern«, diesen winzigen Geschöpfen, von denen man glaube, sie seien Sendboten des Teufels und gingen in Gestalt kleiner Tiere – wie Ratten, Katzen, Maulwürfe oder Amseln – der Hexe oder dem Hexenmeister zur Hand. Manchmal seien sie als auf dem Körper des Hexenmeisters lebend oder sich von ihm nährend dargestellt. Die Vorstellung einer »Teufelszitze« am Leibe von Hexen, aus der ihr »Hausgeist« Nahrung in Form von Blut sauge, würde durch seine Forschungsarbeit voll bestätigt. Sein Buch habe auch einen medizinischen Aspekt, und er unternehme es darin tatsächlich, alle Aussagen wissenschaftlich zu untermauern. So würden auch die im Falle der sogenannten »Besessenheit« vorliegenden Auswirkungen von Drüsenfunktionsstörungen erörtert.

An diesem Punkte angelangt, verstummte Maglore plötzlich. Er fühle sich sehr müde, sagte er, und müsse sich ausruhen. Er hoffe jedoch, seine Arbeit schon sehr bald abschließen zu können, und dann wolle er verreisen und eine lange Pause einlegen. Es sei nicht gut für ihn, so allein in diesem alten Haus zu wohnen, und manchmal plagten ihn schon beunruhigende Phantasievorstellungen und merkwürdige Gedächtnislücken. Im Augenblick gebe es jedoch keine Alternative, da die Art seiner Untersuchungen sowohl Ungestörtheit als auch Einsamkeit erfordere. Gelegentlich führten seine Experimente an bestimmte Verfahren und Verhaltensweisen heran, die besser unangetastet blieben, und er sei nicht sicher, wie lange er diesen Belastungen überhaupt noch gewachsen sei. Aber das habe er im Blut – ich hätte ja wahrscheinlich bemerkt, daß er einer nekromantischen Familie entstamme. Aber genug von diesen Dingen. Dann bat er mich zu gehen. Ich würde Anfang der kommenden Woche wieder von ihm hören.

Als ich mich erhob, fiel mir erneut auf, wie geschwächt und erregt Simon aussah. Er ging jetzt in übertrieben gebeugter Haltung, und der auf seinem angeschwollenen Rücken lastende Druck mußte gewaltig sein. Er geleitete mich durch die große Eingangshalle zur Haustür, und wie er mir da so vorausging, bemerkte ich das Zittern seines Körpers, der sich deutlich gegen das lodernde Abendlicht abhob, das an den Fenstern vor uns hochzüngelte. Seine Schultern hoben und senkten sich langsam und gleichmäßig mit einer wellenförmigen Bewegung, als ob in dem Buckel auf seinem Rücken tatsächlich Leben pulsiere. Ich dachte an die Geschichte von Thatcherton, der ja behauptet hatte, wirklich eine solche Bewegung gesehen zu haben.

Einen Augenblick lang verspürte ich eine starke Übelkeit, aber dann wurde mir klar, daß das flackernde Licht eine ganz alltägliche optische Täuschung hervorrief.

Als wir an der Tür angekommen waren, war Maglore bestrebt, mich eiligst zu entlassen. Er reichte mir nicht einmal zum Abschied die Hand, sondern murmelte nur mit angestrengter, stockender Stimme ein kurzangebundenes »Guten Abend«. Ich sah ihn einen Augenblick lang schweigend an und nahm in mich auf, wie bleich und abgezehrt sein einst so hübsches Gesicht war, selbst in diesem rubinroten Licht des Sonnenuntergangs. Noch während ich ihn betrachtete, kroch ein Schatten über sein Gesicht. Es schien in einer plötzlichen, unheimlichen Verwandlung rot und dunkel zu werden. Der Schatten vertiefte sich, und ich sah in Simons Augen nackte Panik. Als ich mich endlich zwang, seinen Abschiedsgruß zu erwidern, schlich sich Entsetzen in sein Gesicht. Sein Körper nahm diese eigentümliche, gebrochene Haltung ein, die mir schon einmal an ihm aufgefallen war, und seine Lippen verzogen sich zu einem grauenhaften Grinsen. Einen Augenblick lang glaubte ich tatsächlich, daß er mich attackieren würde. Statt dessen aber lachte er – ein schrilles, kicherndes Lachen, das düster in meinem Hirn nachhallte. Ich öffnete den Mund, um etwas zu sagen, aber da kroch er zurück in die Dunkelheit der Eingangshalle und schloß die Tür.

Eine Verwunderung erfaßte mich, die nicht frei von Angst war. War Maglore krank, oder hatte er wirklich den Verstand verloren? Ein normaler Mensch konnte doch kein so absurdes Verhalten an den Tag legen.

Ich eilte davon, stolperte durch den rotglühenden Sonnenuntergang. Mein verwirrter Kopf war in tiefes Nachdenken versunken, und das ferne Gekrächze von Raben vermischte sich mit meinen Gedanken zu einer üblen Litanei.

3

Am nächsten Morgen – nach einer Nacht sorgenvollen Grübelns – traf ich meine Entscheidung. Arbeit hin, Arbeit her, Maglore mußte fort, und zwar gleich. Er stand am Rande eines ernsthaften geistigen und körperlichen Zusammenbruchs. Wohl wissend, wie nutzlos es sein würde, noch einmal zu ihm zu gehen und sich mit ihm auseinanderzusetzen, beschloß ich, mich wirksamerer Methoden zu bedienen, um ihn zur Einsicht zu bringen.

So suchte ich noch am Nachmittag dieses Tages Dr. Carstairs auf, den am Ort praktizierenden Arzt, und erzählte ihm alles, was ich wußte. Ich hob die bedrückenden Geschehnisse vom Vorabend besonders hervor und sagte ihm ganz offen, was ich bereits argwöhnte. Nach einer längeren Diskussion erklärte sich Dr. Carstairs bereit, mich sofort zum Hause der Maglores zu begleiten und dort die zu Simons sofortiger Einlieferung in eine Klinik erforderlichen Schritte zu unternehmen. Meiner Bitte folgend, nahm Dr. Carstairs alles mit, was für eine gründliche ärztliche Untersuchung gebraucht wurde. Hatte ich Simon erst einmal dazu überredet, sich einer solchen Untersuchung zu unterziehen, würde er, dessen war ich sicher, auch einsehen, daß es die Ergebnisse notwendig machten, sich sofort in Behandlung zu begeben.

Die Sonne sank, als wir Dr. Carstairs zerbeulten Ford bestiegen und aus Bridgetown hinaus auf die nach Süden führende Straße fuhren, wo die Raben krächzten. Wir fuhren langsam und schweigend. Deshalb konnten wir auch den vereinzelten schrillen Schrei in dem alten Haus auf dem Berg hören. Wortlos griff ich nach dem Arm des Arztes, und eine Sekunde später sausten wir die Auffahrt hinauf und durch das finstere Tor. »Schnell«, murmelte ich, als ich vom Trittbrett sprang und die Stufen zu der abweisenden Haustür hinaufrannte.

Vergeblich hämmerten wir mit den Fäusten gegen das Holz und liefen deshalb ums Haus zum Fenster des linken Flügels. Der Sonnenuntergang ging gerade in gespannte, lauernde Dunkelheit über, als wir schnell durch den Spalt krochen und uns drinnen auf den Boden fallen ließen. Dr. Carstairs zog eine Taschenlampe hervor, und wir erhoben uns. Mein Herz hämmerte wie wild in meiner Brust, aber sonst durchbrach kein Laut die Grabesstille, als wir die Tür aufmachten und durch den Flur zum Arbeitszimmer vorrückten. Wir öffneten auch diese Tür und stolperten über das, was drinnen im Zimmer lag.

Da schrien wir beide laut auf. Zu unseren Füßen lag Simon Maglore – sein verdrehter Kopf und seine verformten Schultern ruhten in einer kleinen Lache frischen, warmen Blutes. Er lag auf dem Gesicht, und seine Kleider waren ihm von der Taille aufwärts weggerissen worden, so daß sein ganzer Rücken sichtbar war. Als wir sahen, was dort saß, standen uns die Haare zu Berge, aber wir taten dann doch, was getan werden mußte, wobei wir allerdings den Blick von dem durch und durch monströsen Ding da am Boden abwandten, so oft es uns nur möglich war.

Verlangen Sie nicht von mir, das alles detailliert zu beschreiben. Es gibt Augenblicke, wo die Sinne in gnädiger

Weise benommen sind, wäre ihre vollständige Wachheit doch tödlich. Bis heute weiß ich nicht alles über diese Scheußlichkeiten, aber ich wage auch nicht, mir die Erinnerung daran zu gestatten. Ich werde auch nichts über die Bücher sagen, die wir in seinem Zimmer vorfanden, oder über das schreckliche Dokument auf dem Schreibtisch, das Simon Maglores unvollendetes Meisterwerk war. Wir verbrannten alles, bevor wir in der Stadt anriefen und um Entsendung eines Coroners baten – und wenn der Doktor seinen Willen bekommen hätte, dann hätte er auch das Ding vernichtet. So aber legten wir beim Eintreffen des Coroners einen Eid ab, daß keiner von uns dreien jemals über die genaue Ursache des Todes von Simon Maglore sprechen würde. Dann verließen wir das Haus, aber erst nachdem ich zuvor auch das andere Dokument noch verbrannt hatte – den Brief nämlich, den Maglore gerade an mich geschrieben hatte, als ihn der Tod ereilte.

Sehen Sie, und so erfuhr niemand etwas davon. Ich fand später heraus, daß ich zum Erben des Besitzes bestimmt worden war, und während ich diese Zeilen schreibe, wird das Haus dem Erdboden gleichgemacht. Aber ich muß mich aussprechen, und sei es nur, um meine eigenen Qualen zu lindern.

Ich will den Brief von Simon nicht in seiner ganzen Länge zitieren, sondern nur einen Teil dieser gewaltigen Gotteslästerung wiedergeben:

> »... und deshalb fing ich natürlich an, das Hexenwesen zu studieren. *Es* zwang mich dazu. Gütiger Himmel, wenn ich Sie nur das Grauen spüren lassen könnte! So geboren worden zu sein – mit diesem Ding, diesem Männchen, diesem Ungeheuer! An-

fangs war es klein, und die Ärzte meinten alle, es sei ein unentwickelter Zwilling. Aber es lebte! Es hatte ein Gesicht und zwei Hände, seine Beine gingen jedoch in den Fleischklumpen über, der es mit meinem Körper verband ...

Drei Jahre lang haben sie es heimlich studiert. Es lag mit dem Gesicht nach unten auf meinem Rücken, und seine Hände umklammerten meine Schultern. Die Ärzte sagten, daß es seine eigene kleine Lunge habe, aber keine weiteren Organe im Bauch, keinen Verdauungsapparat. Offensichtlich sog es Nahrung durch die fleischige Röhre, die es an meinen Körper band. Und es wuchs! Bald waren seine Augen geöffnet, und es fing an, Zähne zu bekommen. Einmal biß es einen der Ärzte in die Hand ... Also beschlossen sie, mich nach Hause zu schicken. Es war offenkundig, daß man es nicht entfernen konnte. Ich schwor, daß ich das alles für mich behalten würde, und nicht einmal mein Vater wußte davon, bis kurz vor seinem Tod. Ich trug diese Riemen, und es wuchs nicht sehr, bis ich zurückkehrte ... Dann dieser grausige Wandel!

Es sprach zu mir, ich sage Ihnen, es sprach zu mir! ... dieses kleine, runzlige Gesicht, wie das eines Affen ... die Art, wie es diese kleinen, rötlichen Augen rollte ... diese kreischende kleine Stimme, die schrie: ›Mehr Blut, Simon – ich will mehr Blut!‹ ... und dann wuchs es und wuchs. Ich mußte es zweimal täglich füttern und ihm die Nägel an seinen kleinen schwarzen Händen schneiden ...

Aber das wußte ich nicht, bemerkte überhaupt nicht, wie es die Kontrolle übernahm! Ich hätte mich eher umgebracht, das schwöre ich! Im vergangenen Jahr fing es an, stundenlang Besitz von mir zu ergreifen und diese Anfälle zu verursachen. Es hieß mich dieses Buch schreiben, und manchmal schickte es mich nachts auf sonderbare Botengänge ... Es verlangte immer mehr Blut, und ich wurde immer schwächer. Wenn ich bei Sinnen war, versuchte ich, es zu bekämpfen. Ich studierte all dieses Material über die ›Hausgeister‹-Legende und suchte nach Mitteln und Wegen, seine Herrschaft zu brechen. Aber vergeblich. Und die ganze Zeit über wuchs es immer weiter. Es wurde kräftiger und kühner und klüger. Es sprach jetzt mit mir und verspottete mich manchmal. Ich wußte, es wollte, daß ich ihm stets zuhörte und gehorchte. Die Versprechungen, die es mir mit diesem fürchterlichen kleinen Mund machte! Ich sollte den ›Schwarzen‹ rufen und an einem Hexensabbat teilnehmen. Dort würden wir die Macht erhalten, zu herrschen und neues Übel in die Welt einzulassen.

Ich wollte nicht gehorchen – das wissen Sie. Aber ich wurde allmählich verrückt, und der Verlust all des Blutes ... Es hatte mich jetzt fast andauernd in der Gewalt, und es kam dazu, daß ich Angst hatte, weiterhin in die Stadt zu gehen, weil das teuflische Ding wußte, daß ich zu entkommen versuchte, und es sich dann auf meinem Rücken bewegte und die Leute erschreckte ... Ich schrieb immer, wenn ich diese Anfälle hatte, wenn es mein Gehirn beherrschte ... Dann kamen Sie.

Ich weiß, wie sehr Ihnen daran liegt, daß ich von hier fortgehe, aber es läßt mich nicht. Es ist zu schlau.

Selbst jetzt, da ich dies niederzuschreiben versuche, spüre ich, wie es seine Befehle in mein Hirn bohrt, damit aufzuhören. Ich möchte, daß Sie wissen, wo mein Buch ist, damit Sie es vernichten können, sollte irgend etwas passieren. Ich möchte Ihnen sagen, was Sie mit den alten Bänden in der Bibliothek machen sollen. Und vor allem möchte ich, daß Sie mich töten, sollten Sie je feststellen, daß das Männchen die Kontrolle ganz übernommen hat. Gott weiß, was es zu tun beabsichtigt, wenn es mich erst vollkommen in seiner Gewalt hat! ... Wie schwer der Kampf doch für mich ist, wenn es mir ohne Unterlaß befiehlt, den Federhalter hinzulegen und dies zu zerreißen! Aber ich werde kämpfen – ich muß, bis ich Ihnen mitteilen kann, was das Geschöpf mir gesagt hat – was es auf die Welt loszulassen gedenkt, wenn es mich erst völlig zu seinem Sklaven gemacht hat... Ich werde es sagen... ich kann nicht mehr denken... ich werde es aufschreiben, verdammt noch mal! Halt... Nein! Laß das! Nimm die Hände...«

Das ist alles. Maglore hörte an dieser Stelle auf, weil er starb, weil das Ding seine Geheimnisse nicht preisgegeben sehen wollte. Es ist schrecklich, an dieses alptraumgenährte Grauen zu denken, aber dieser Gedanke ist nicht das Schlimmste. Was mir viel mehr zu schaffen macht, ist das, was ich sah, als wir die Tür aufmachten – dieser Anblick, der erklärte, wie Maglore gestorben war.

Maglore lag dort am Boden, in all diesem Blut. Er war, wie ich schon erwähnte, nackt bis zur Taille und lag mit dem Gesicht nach unten. Auf seinem Rücken war das Ding, genau wie er es beschrieben hatte. Und es war dieses kleine Ungeheuer, das in der Angst, seine Geheimnisse könnten verraten werden, auf Simon Maglores Rücken ein Stückchen höher geklettert war, die winzigen schwarzen Pfoten um seinen ungeschützten Hals gelegt und ihn totgebissen hatte!

Das Geheimnis des Sebek

Ich hätte niemals an Henricus Vannings Kostümfest teilnehmen sollen! Selbst wenn es nicht zu der Tragödie gekommen wäre, ginge es mir heute besser, hätte ich die Einladung zu diesem Fest nicht angenommen. Jetzt, wo ich New Orleans verlassen habe, kann ich die ganze Geschichte mit größerer Distanz beurteilen, und ich weiß, daß ich einen Fehler begangen habe. Die Erinnerung an den letzten, unerklärlichen Augenblick ist grauenhaft, und ich kann ihm noch heute nicht mit nüchternem Verstand beikommen. Hätte ich vorher etwas geahnt, dann wären mir vielleicht die immer wiederkehrenden Alpträume erspart geblieben, die mir zu schaffen machen.

Jedoch hatte ich zu der Zeit, von der ich hier spreche, keinerlei Vorahnung, die mich in meinem Handeln hätte leiten können. Ich war in der Stadt in Louisiana ein Fremder und sehr einsam. Es war Karnevalszeit, was das Gefühl der völligen Isolation nur verstärkte. An den beiden ersten Abenden des Festes wanderte ich, ermüdet von zwei langen Nachtwachen vor der Schreibmaschine, fremd und allein durch die eigentümlich gewundenen Straßen, und die Menschenmassen, die an mir vorbeidrängten, schienen meiner Einsamkeit zu spotten.

Meine Arbeit war in diesen Tagen sehr anstrengend – ich schrieb an einer Reihe von ägyptischen Geschichten, die für eine Zeitschrift bestimmt waren –, und meine geistige Verfassung war ein bißchen seltsam. Während des Tages saß ich in meinem stillen Zimmer und konzentrierte mein Denken ganz auf Bilder von Nyarlathotep, Bubastis und

Anubis, das heißt, mein Kopf war voll von dem priesterlichen Gepränge der alten Zeiten. Und am Abend wanderte ich unbeachtet durch gedankenlose Menschenmassen, die unwirklicher waren als die Phantasiegestalten der Vergangenheit.

Aber genug der Entschuldigungen. Um ganz offen zu sein: Als ich am dritten Abend nach einem anstrengenden Tag das Haus verließ, tat ich dies in der Absicht, mich zu betrinken. Bei hereinbrechender Nacht betrat ich ein Restaurant, aß reichlich zu Abend und trank eine Flasche Pfirsichschnaps dazu. Im Lokal war es heiß und voll – die laut lärmenden, verkleideten Gäste, die am Umzug teilgenommen hatten, schienen ihre Freude an der Herrschaft des Momus zu haben.

Nach einer Weile störte mich das alles nicht mehr. Vier vollgefüllte Gläser des hervorragenden Likörs ließen das Blut wie einen Zaubertrank durch meine Adern strömen, kühne, sorglose Träume wogten durch meinen Kopf. Ich betrachtete nun die unpersönlichen Scharen um mich herum mit ganz neuem Interesse und Verständnis. Auch sie versuchten an diesem Abend zu entkommen – nämlich der verrückt machenden Monotonie und Langeweile des Alltäglichen. Der dicke Mensch in dem Clownskostüm, der ganz in meiner Nähe saß, war mir noch vor einer Stunde albern vorgekommen – jetzt schien ich ihn irgendwie verstehen zu können. Ich spürte die Frustration hinter den Masken, die alle diese Fremden trugen, wußte zu würdigen, wie tapfer sie sich bemühten, im Karneval Vergessen zu finden.

Das wollte ich jetzt auch. Die Flasche war geleert. Ich verließ das Restaurant und lief erneut in den Straßen umher, aber diesmal begleitete mich kein Gefühl der Einsamkeit. Ich schritt dahin wie der Karnevalskönig persönlich und tauschte mit denen, die mich zufällig anrempelten, spöttische Bemerkungen aus.

Hier wird meine Erinnerung vorübergehend unscharf. Ich betrat eine Bar, trank einen Scotch mit Soda und setzte dann meinen Weg fort. Wohin mich meine Füße trugen, vermag ich nicht zu sagen. Ich schien mühelos dahinzutreiben, wobei mein Kopf vollkommen klar war.

Ich dachte nicht an Prosaisches. Auf Grund irgendeiner verrückten Fügung dachte ich an meine Arbeit und an das alte Ägypten. Ich bewegte mich durch versunkene Jahrhunderte, durch Bilder von geheimem Glanz.

Ich taumelte durch eine dunkle, verlassene Gasse.

Ich lief durch das tempelreiche Theben, und Sphinxe starrten mich an.

Ich bog in eine erleuchtete Straße ein, wo Feiernde tanzten.

Ich mischte mich unter die weißgekleideten Jünger des heiligen Apis.

Der lärmend zechende Mob blies in Papiertrompeten, streute Konfetti.

Zu den schrillen Klängen der Lauten überschütteten mich Tempeljungfrauen mit Rosen, so rot wie das Blut des verratenen Osiris.

So ging ich durch die Straßen, in denen orgiastisch gefeiert wurde, wobei meine Gedanken noch vom Scotch beflügelt und weit fort waren. Es war alles wie ein Traum, als ich schließlich in die dunkle Straße im Herzen des Kreolenviertels kam. Zu beiden Seiten ragten hohe, leere Gebäude auf – dunkle, schäbige Behausungen, von ihren Bewohnern verlassen, die sich in schönerer Umgebung unter die Feiernden gemischt hatten. Die Häuser waren alt und standen, wie zu der Zeit ihrer Erbauung üblich, sehr dicht beieinander, Reihe an Reihe.

Sie sehen aus wie leere Mumiensärge in irgendeinem vergessenen Grab; sie stehen verlassen von Made und Wurm.

Oben in den steilgiebligen Dächern gähnten kleine, schwarze Fenster.

Sie sind leer wie die augenlosen Höhlen eines Totenschädels. Und wie ein Totenschädel bergen auch sie Geheimnisse.

Geheimnisse.

Geheimes Ägypten.

In diesem Augenblick sah ich den Mann. Mir meinen Weg durch die dunkle, gewundene Straße suchend, bemerkte ich in den Schatten vor mir eine Gestalt. Sie stand still da, als warte sie auf mich. Ich wollte an ihr vorbeieilen, aber es war etwas an diesem bewegungslosen Mann, was meine Aufmerksamkeit erregte. Seine Kleidung war ungewöhnlich.

Plötzlich und schockartig verschmolzen meine trunkenen Träume mit der rauhen Wirklichkeit.

Dieser wartende Mann war wie ein Priester des alten Ägypten gekleidet!

War es eine Halluzination, oder trug er wirklich die drei Kronen zeigenden Insignien des Osiris? Dieses lange, weiße Gewand war unverkennbar ägyptisch, und in seinen schlanken Händen hielt er das Herrschaftszeichen von Seth, die Schlange.

Von Verwirrung überwältigt, stand ich reglos da und starrte den anderen an. Er wiederum starrte mich an, wobei sein hageres, gebräuntes Gesicht kühl und ausdruckslos blieb. Mit einer schnellen Bewegung seiner Rechten griff er in sein Gewand. Ich fuhr zurück, als er sie wieder hervorzog – mit einer Zigarette.

»Haben Sie mal Feuer, Fremder?« fragte der Priester aus Ägypten.

Da lachte ich, erinnerte mich, begriff. Karneval! Aber wie er mich erschreckt hatte! Lächelnd, den Kopf plötzlich wieder klar, hielt ich ihm das Feuerzeug hin. Er bediente sich und blickte mir, als die Flamme hochschoß, forschend ins Gesicht.

Er zuckte zusammen, graue Augen zeigten plötzliches Erkennen. Zu meinem Erstaunen nannte er in fragendem Ton meinen Namen. Ich nickte.

»Was für eine Überraschung!« sagte er lachend. »Sie sind der Autor, nicht wahr? Ich habe ein paar Ihrer neueren Sachen gelesen, aber ich hatte ja keine Ahnung, daß Sie hier in New Orleans sind.«

Ich murmelte ein paar erklärende Worte. Er unterbrach mich freundlich.

»Das ist ein großes Glück. Mein Name ist Vanning – Henricus Vanning. Auch ich interessiere mich für das Okkulte. Wir müßten eigentlich viele Gemeinsamkeiten haben.«

Wir standen ein paar Minuten dort und plauderten miteinander – das heißt, er plauderte, und ich hörte zu. Ich erfuhr, daß Mr. Vanning über Geld und Zeit verfügte. Er erwähnte ein wenig oberflächlich und schnoddrig seine Studien auf dem Gebiet der primitiven Mythologie, bekundete aber ein ganz offensichtlich echtes Interesse an allen Ägypten betreffenden Überlieferungen. Er erwähnte eine Vereinigung, deren gemeinsame und private Untersuchungen zu Fragen der Metaphysik mich vielleicht interessieren würden.

Wie jemand, der plötzlich einen Einfall hat, versetzte er mir einen herzlichen Schlag auf die Schulter.

»Wie sehen eigentlich Ihre Pläne für den heutigen Abend aus?« fragte er.

Ich gestand ihm meine mißliche Lage. Er lächelte.

»Großartig! Habe auch gerade zu Abend gegessen. Ich bin auf dem Weg nach Hause, um nun selbst den Gastgeber zu spielen. Unsere kleine Gruppe – Sie wissen schon – veranstaltet dort ein Kostümfest. Hätten Sie nicht Lust mitzukommen? Wird interessant.«

»Aber ich bin doch nicht kostümiert«, warf ich ein.

»Macht nichts. Ich glaube, diese Veranstaltung wird Ihnen besonders gut gefallen. Ist höchst ungewöhnlich. Kommen Sie.«

Er bedeutete mir, ihm zu folgen, und setzte sich in Bewegung. Ich zuckte die Achseln, willigte aber ein. Schließlich hatte ich nichts zu verlieren, und meine Neugier war geweckt.

Während wir so dahinschritten, hielt der redselige Mr. Vanning eine flüssige und interessante Unterhaltung in Gang. Er sprach ausführlicher von dem kleinen »Kreis« seiner esoterischen Freunde. Ich entnahm seinen Worten, daß sie sich einigermaßen provokant »Sarg-Club« nannten und einen Großteil ihrer Zeit mit der Suche nach exotischen und makabren Phasen in Kunst, Literatur und Musik verbrachten.

Heute abend, so mein Gastgeber, gedachte die Gruppe, den Karneval auf ihre eigene, einmalige Art und Weise zu feiern. Sich über die konventionelle Maskerade hinwegsetzend, wollten sich alle Mitglieder des Clubs und die geladenen Freunde als übernatürliche Wesen verkleiden – statt der üblichen Clowns, Seeräuber und Herren aus der Kolonialzeit würden sie die exotischeren Geschöpfe aus dem Reich der Phantasie und des Mythos vorführen. Ich würde also auf Werwölfe, Vampire, Götter, Göttinnen, Priester und Magier treffen.

Ich muß gestehen, daß mir diese Eröffnung nicht sonderlich gefiel. Ich habe die Pseudo-Okkultisten, die Möchtegernspiritualisten und -metaphysiker noch nie ausstehen können. Ich mag kein geheucheltes Interesse oder vorgetäuschtes Wissen, wenn es um Sagen und Legenden geht. Mir ist seichter Dilettantismus in Fragen des Spiritualismus und der Astrologie schon immer so zuwider gewesen wie »parapsychologische« Scharlatanerie.

Ich bin der Ansicht, daß es nicht gut ist, wenn sich Narren über den alten Glauben und die geheimen Praktiken verschwundener Völker lustig machen. Sollte dies eine der üblichen Gruppen von ältlichen Neurotikern und fadbombastischen Dilettanten sein, so würde mir jetzt ein langweiliger Abend bevorstehen.

Aber Henricus Vanning schien über eine mehr als nur oberflächliche Gelehrsamkeit zu verfügen. Seine gebildeten Anmerkungen zu verschiedenen, in meinen Artikeln behandelten Mythensagen ließen auf ein umfangreiches Wissen und eine ernsthafte Forschungsarbeit schließen, bei der er auch einen Blick hinter die dunkleren Schleier des menschlichen Denkens geworfen hatte. Er sprach sehr flüssig von seiner Beschäftigung mit dem Manichäismus und den frühen Kulturzeremonien.

Ich hörte seinen Worten so aufmerksam zu, daß ich gar nicht bemerkte, in welche Richtung er mich führte, obwohl ich weiß, daß wir eine ziemlich lange Zeit unterwegs waren. Wir hatten unser Ziel schließlich erreicht, als wir in einen langen, von Sträuchern gesäumten Weg einbogen, der zur Eingangstür einer flammend erleuchteten, sehr eindrucksvollen Villa führte.

Ich kann nicht umhin zu gestehen, daß mich Vannings anschauliche Darlegungen so gefangen genommen hatten, daß ich nicht eine einzige konkrete, das Äußere des Hauses oder seine Umgebung betreffende Einzelheit registrierte.

Noch ganz in Gedanken, folgte ich Vanning durch die geöffnete Tür und betrat – einen Alptraum.

Wenn ich eben schrieb, das Haus sei flammend erleuchtet gewesen, so trifft das den Sachverhalt genau. Es war hell erleuchtet – *in flammendem Rot.*

Wir standen in einer Eingangshalle – einer Eingangshalle zur Hölle. Scharlachrote Säbel aus Licht ließen an den verspiegelten Wänden Funken sprühen. Zinnoberrote Vorhänge verdeckten Einlässe ins Innere, und die karmesinrote Decke schien von den kristallenen Feuern der Gaslampen aus Rubin, die hinter blutroten Gittern hingen, zu glühen. Ein luziferischer Butler nahm mir meinen Hut ab und reichte mir einen Kelch Cherry Brandy.

Wieder allein in dem roten Raum, wandte sich Vanning, ein Glas in der Hand, mir zu.

»Mögen Sie's?« fragte er. »Farbenprächtiger Rahmen, um meine Freunde in Stimmung zu bringen. Kleiner Dreh, den ich mir bei Poe ausgeborgt habe.«

Ich dachte an die großartige Erzählung *Die Maske des Roten Todes* und zuckte beim Anblick dieser groben und vulgären Entweihung innerlich zusammen.

Und doch faszinierte mich dieser Beweis für die Exzentrizität meines Gastgebers. Er gab sich Mühe. Ich war fast gerührt, als ich mein Glas hob und dem ägyptischen Pseudopriester dort in dem schaurigen Vorraum zutrank.

Der Cherry Brandy brannte in meiner Kehle.

»Und nun – auf zu unseren Gästen.« Vanning schob einen Wandteppich beiseite, und wir traten in einen zu unserer Rechten gelegenen, höhlenartigen Raum ein.

Der samtene Hintergrund war hier grün und schwarz, silberne Leuchter erhellten die Nischen. Das Mobiliar war jedoch modern und recht konventionell. Als ich aber die Schar der Gäste sah, hatte ich wieder einen Augenblick lang das Gefühl zu träumen.

»Werwölfe, Götter und Magier«, hatte Vanning gesagt. In dieser dunklen Andeutung lag mehr Unter- als Übertreibung. Die hier Anwesenden bildeten ein Pantheon von Göttern aus allen Höllen.

Ich sah den unzüchtigen Pan mit einer welken alten Hexe tanzen, eine verrückte Freya einen Voodoopriester umarmen, eine Bacchantin sich lüstern an einen glutäugigen Derwisch aus Irem schmiegen. Da gab es Erzdruiden, Zwerge, Nixen und Kobolde, Lamas, Schamanen, Priesterinnen, Faune, Riesen, Magier und Ghule. Es war ein regelrechter Hexensabbat – eine Auferstehung alter Sünden.

Als ich mich dann unter die Menge mischte und vorgestellt wurde, verflog das flüchtige Trugbild. Pan war lediglich ein untersetzter, ziemlich glupschäugiger Herr mittleren Alters mit einem Schmerbauch, den kein Ziegenfell unsichtbar machen konnte. Freya war eine ungeheuer muntere Debütantin mit den Raubtieraugen der gemeinen Hure. Der Voodoopriester war schlicht ein netter junger Mann, korkenrußgeschwärzt und mit einem nicht so ganz passenden gelispelten Englisch.

Ich lernte etwa ein Dutzend der Gäste kennen und vergaß ihre Namen sofort wieder. Ein wenig überraschte mich Vannings scheinbare Herablassung – ein paar der gesprächigeren Gäste fertigte er fast schon unhöflich kurz ab.

»Viel Vergnügen!« rief er über die Schulter zurück und zog mich mit sich fort. »Das da sind die Narren«, vertraute er mir mit gedämpfter Stimme an, »aber es gibt noch ein paar andere Leute, mit denen ich Sie gern bekannt machen möchte.«

In einer Ecke saß eine kleine, aus vier Männern bestehende Gruppe beisammen. Das Religiöse dominierte auch hier – sie trugen alle priesterliche Gewänder, die dem Vannings ähnelten.

»Dr. Delvin« – ein alter Mann in babylonischem, fast schon biblischem Gewand.

»Etienne de Marigny« – ein dunkelhäutiger, gutaussehender Priester des Adonis.

»Professor Weildan« – ein bärtiger Zwerg mit dem Turban eines Derwischs.

»Richard Royce« – ein junger Gelehrter mit Brille, in eine Mönchskutte gehüllt.

Die vier Herren verneigten sich höflich. Aber nachdem ich ihnen vorgestellt worden war, ließ ihre Zurückhaltung augenblicklich nach. Sie drängten sich in eher zutraulicher Weise um Vanning und mich, während mir unser Gastgeber zuflüsterte:

»Dies sind die eigentlichen Mitglieder der Gruppe, von der ich sprach. Mir ist nicht entgangen, wie Sie die anderen hier angeschaut haben, und ich verstehe Sie durchaus und pflichte Ihnen bei. Diese Leutchen da sind alberne Narren. Wir hier sind die Eingeweihten. Vielleicht fragen Sie sich jetzt, warum die anderen hier sind. Lassen Sie mich das erklären. Angriff ist die beste Verteidigung.«

»Angriff ist die beste Verteidigung?« wiederholte ich verwirrt.

»Ja. Nehmen Sie einmal an, ich und meine Freunde hier widmeten sich wirklich ernsthaft der Schwarzen Magie.«

In der Art und Weise, wie er »Nehmen Sie einmal an« gehaucht hatte, lag etwas subtil Suggestives.

»Nehmen Sie einmal an, es sei so. Glauben Sie nicht, daß die Gesellschaft da sofort Einwände erheben, tratschen, nachforschen würde?«

»Ja«, räumte ich ein, »das klingt einleuchtend.«

»Natürlich. Deshalb haben wir unseren Angriffsplan entwickelt. Wir bekunden ganz offen ein exzentrisches Interesse am Okkulten, untermauern dies dadurch, daß wir diese törichten Gesellschaften geben, und können selbst auf diese Weise unserer ernsthaften Arbeit völlig unbehelligt nachgehen. Schlau, wie?«

Ich lächelte zustimmend. Vanning war kein Narr.

»Es interessiert Sie vielleicht zu erfahren, daß Dr. Delvin hier einer der führenden Ethnologen unseres Landes ist. Marigny ist ein bekannter Okkultist. Sie erinnern sich möglicherweise an seine Mitwirkung beim Fall Randolph Carter vor einigen Jahren. Royce ist mein Assistent, und Professor Weildan ist *der* Weildan, der Ägyptologe.«

Komisch, daß im Laufe dieses Abends immer wieder Ägypten ins Spiel kam!

»Ich habe Ihnen etwas Interessantes versprochen, mein Freund, und das sollen Sie geboten bekommen. Zunächst müssen wir aber dieses Kroppzeug da noch etwa eine halbe Stunde lang ertragen. Dann werden wir zu einer richtigen Sitzung nach oben in mein Zimmer gehen. Ich hoffe, Sie werden sich so lange gedulden können.«

Die vier Herren verbeugten sich erneut, als mich Vanning von ihnen fort und wieder in die Mitte des Raumes führte. Die Kapelle machte Pause, und überall auf der

Tanzfläche standen Grüppchen plaudernder Gäste beisammen. Dämonen tranken Julep, und jungfräuliche Opfer der Magna Mater zogen sich geschickt die Lippen nach. Neptun schritt an mir vorüber, eine Zigarre im Mund. Allenthalben herrschte laute Fröhlichkeit.

Die Maske des Roten Todes, dachte ich. Und dann sah ich – ihn.

Das war ganz Poe, dieser Auftritt. Die schwarzen und grünen Vorhänge auf der anderen Seite des Raumes teilten sich, und er glitt herein, als käme er eher aus den Tiefen der herabhängenden Stoffbahnen als durch die Tür dahinter.

Seine Gestalt hob sich gegen das silbrige Kerzenlicht ab, und beim Gehen schien jede seiner Bewegungen von einem schauerlichen Leuchten umhüllt zu sein. Ich hatte kurz den Eindruck, als sähe ich ihn durch ein Prisma, denn das eigenartige Licht ließ seine Gestalt einmal undeutlich und dann wieder scharf umrissen erscheinen.

Das war die Seele Ägyptens!

Das lange weiße Gewand verbarg einen Körper von schwer auszumachenden Konturen. Mit Krallen bewehrte Hände hingen aus wehenden Ärmeln, und die juwelenbedeckten Finger hielten einen Stab aus Gold umklammert, in den als Siegel das Auge des Horus eingelassen war.

Oben ging das Gewand in einen hohen, schwarzen Stehkragen über, der den steif aufragenden Hintergrund für einen grauenvollen Kopf bildete.

Der Kopf eines Krokodils. Der Körper eines ägyptischen Priesters.

Dieser Kopf war fürchterlich. Ein stirnlos geschrägter Reptilienschädel, auf der Oberseite ganz grün und schuppig – haarlos, schleimig-glatt und ekelhaft. Dicke Knochenwülste faßten die funkelnden Augen ein, die an der langen Krokodilsschnauze entlangstarrten. Ein runzliges Maul mit gewaltigen, alles zermalmenden Kiefern, das halb geöffnet war, so daß eine rosig heraushängende Zunge und abstoßende, messerscharfe Zähne sichtbar waren.

Was für eine Maske!

Ich habe mir schon immer etwas auf meine Sensibilität zugute gehalten. Ich kann sehr stark fühlen. Als ich jetzt auf diese höchste Vollendung eines morbiden Mummenschanzes blickte, erlitt ich einen sensorischen Schock. Ich hatte das Gefühl, daß dieses maskierte Wesen sehr real war – realer als seine weit weniger grotesken Genossen dort im Raum. Gerade das Exotische schien seinem Kostüm etwas zusätzlich Überzeugendes zu verleihen, gerade wenn man es mit den eher notdürftig zusammengebastelten Masken der anderen verglich, durch deren Reihen der Neuankömmling schritt.

Er schien allein gekommen zu sein, und es machte auch niemand den Versuch, im Vorübergehen ein paar Worte mit ihm zu wechseln. Ich streckte den Arm aus und tippte Vanning auf die Schulter. Ich wollte den Mann kennenlernen.

Vanning eilte jedoch zum Podest, wo er mit den Leuten vom Orchester sprach. Ich blickte mich um, schon halbwegs gewillt, den Krokodilmenschen anzusprechen.

Er war fort.

Ich hielt angestrengt nach ihm Ausschau, aber es hatte keinen Zweck. Er war verschwunden.

Verschwunden? War er überhaupt da gewesen? Ich hatte ihn nur einen kurzen Augenblick lang gesehen – oder meinte zumindest, ihn gesehen zu haben. Ich war ja noch immer ein bißchen durcheinander. Hatte Ägypten im

Kopf. Vielleicht war die Phantasie mit mir durchgegangen. Woher aber dann dieses seltsam fließende Gefühl von Realität?

Alle diese Fragen fanden keine Antwort, denn die Vorstellung auf dem Podium lenkte mich ab. Vanning hatte mit seinem halbstündigen Unterhaltungsprogramm für die »Gäste« begonnen. Er hatte mir zu verstehen gegeben, daß dies lediglich ein Beschwichtigungsmanöver sei, um seine wahren Absichten verborgen zu halten, aber ich fand die Darbietung doch eindrucksvoller als erwartet.

Das Licht wurde blau – ein geisterhaftes, friedhofsnebliges Blau. Die Schatten vertieften sich zu indigoblauen Flecken, als sich die Festgäste niederließen. Aus einem Raum unterhalb des Podiums kam eine Orgel herauf, und Musik erklang.

Es war mein Lieblingsstück – die großartige, klangvoll-düstere erste Szene von Tschaikowskys *Schwanensee.* Es dröhnte und höhnte, schrillte und schmetterte. Es flüsterte, brüllte, drohte und erschreckte. Und es beeindruckte sogar die Dummköpfe um mich herum und ließ sie verstummen.

Dann folgten ein Teufelstanz, ein Zauberer und ein abschließendes Ritual im Stil einer schwarzen Messe, mit der wirklich beängstigenden Vortäuschung einer Opferung. Alles sehr unheimlich, sehr morbide und sehr falsch. Als das Licht schließlich wieder anging und das Orchester zurückkehrte, schloß ich mich Vanning wieder an, und wir durcheilten den Raum. Unsere Kollegen, die vier Gelehrten, erwarteten uns.

Vanning bedeutete mir, ihnen durch die Vorhänge in der Nähe des Podiums zu folgen. Wir gingen unauffällig hinaus, und dann fand ich mich in einem langen, abgedunkelten Flur wieder. Vanning blieb vor einer Eichentür stehen. Ein Schlüssel blinkte, knirschte, drehte sich. Wir befanden uns in einer Bibliothek.

Stühle, Zigarren, Cognac – unser lächelnder Gastgeber deutete nacheinander auf diese Dinge. Der Cognac – ein sehr guter – ließ meine Gedanken wieder für ein Weilchen abschweifen. Alles war so unwirklich – Vanning, seine Freunde, dieses Haus, der ganze Abend. Alles bis auf den Mann in der Krokodilsmaske. Ich mußte Vanning fragen ...

Eine Stimme holte mich sehr abrupt in die Gegenwart zurück. Vanning sprach, sprach zu mir. Seine Stimme war feierlich und von ungewöhnlichem Timbre. Es war beinah so, als hörte ich ihn zum erstenmal sprechen, als wäre dies der echte Vanning und der andere, freundliche Bewohner dieses offenen Hauses nur eine Vortäuschung, so unwirklich wie die Karnevalskostüme der Gäste.

Während er sprach, sah ich fünf Augenpaare auf mich gerichtet – Delvins keltisches Blau, Marignys durchdringendes, gälisches Braun, Royces bebrilltes Grau, Weildans tiefes Erdbraun und die metallischen Stecknadelköpfe von Vanning selber. Alle schienen mir eine Frage zu stellen.

»Wagst du es?«

Aber was Vanning sagte, war weitaus prosaischer.

»Ich habe Ihnen ungewöhnliche Stunden versprochen. Nun, deshalb sind Sie hier. Ich muß jedoch gestehen, daß meine Motive nicht allein altruistisch sind. Ich – ich brauche Sie. Ich habe Ihre Geschichten gelesen. Ich denke, Sie sind ein ernsthafter Forscher, und ich brauche sowohl Wissen als auch Rat. Aus diesem Grunde weihen wir fünf einen relativ fremden Menschen in unser Geheimnis ein. Wir vertrauen Ihnen – wir müssen Ihnen vertrauen.«

»Das können Sie«, sagte ich ruhig. Ich bemerkte erst jetzt, daß Vanning nicht nur ernst war, sondern auch nervös. Die Hand, die die Zigarre hielt, zitterte, Schweiß sammelte sich unter der ägyptischen Haube. Royce, der junge Gelehrte, spielte mit der Kordel seiner Mönchskutte. Die anderen drei Männer beobachteten mich noch, und ihr Schweigen war beunruhigender als der unnatürliche Ernst in Vannings Stimme.

Was hatte das alles zu bedeuten? Stand ich unter Drogen, träumte ich? Blaues Licht und Krokodilsmasken und ein melodramatisches Geheimnis? Und trotzdem glaubte ich.

Ich glaubte, als Vanning den Hebel an dem großen Schreibtisch betätigte und die falschen Schubladen darunter nach außen schwangen und den gähnend leeren Raum dahinter freigaben. Ich glaubte, als ich ihn mit Marignys Hilfe den Mumiensarg herausziehen sah.

Mein Interesse war geweckt, noch bevor ich die Besonderheiten dieses Sarkophages wahrgenommen hatte. Denn Vanning ging zu einem Regal an der Wand und kam mit einem Arm voller Bücher zurück. Schweigend reichte er sie mir. Sie waren seine Referenzen, bestätigten alles, was er mir anvertraut hatte.

Nur ein anerkannter Okkultist und Experte konnte diese sonderbaren Bände in seinem Besitz haben. Streifen aus dünnem Glas schützten die zerfallenden Einbände des berüchtigten *Book of Eibon*, der Erstausgabe von *Cultes des Goules* und des fast schon sagenhaften Werkes *De Vermis Mysteriis.*

Vanning brachte ein Lächeln zustande, als er das in meinem Gesicht aufleuchtende Erkennen sah.

»Wir haben in den vergangenen Jahren ganz schön tief gegraben«, sagte er. »Sie wissen, was in diesen Büchern steckt.«

Das wußte ich. Ich habe selbst über *De Vermis Mysteriis* geschrieben, und es gibt Zeiten, da erfüllen mich die Worte von Ludvig Prinn mit unbestimmter Angst und undefinierbarem Abscheu.

Vanning öffnete das zuletzt genannte Buch. »Sie sind, denke ich, hiermit vertraut. Sie sind ja in Ihren Arbeiten darauf eingegangen.«

Er deutete auf das rätselhafte Kapitel, das unter dem Titel *Arabische Rituale* bekannt ist.

Ich nickte. Ich kannte die *Arabischen Rituale* nur zu gut. Prinn berichtet darin von seiner wunderbaren Reise durch Ägypten und den Orient, die er, wie er behauptet, zur Zeit der Kreuzritter unternahm. Er befaßt sich darin mit der Überlieferung der *efreet* und der *djinn*, mit den Geheimnissen des Assassinenbundes, den Rätseln arabischer Ghul-Geschichten und den geheimen Praktiken der Derwisch-Kulte. Ich hatte in dem Kapitel reichlich Material über die Legenden des alten, inneren Ägypten gefunden, ja, viel von meinem Stoff stammte aus diesen ramponierten Seiten.

Wieder Ägypten! Ich sah zu dem Sarkophag hinüber.

Vanning und die anderen beobachteten mich sehr aufmerksam. Schließlich zuckte mein Gastgeber die Achseln.

»Hören Sie«, sagte er, »ich will meine Karten auf den Tisch legen. Ich – ich muß Ihnen vertrauen, wie ich schon sagte.«

»Reden Sie schon«, erwiderte ich ungeduldig. Dieses geheimnisvolle Getue war irritierend.

»Es hat alles mit diesem Buch angefangen«, sagte Henricus Vanning. »Royce hier hat es für mich ausgegraben.

Zunächst interessierte uns nur die Bubastis-Geschichte. Ich dachte eine Zeitlang daran, in Cornwall zu forschen – wollte mir die ägyptischen Ruinen in England genauer anschauen, verstehen Sie? Aber dann fand ich im Bereich der eigentlichen Ägyptologie ein weitaus fruchtbareres Arbeitsgebiet. Als Professor Weildan hier im vergangenen Jahr zu seiner Expedition aufbrach, autorisierte ich ihn, alles Interessante, was er entdecken würde, aufzukaufen, zu jedem Preis. Er ist nun in der vorigen Woche zurückgekehrt – mit dem hier.«

Vanning trat zu dem Sarkophag. Ich folgte ihm.

Er brauchte mir nichts mehr zu erklären. Eine eingehende Betrachtung des Sarges, in Verbindung gebracht mit dem, was ich aus dem Kapitel *Arabische Rituale* wußte, führten zu einer eindeutigen Schlußfolgerung.

Die Hieroglyphen und Zeichen auf dem Sarg ließen erkennen, daß er den Leichnam eines ägyptischen Priesters enthielt – den Leichnam eines Priesters des Gottes Sebek. Auch dazu konnten die *Arabischen Rituale* ihre eigene Geschichte erzählen.

Ich rekapitulierte kurz, was ich wußte. Den Feststellungen angesehener Kulturgeschichtler nach war Sebek eine niedere Gottheit des inneren Ägypten – ein Fruchtbarkeitsgott des Nils. Wenn sich anerkannte Autoritäten nicht geirrt haben, wurden nur vier Mumien von Sebek-Priestern gefunden, obgleich zahlreiche Statuetten, Figurinen und Bilder in Gräbern von der großen Verehrung zeugen, die dieser Gottheit entgegengebracht wurde. Die Ägyptologen haben die Geschichte des Gottes nie ganz ermitteln können, wiewohl Wallis-Budge ein paar unorthodoxe Mutmaßungen geäußert und abenteuerliche Zusammenhänge angedeutet hat.

Ludvig Prinn ist jedoch tiefer in die Materie eingedrungen. Ich erinnerte mich seiner Ausführungen mit einem spürbaren Schauder.

Er berichtet in *Arabische Rituale* über das, was er von Sehern in Alexandria erfahren hatte, ferner von seinen Vorstößen in die Wüste und geheimen Grabplünderungen in versteckten Tälern des Nils.

Er erzählt auch, wissenschaftlich fundiert, die Geschichte der ägyptischen Priesterschaft und ihres Aufstiegs zur Macht – wie die Diener der dunklen Naturgötter die Pharaonen aus dem Hintergrund beherrschten und das Land fest im Griff hatten. Denn die ägyptischen Götter und Religionen basierten auf geheimen Realitäten. Seltsame Zwitterwesen bevölkerten die Erde, einst, als sie noch jung war – riesenhafte, schwerfällige Geschöpfe, halb Tier und halb Mensch. Es war keineswegs nur die menschliche Einbildungskraft, die die Riesenschlange Seth, den fleischfressenden Bubastis und den großen Osiris erschaffen hatte. Ich dachte an Toth und Geschichten von Harpyen, dachte an den schakalköpfigen Anubis und an die Legende von den Werwölfen.

Nein, die Alten hatten mit elementaren Mächten und Tieren des Jenseits in Verbindung gestanden. Sie hatten ihre Götter herbeirufen können, diese Menschen mit Tierköpfen. Und das hatten sie gelegentlich auch getan – daher ihre Macht.

Eines Tages herrschten sie dann über ganz Ägypten – ihr Wort war Gesetz. Das Land war voll von reichen Tempeln, und jeder siebente Mann gehörte der Priesterschaft an. Weihrauchschwaden stiegen vor Tausenden von Schreinen in die Luft – Schwaden von Weihrauch und Blut. Die Tiermäuler der Götter hungerten nach Blut.

Die Priester hatten allen Grund, ihren Göttern zu huldigen, hatten sie mit ihren göttlichen Herren doch manch einen seltsamen und denkwürdigen Handel abgeschlossen. Schwere Perversionen vertrieben schließlich den Bubastis-Kult aus Ägypten, und eine nie erwähnte Scheußlichkeit führte dazu, daß das Zeichen und die Geschichte von Nyarlathotep dem Vergessen anheimfielen. Gleichwohl wurden die Priester immer mächtiger und dreister, ihre Opfergaben immer unerhörter, ihr Entgelt immer größer.

Um einer immerwährenden Wiedergeburt willen bereiteten sie den Göttern jede Freude und befriedigten ihre ausgefallensten Gelüste. Um die eigenen Mumien vor göttlichen Flüchen zu schützen, brachten sie ihre Blutopfer dar.

Besonders ausführlich schreibt Prinn über die Sebek-Sekte. Deren Priester glaubten, daß Sebek – als Fruchtbarkeitsgott – über die Quellen des ewigen Lebens herrsche. Er würde sie in ihren Gräbern bewachen, bis der Wiedergeburtszyklus vollendet war, und er würde ihre Feinde vernichten, die ihre Grabstätten zu zerstören versuchten. Sie opferten ihrem Gott dafür junge Mädchen, die von den Zähnen eines goldenen Krokodils zerrissen wurden. Denn Sebek, der Krokodilgott des Nils, hatte den Leib eines Menschen, den Kopf eines Krokodils und die Gelüste von beiden.

Die Schilderung dieser Opferzeremonien ist grausig. In dem Bestreben, ihrem göttlichen Herrn in seinem irdischen Erscheinungsbild zu gleichen, trugen die Priester Krokodilsmasken. Einmal im Jahr, so glaubten sie, erschien Sebek den Hohenpriestern im Inneren Tempel von Memphis und nahm dabei die Gestalt eines Mannes mit Krokodilskopf an.

Die Gottergebenen glaubten, daß er ihre Gräber beschützen werde – und zahllose schreiende Jungfrauen mußten um dieses Glaubens willen ihr Leben lassen.

Das alles wußte ich und rief es mir schnell ins Gedächtnis zurück, während ich mir die Mumie des Sebek-Priesters besah.

Denn nun blickte ich in den Sarkophag hinein und bemerkte, daß die Mumie ausgewickelt worden war. Sie lag unter einer Glasscheibe, die Vanning fortnahm.

»Sie kennen also die Geschichte«, sagte er, meinen Blick richtig deutend. »Die Mumie befindet sich seit einer Woche bei mir. Sie ist dank Professor Weildans hier chemisch behandelt worden. Auf ihrer Brust habe ich dies gefunden.«

Er deutete auf ein Amulett aus klarer Jade – die Gestalt eines Reptils, bedeckt mit ideographischen Zeichen.

»Was ist das?« fragte ich.

»Geheimcode der Priester. Marigny hält es für Nakaal. Übersetzung? Ein Fluch, folgt man der Prinn-Story – ein Fluch auf das Haupt der Grabschänder. Droht ihnen die Rache von Sebek höchstpersönlich an. Häßliche Formulierungen.«

Vannings Schnoddrigkeit war erzwungen. Das konnte ich an der Unruhe der anderen Anwesenden merken. Dr. Delvin hüstelte nervös, Royce nestelte an seinem Gewand, Marigny blickte finster. Der zwergenhafte Professor Weildan trat zu uns. Er betrachtete eine Weile die Mumie, als suche er in ihren leeren, blind in der Dunkelheit brütenden Augenhöhlen die Lösung eines Rätsels.

»Sagen Sie ihm, was ich glaube, Vanning«, murmelte er.

»Weildan hier hat einige Untersuchungen durchgeführt. Es ist ihm gelungen, diese Mumie an den Behörden vorbei ins Land zu schmuggeln, aber es hat ihn eine ganze Menge gekostet. Er hat mir berichtet, wo er sie gefunden hat, und das ist keine schöne Geschichte. Neun der Jungs von der Karawane starben auf dem Rückweg, wofür aber auch verdorbenes Wasser verantwortlich gewesen sein könnte. Der Professor hat, fürchte ich, seinen Entschluß rückgängig gemacht.«

»Habe ich nicht«, warf Weildan in scharfem Ton ein. »Wenn ich Ihnen rate, sich von der Mumie zu trennen, dann nur, weil ich leben möchte. Wir dachten anfangs daran, sie hier bei Festlichkeiten zu nutzen, aber das geht nicht. Ich glaube nämlich an den Fluch Sebeks.

Sie wissen natürlich, daß nur vier Mumien seiner Priester je gefunden worden sind. Der Grund dafür ist wohl, daß die anderen noch in geheimen Grüften ruhen. Nun, die vier Finder sind alle tot. Ich kannte noch Partington, der die dritte entdeckt hat. Er befaßte sich nach seiner Rückkehr sehr intensiv mit diesem mythischen Fluch, aber bevor er noch irgendwelche Ergebnisse veröffentlichen konnte, starb er. Sein Ende war einigermaßen seltsam. Fiel von einer Brücke in das Krokodilbecken des Londoner Zoos. Als sie ihn herauszogen, war er nur noch ein blutiger Klumpen.«

Vanning sah mich an. »Kinderschreck«, sagte er mißbilligend. Dann fuhr er in ernsterem Ton fort: »Das ist einer der Gründe, warum ich Sie hergebeten und in das Geheimnis eingeweiht habe. Ich möchte gern Ihre Meinung als Wissenschaftler und als Okkultist hören. Soll ich mich von der Mumie trennen? Glauben Sie diese Sache mit dem Fluch? Ich nicht, aber ich habe mich in jüngster Zeit recht unbehaglich gefühlt. Ich weiß von zu vielen merkwürdigen Vorkommnissen, und ich glaube an Prinns Wahrheitsliebe. Wozu wir die Mumie verwenden wollten, spielt keine Rolle. Es wäre eine – eine Entweihung gewesen, arg genug, um jeden Gott zu erzürnen. Und ich möchte nicht, daß mir ein krokodilköpfiges Geschöpf an die Gurgel fährt. Was meinen Sie?«

Ganz plötzlich erinnerte ich mich. Der Mann mit der Maske! Er war wie ein Priester Sebeks gekleidet gewesen, hatte sein Aussehen dem des Gottes angepaßt.

Ich sagte Vanning, was ich gesehen hatte. »Wer ist das?« fragte ich. »Er müßte wirklich hiersein. Es ... paßt alles zusammen.«

Vannings Entsetzen war nicht gespielt. Als ich seine erschrockene Reaktion sah, bedauerte ich, gesprochen zu haben.

»Ich habe ihn überhaupt nicht gesehen! Ich schwör's! Wir müssen den Mann finden, sofort!«

»Vielleicht ist das nur eine höfliche Form der Erpressung«, sagte ich. »Er könnte etwas gegen Sie und Weildan in der Hand haben und Sie so erschrecken wollen, daß Sie Schweigegeld zahlen.«

»Vielleicht.« Vanning klang aber nicht überzeugt. Er wandte sich an die anderen.

»Schnell«, sagte er, »gehen Sie zurück und sehen Sie sich unter den Gästen um. Fassen Sie diesen geheimnisvollen ... Fremden. Bringen Sie ihn her.«

»Polizei?« erkundigte sich Royce nervös.

»Nicht doch, Sie Narr! Beeilen Sie sich, Sie alle!«

Die vier Männer verließen den Raum, und ihre sich entfernenden Schritte hallten draußen im Flur wider.

Ein Augenblick lang Stille. Vanning versuchte zu lächeln. Ich befand mich in einem seltsamen, alles verwischenden Nebel. Das Ägypten meiner Träume – war es real? Warum hatte der eine Blick auf den rätselhaften Mann mit der Maske solchen Eindruck auf mich gemacht? Die Priester Sebeks hatten Blut vergossen, um sich die göttliche Rache zu sichern – konnten sie einen uralten Fluch Wirklichkeit werden lassen? Oder war Vanning verrückt?

Ein leises Geräusch ...

Ich drehte mich um. Und da in der Tür stand der Mann mit der Krokodilsmaske.

»Das ist der Kerl!« rief ich. »Das ist ...«

Vanning lehnte sich an den Tisch, das Gesicht aschfahl. Er starrte die Gestalt auf der Türschwelle nur an, aber der gequälte Blick seiner Augen übermittelte mir auf telepathischem Weg eine grauenvolle Botschaft.

Der Mann in der Krokodilsmaske – niemand hatte ihn gesehen außer mir. Und ich hatte träumend in Ägypten geweilt. Hier in diesem Raum befand sich die Mumie des Sebekpriesters.

Der Gott Sebek war – ein krokodilköpfiger Gott. Und seine Priester waren nach seinem Bilde gekleidet – sie trugen Krokodilsmasken.

Ich hatte Vanning gerade vor der Rache der alten Priester gewarnt. Er hatte geglaubt und sich gefürchtet, als ich ihm berichtete, was ich gesehen hatte. Und jetzt stand der schweigende Fremde dort in der Tür. Was lag näher, als anzunehmen, daß es sich bei ihm um einen wiederauferstandenen Priester handelte, der gekommen war, um die Beleidigung seines Standes zu rächen?

Doch konnte ich es nicht glauben. Selbst als die Gestalt finster und schweigend hereinkam, war mir noch nicht klar, was sie im Schilde führte. Und auch als Vanning vor dem Sarkophag stöhnend in die Knie sank, war ich nicht überzeugt.

Dann aber geschah alles so schnell, daß mir keine Zeit mehr zum Handeln blieb. Gerade als ich den unnatürlichen Eindringling zur Rede stellen wollte, brach das Verhängnis über uns herein. Mit einer blitzschnellen, reptilienartigen Bewegung schlängelte sich der Körper in dem weißen Gewand durch das Zimmer. In einer Sekunde stand das Geschöpf über der zusammengesunkenen Gestalt meines Gastgebers. Ich sah krallende Hände in hängende Schultern fahren; dann fuhr das Maul der Maske hinab und bewegte sich. Schnappte nach Vannings zitternder Kehle.

Als ich vorsprang, schienen meine Gedanken im Vergleich dazu von geradezu träger Ruhe zu sein. »Teuflisch durchtriebener Mord«, ging es mir durch den Kopf. »Einzigartiges Mordinstrument. Raffiniert konstruierter Zahnmechanismus in einer Maske. Ein Fanatiker!«

Und meine Augen beobachteten völlig distanziert, wie das monströse Maul in Vannings Hals biß. Die Bewegung des grauenhaften, schuppigen Kopfes war überdeutlich zu sehen wie in einer Großaufnahme.

Wohlgemerkt, das alles dauerte nur eine Sekunde. Dann hielt ich, plötzlich sehr zielstrebig, einen Ärmel des weißen Gewandes gepackt und zerrte mit meiner freien Hand an der Maske des Mörders.

Der Killer drehte und duckte sich. Meine Hand glitt ab und lag einen Augenblick lang auf der Krokodilsschnauze, auf dem blutigen Maul.

Dann entwand sich mir der Eindringling mit einem Ruck und verschwand, während ich zurückblieb, schreiend vor dem zerrissenen und zerfetzten Leichnam auf dem Sarg des Sebekpriesters stand.

Vanning war tot. Sein Mörder war verschwunden. Das Haus war voller feiernder Menschen. Ich brauchte nur zur Tür zu gehen und um Hilfe zu rufen.

Ich tat es nicht. Ich stand eine sehr lange Sekunde schreiend mitten im Zimmer, während sich mir alles vor den Augen drehte. Alles schwamm im Kreis – die blutbefleckten Bücher, die verdorrte Mumie, deren Brustkorb nun vom Kampf zerdrückt und blutig war, das rote, unbewegliche Ding am Boden. Alles verschwommen vor meinen Augen.

Erst da war ich plötzlich wieder zu einem Willensakt fähig. Ich drehte mich um und lief davon.

Ich wünschte, meine Geschichte wäre hier zu Ende, aber das ist sie nicht. Es gilt, noch eine Schlußfolgerung zu ziehen. Das muß sein, damit ich meinen Seelenfrieden wiederfinde.

Ich will ganz offen sein. Ich weiß, es wäre eine bessere Geschichte geworden, wenn ich den Butler nach dem Mann in der Krokodilsmaske gefragt und ihn hätte sagen hören, daß solch eine Person das Haus nicht betreten habe. Aber hier geht es nicht um eine Geschichte, sondern um die Wahrheit.

Ich *weiß,* daß er dort war, und nachdem ich Vanning hatte sterben sehen, blieb ich nicht, um noch andere zu befragen. Da war dieser verzweifelte Griff nach dem maskierten Mörder, dann schrie ich und lief hinaus. Ich hastete mitten durch die Tanzenden hindurch, rannte – ohne Alarm zu schlagen – aus dem Haus und keuchte die Straße entlang. Grinsendes Grauen hockte auf meinen Schultern und trieb mich voran, bis ich vollends jedes Bewußtsein verloren hatte und blind zurücklief zu den erleuchteten Gassen und den lachenden Menschenscharen, die nichts von den Schrecken wußten, die mir begegnet waren.

Ich verließ New Orleans, ohne mich nach weiteren Einzelheiten erkundigt zu haben. Ich kaufte mir absichtlich keine Zeitung, so daß ich nicht einmal weiß, ob die Polizei Vannings Leichnam entdeckt und seinen Tod untersucht hat. Ich habe nie versucht, mehr darüber in Erfahrung zu bringen, und ich wage es auch nicht. Es könnte sehr wohl eine durchaus einleuchtende Erklärung für das alles geben – aber andererseits . . .

Ich ziehe es vor, nicht sicher zu sein. Ich versuche verzweifelt, mir einzureden, daß ich betrunken war, daß die ganze Geschichte überhaupt nicht passiert ist – oder daß, wenn doch, ein Teil davon irreal war. Den Gedanken an Vannings Tod konnte ich ja noch ertragen, nicht aber den an die Legende von Sebek und an den Sarkophag von Sebek. Ich habe Vanning diesbezüglich die Wahrheit gesagt, und meine Ansicht ist auf schreckliche Weise bestätigt worden.

Die Erkenntnis kam über mich, als ich sah, wie der Fremde seine eigentümlich gebaute Krokodilsschnauze zum Hals des armen Vanning schnellen ließ, die messerscharfen Reißzähne in seine Kehle schlug. Das war der Augenblick, wo ich ihn kurz packte, bevor er sich davonmachte, ihn packte, schrie und hysterisch floh.

Ich packte ihn in diesem fürchterlichen Augenblick an der Schnauze seiner erschreckend wirklichkeitsgetreuen Krokodilsmaske. Es war nur ein kurzer Augenblick der grauenvollen Berührung, dann war er schon verschwunden. Aber das reichte aus. Denn als ich die blutige Schnauze des Reptils packte, da fühlte ich unter meinen Fingern keine Maske, sondern lebendiges Fleisch!

»Lügner!« sagte Captain Cartaret.

Der dunkelhäutige Mann bewegte sich nicht, aber im Schatten seines Burnus glitt ein finsterer Ausdruck über sein Gesicht. Als er dann jedoch ins Lampenlicht trat, lächelte er.

»Das ist ein hartes Wort, Effendi«, sagte der dunkle Mann sanft.

Captain Cartaret blickte seinen mitternächtlichen Besucher spöttisch abschätzend an.

»Ein verdientes Urteil, wie ich meine«, bemerkte er. »Bedenke die Situation. Du, ein Unbekannter, klopfst vor Mitternacht ungebeten hier an meine Tür. Du erzählst mir lang und breit von geheimen Gewölben unter der Stadt Kairo und erbietest dich unaufgefordert, mich dorthin zu führen.«

»Das ist richtig«, stimmte der Araber höflich zu. Er erwiderte ruhig den Blick des gelehrten Captain.

»Warum solltest du so etwas tun?« fuhr Cartaret fort. »Wenn deine Geschichte wahr ist und dir tatsächlich solch ein absurdes Geheimnis bekannt ist, warum solltest du dann damit ausgerechnet zu mir kommen? Warum willst du den Ruhm der Entdeckung nicht selbst einheimsen?«

»Das habe ich Ihnen schon gesagt, Effendi«, erwiderte der andere. »Es wäre gegen das Gesetz unserer Bruderschaft. Es steht nicht geschrieben, daß ich es tun soll. Und da ich von Ihrem Interesse an derartigen Dingen weiß, bin ich gekommen, Ihnen dieses Privileg anzubieten.«

»Du bist gekommen, um mich auszuhorchen. Ja, das ist

es, was du im Schilde führst«, entgegnete Captain Cartaret scharf. »Ihr Bettelgesindel verfügt über ein paar teuflisch schlaue Methoden, an geheimes Informationsmaterial heranzukommen, nicht wahr? Soweit ich sehen kann, bist du hier, um herauszufinden, wieviel ich schon in Erfahrung gebracht habe, damit du mich im Verein mit deinen fanatischen Mordgesellen beseitigen kannst, sollte ich zuviel wissen.«

»Ah!« Der dunkle Fremde beugte sich plötzlich vor und blickte dem weißen Mann ins Gesicht. »Sie geben also zu, daß Ihnen das, was ich Ihnen berichtet habe, nicht gänzlich neu ist ... Sie wissen schon etwas von diesem Ort?«

»Angenommen, es wäre so«, sagte der Captain unerschrocken, »so bewiese das noch lange nicht, daß du ein Menschenfreund bist, der mich an das Ziel meiner Suche führen wird. Wahrscheinlicher ist, wie ich schon sagte, daß du mich nur aushorchen und danach beseitigen willst, um dann die Funde an dich zu bringen. Nein, deine Geschichte ist mir gar zu dürftig. Du hast mir ja noch nicht einmal deinen Namen genannt.«

»Meinen Namen?« Der Araber lächelte. »Der tut nichts zur Sache. Was von Belang ist, das ist Ihr Mißtrauen mir gegenüber. Aber da Sie schließlich doch zugegeben haben, von der Gruft des Nephren-Ka zu wissen, darf ich Ihnen vielleicht etwas zeigen, was die Richtigkeit dessen bestätigt, was ich gesagt habe.«

Er griff mit seiner schmalen Hand in sein Gewand und zog einen merkwürdigen Gegenstand aus mattschwarzem Metall hervor. Diesen warf er nachlässig auf den Tisch, so daß er im Licht der Lampe lag.

Captain Cartaret beugte sich vor und blickte auf das seltsame metallische Ding. Sein hageres, für gewöhnlich bleiches Gesicht glühte jetzt vor unverhüllter Aufregung. Er griff mit zuckenden Fingern nach dem schwarzen Gegenstand.

»Das Siegel des Nephren-Ka!« flüsterte er. Als er wieder in das unergründliche Gesicht des Arabers sah, mischten sich in diesem Blick Ungläubigkeit und Glaube.

»Es stimmt also ... was du gesagt hast«, murmelte der Captain. »Du kannst dies nur an dem ›Geheimen Ort‹ gefunden haben, an dem Ort der ›Blinden Affen‹, wo ...«

»... Nephren-Ka die Fäden der Wahrheit zusammenband.« Der lächelnde Araber vervollständigte das Zitat für den Captain.

»Du hast also auch das *Necronomicon* gelesen.« Captain Cartaret war erstaunt. »Es gibt doch aber nur sechs vollständige Ausgaben davon, und ich dachte immer, die nächste verfügbare befände sich im Britischen Museum ...«

Das Lächeln des Arabers wurde breiter. »Mein Landsmann Alhazred hat seinem eigenen Volk ein umfangreiches Erbe hinterlassen«, sagte er leise. »Die Weisheit steht all jenen offen, die wissen, wo sie sie suchen müssen.«

Im Zimmer herrschte einen Augenblick lang Schweigen. Cartaret betrachtete das schwarze Siegel, während der Araber ihn forschend ansah. Beide waren mit ihren Gedanken weit weg. Schließlich blickte der hagere Weiße, der sich in schon fortgeschrittenerem Alter befand, mit plötzlicher Entschlossenheit auf.

»Ich glaube dir deine Geschichte«, sagte er. »Führe mich.«

Der Araber nahm unaufgefordert mit einem befriedigten Achselzucken an der Seite seines Gastgebers Platz. Von diesem Augenblick an hatte er die Situation vollkommen in der Hand.

»Zuvor müssen Sie mir sagen, was Sie wissen«, verlangte er. »Dann erst werde ich Ihnen den Rest offenbaren.«

Cartaret, dem die Macht des anderen nicht bewußt war, entsprach der Aufforderung. Er erzählte dem Fremden in recht geistesabwesender Manier seine Geschichte, wobei sich sein Blick nicht ein einziges Mal von dem schwarzen Amulett auf dem Tisch löste. Es hatte fast den Anschein, als sei er von dem eigentümlichen Talisman hypnotisiert. Der Araber sagte nichts, aber in seinen fanatischen Augen glänzte hämische Freude.

Cartaret sprach von seiner Jugend, von seinem Militärdienst in Ägypten und von seiner anschließenden Stationierung in Mesopotamien. Dort hatte der Captain angefangen, sich für Archäologie und die schattenhaften Reiche des Okkulten zu interessieren, die sie umgeben. Aus der riesigen arabischen Wüste waren faszinierende Erzählungen an sein Ohr gedrungen, die aus grauer Vorzeit stammten – geheimgehaltene Berichte über das rätselhafte Irem, in alter Zeit eine Stadt des Grauens, aber auch verlorengegangene Legenden von versunkenen Reichen. Er hatte mit den träumenden Derwischen gesprochen, in deren Haschischvisionen sich die Geheimnisse vergessener Zeiten offenbarten, und er hatte gewisse, angeblich von Dämonen heimgesuchte Grabstätten und Höhlen in den Ruinen eines Damaskus erforscht, welches weit älter war als jenes, das der aufgezeichneten Geschichte bekannt ist.

Schließlich, in den Ruhestand versetzt, war er nach Ägypten zurückgekehrt. Hier in Kairo hatte man Zugang zu noch weitaus geheimerem Wissen. Ägypten, dieses Land grausiger Flüche und verschollener Könige, barg schon seit jeher in seinen uralten Schatten wahnwitzige

Mythen. Cartaret hatte von Priestern und Pharaonen erfahren, von alten Orakeln, vergessenen Sphinxen, sagenhaften Pyramiden und gigantischen Grabstätten. Die Zivilisation war nur wie eine spinnwebartige Oberfläche, die das schlafende Antlitz des Ewigen Geheimnisses verbarg. Hier, in den unergründlichen Schatten der Pyramiden, gingen die alten Götter in alter Weise um. Die Geister von Seth, Ra, Osiris und Bubastis lauerten an Wüstenpfaden, Horus, Isis und Sebek hausten noch in den Ruinen von Theben und Memphis oder erwarteten ihre Zeit in den verfallenden Gräbern des Tals der Könige.

Nirgendwo hatte die Vergangenheit so überlebt wie im alterslosen Ägypten. Mit jeder neuen Mumie gruben die Ägyptologen einen neuen Fluch aus, die Lösung jedes uralten Rätsels führte lediglich zur Entdeckung noch tieferer, verwirrenderer Geheimnisse. Wer hatte die Säulen der Tempel gebaut? Warum hatten die alten Könige die Pyramiden errichtet? Wie hatten sie dieses Wunder bewerkstelligen können? Waren die alten Flüche noch wirksam? Wohin waren die Priester des alten Ägypten verschwunden?

Diese und tausend andere unbeantwortete Fragen beschäftigten Captain Cartaret. In der neu gewonnenen freien Zeit las und forschte er, sprach er mit Wissenschaftlern und Gelehrten. Das Streben nach Wissen lockte ihn fort in immer dunklere Regionen – er konnte den Durst seines Geistes nurmehr mit immer seltsameren Geheimnissen, mit immer gefährlicheren Entdeckungen stillen.

Viele der angesehenen Autoritäten, mit denen er verkehrte, äußerten ganz offen die Überzeugung, daß es nicht gut für Dilettanten sei, sich – getrieben von ihrer Neugier – zu tief unter die Oberfläche hinabzuwagen. Flüche hatten sich mit rätselhafter Schnelligkeit bewahrheitet, und warnende Prophezeiungen hatten sich als ganz und gar zutreffend erwiesen. Es war nicht gut, die Schreine der alten, dunklen Götter zu entweihen, die nach wie vor im Lande wohnten.

Aber der schreckliche Reiz des Vergessenen und Verbotenen steckte wie ein Virus in Cartarets Blut. Als er die Geschichte von Nephren-Ka gehört hatte, hatte er natürlich Nachforschungen angestellt.

Nephren-Ka war nach allem, was man zuverlässig wußte, nur eine mythische Gestalt. Es hieß, er sei ein Pharao aus einer unbekannten Dynastie gewesen, ein priesterlicher Usurpator des Throns. Den bekannteren Überlieferungen zufolge hatte er etwa in biblischer Zeit geherrscht und war einer der letzten und bedeutendsten Vertreter des ägyptischen Kults der Priesterzauberer gewesen, der die offizielle Religion des Landes eine Zeitlang zu einer höchst düsteren und grausigen Angelegenheit gemacht hatte. Dieser Kult unterstand der Leitung der Oberpriester von Bubastis, Anubis und Sebek, die ihre Götter als Repräsentanten wirklich vorhandener »Geheimer Wesen« angesehen hatten – von monströsen Tiermenschen, die die Erde in urgeschichtlicher Zeit bewohnt hatten. Die Priester huldigten dem »Älteren«, einem Gott, der der Überlieferung als Nyarlathotep bekannt ist, was »Mächtiger Bote« bedeutet. Diese abscheuliche Gottheit verlieh angeblich magische Kräfte, sofern ihr dafür Menschenopfer dargebracht wurden, und während der Zeit, in der die bösen Priester die Herrschaft ausübten, verwandelten diese die Religion Ägyptens in ein blutiges Chaos. Mit Hilfe der Anthropomantie und der Nekrophilie suchten sie sich die fürchterliche Gunst ihrer Dämonen zu erhalten.

Es heißt, daß Nephren-Ka, nachdem er den Thron bestiegen hatte, aller Religion abschwor und nur noch Nyarlathotep huldigte. Er erstrebte für sich die Gabe der Prophetie und erbaute dem »Blinden Affen der Wahrheit« Tempel. Seine durch und durch widerwärtigen Opferungen provozierten schließlich einen Aufstand, und es wird berichtet, daß der niederträchtige Pharao am Ende entmachtet wurde. Dieser Quelle zufolge zerstörten sein Nachfolger und dessen Leute sofort alle Zeugnisse der vorangegangenen Herrschaft, rissen alle Tempel und Götterbilder Nyarlathoteps nieder und vertrieben die schändlichen Priester, die sich an die fleischfressenden Götter Bubastis, Anubis und Sebek verkauft hatten. *Das Buch der Toten* wurde überarbeitet und alle Hinweise auf den Pharao Nephren-Ka und seine verfluchten Kulte eliminiert.

Auf diese Weise, so die Überlieferung, war diese Geheimreligion für die offizielle Geschichtsschreibung verloren. Was Nephren-Ka selbst anbetrifft, so hat sich ein seltsamer Bericht über sein Ende erhalten.

Darin heißt es, daß der entthronte Pharao an einen Ort in der Nähe des Gebietes geflohen sei, das heute die Stadt Kairo einnimmt. Dort wollte er sich mit den ihm noch verbliebenen Anhängern zu einer »westlichen Insel« einschiffen. Es gibt Historiker, die die Ansicht vertreten, daß es sich bei dieser Insel um Großbritannien gehandelt habe, wo sich ja tatsächlich einige der flüchtigen Bubastis-Priester ansiedelten.

Der Pharao und seine Leute wurden jedoch angegriffen und umzingelt, ihre Flucht vereitelt. Da befahl Nephren-Ka, eine geheime Gruft zu bauen, in der er sich und seine Anhänger lebendig begraben ließ. In dieses Grab nahm er alle seine Schätze und magischen Geheimnisse mit, um seinen Feinden nichts zu hinterlassen, von dem sie hätten profitieren können. Seine Gefolgsleute hatten die Gruft so geschickt angelegt, daß die Angreifer die Ruhestätte des Schwarzen Pharaos nie gefunden haben.

Soweit die Legende. Nach allgemeiner Überzeugung wurde die Geschichte von den wenigen Priestern weitergegeben, die zurückgeblieben waren, um den geheimen Ort von außen zu verschließen. Sie und ihre Nachkommen sorgten, wie man glaubte, für die Überlieferung der Geschichte und den Fortbestand des alten, bösen Glaubens.

Dieser äußerst ungewöhnlichen Geschichte nachgehend, vertiefte sich Cartaret in die alten, aus jener Zeit stammenden Schriften. Bei einer Reise nach London hatte er das Glück, daß man ihm erlaubte, das gottlose und archaische *Necronomicon* von Abdul Alhazred zu studieren. Darin fand er weitere Ergänzungen. Einem seiner einflußreichen Freunde im Innenministerium, der von seinem Interesse erfahren hatte, gelang es, einen Teil von Ludvig Prinns bösem und blasphemischem Werk *De Vermis Mysteriis* – den Erforschern dunkler Geheimnisse besser bekannt als *Die Geheimnisse des Wurms* – für ihn aufzutreiben. Dort fand Cartaret in dem sehr umstrittenen Kapitel über die Mythen des Orients mit dem Titel *Arabische Rituale* noch weitaus konkretere Ausführungen zu der Geschichte von Nephren-Ka.

Prinn, der in Ägypten mit den arabischen Sehern und Propheten der mittelalterlich-sarazenischen Zeit verkehrt hatte, maß den geraunten Hinweisen auf alexandrinische Geisterbeschwörer und Nekromanten einige Bedeutung bei. Ihnen war die Geschichte von Nephren-Ka bekannt gewesen, den sie den Schwarzen Pharao genannt hatten.

Prinns Bericht über den Tod dieses Pharaos war sehr ausführlich. Er behauptete, das geheimgehaltene Grab liege genau unter Kairo, und vertrat die Ansicht, daß es geöffnet und betreten worden sei. Er verwies auf das in den volkstümlichen Erzählungen erwähnte Überleben des Kults und schrieb von einer Gruppe abtrünniger Nachkommen, deren priesterliche Vorfahren ihre Brüder lebendig begraben hatten. Von diesen Nachfahren hieß es, sie hätten den bösen Glauben lebendig erhalten und seien die Wächter des toten Nephren-Ka und seiner bestatteten Gefolgsleute, die dafür sorgten, daß kein Eindringling die unterirdische Ruhestätte entdecke und entweihe. Nach dem vorgesehenen Zyklus von siebentausend Jahren werde der Schwarze Pharao mit seiner Gefolgschaft auferstehen und den dunklen Ruhm des alten Glaubens wieder aufleben lassen.

Die Gruft selbst war, schenkte man Prinn Glauben, ein überaus ungewöhnlicher Ort. Nephren-Kas Diener und Sklaven hatten ihm eine riesige Grabkammer gebaut, und die unterirdischen Gewölbe waren mit den reichen, während seiner Herrschaftszeit angesammelten Schätzen gefüllt. Alle heiligen Bilder waren dort verwahrt worden, und auch die juwelenbesetzten Bücher voll esoterischer Weisheit ruhten dort.

Besonders intensiv befaßte sich der Bericht mit Nephren-Kas Suche nach der Wahrheit und seinem Bemühen um die Gabe der Prophetie. Es hieß, er habe, bevor er dort unten in der Dunkelheit gestorben sei, bei einem letzten, gewaltigen Opferzeremoniell noch einmal das irdische Bild Nyarlathoteps heraufbeschworen – und der Gott habe ihm seine Wünsche erfüllt. Nephren-Ka habe vor den Bildern des Blinden Affen der Wahrheit gestanden und ihm sei im Angesichte der blutbefleckten Leiber von hundert willigen Opfern die Gabe der Weissagung verliehen worden. Dann erzählt Prinn (und es liest sich wie ein Alptraum), wie der begrabene Pharao zwischen seinen toten Gefährten umhergegangen sei und auf die verwinkelten Mauern seiner Gruft die Geheimnisse der Zukunft aufgezeichnet habe. In Bildern und Zeichen habe er die Geschichte zukünftiger Tage festgehalten und bis zu seinem Ende seine Allwissenheit genossen. Er habe die Geschicke zukünftiger Könige auf die Wände gemalt, den Aufstieg und Fall noch gar nicht entstandener Reiche aufgezeichnet. Als ihm dann die Schwärze des Todes das Augenlicht verdunkelt und die Lähmung ihm den Pinsel aus den Fingern gewunden habe, sei er ganz friedlich zu seinem Sarkophag geschritten und darin verschieden.

So berichtete Ludvig Prinn, der mit Sehern der alten Zeit Umgang gepflegt hatte. Nephren-Ka lag in seinen unterirdischen Gewölben begraben, bewacht von den priesterlichen Vertretern seines Kults, der auf Erden fortlebte, und darüber hinaus unten in seinem Grab von allerlei Zaubern geschützt. Ihm waren am Ende seine Wünsche erfüllt worden – er hatte die Wahrheit geschaut und die Geschichte der Zukunft auf die nachtdunklen Wände seiner eigenen Katakombe gezeichnet.

Cartaret hatte all dies mit zwiespältigen Gefühlen gelesen. Wie gern hätte er das Grab gefunden, wenn es denn existierte! Welch eine Sensation – er würde mit seinem Fund die ganze Anthropologie, die Ethnologie revolutionieren!

Andererseits enthielt die Geschichte natürlich auch einige Absurditäten. Cartaret war trotz seiner Forschungsarbeit nicht abergläubisch. Er konnte diesem ganzen Unsinn von Nyarlathotep, von dem Blinden Affen der Wahrheit und dem Priesterkult keinen Glauben schenken. Die Sache mit der prophetischen Gabe war absoluter Quatsch.

Dinge dieser Art tauchten dauernd auf. Es gab viele Gelehrte, die zu beweisen versucht hatten, daß die Pyramiden – in ihrer geometrischen Konstruktion – archäologische und architektonische Vorhersagen künftiger Zeiten darstellten. Mit großer und überzeugender Gelehrsamkeit bemühten sie sich zu zeigen, daß die gewaltigen Grabmäler, symbolisch interpretiert, den Schlüssel zur Menschheitsgeschichte enthielten, daß sie das Mittelalter, die Renaissance, den Großen Krieg allegorisch vorhergesagt hätten.

Das war nach Cartarets Überzeugung Blödsinn. Und die überaus absurde Vorstellung, daß einem sterbenden Fanatiker die Gabe der Prophetie verliehen worden sein, er als letzte Tat vor seinem Tode die zukünftige Geschichte der Welt auf die Wände seines Grabes gekritzelt haben sollte, war nur schwer zu schlucken.

Gleichwohl hätte Cartaret all seiner Skepsis zum Trotz das Grab doch zu gern gefunden, vorausgesetzt, es war wirklich vorhanden. Er war mit dieser Zielsetzung nach Ägypten zurückgereist und hatte sich unverzüglich an die Arbeit gemacht. Er verfügte nun über eine ganze Reihe von Andeutungen und Hinweisen, und wenn die Maschinerie seiner Nachforschungen nicht zusammenbrach, war es nur noch eine Sache von Tagen, bis er den Zugang zu dem geheimen Ort gefunden haben würde. Dann wollte er sich der Hilfe der Regierung versichern und seine Entdeckung der Öffentlichkeit mitteilen.

Dies alles erzählte er nun dem schweigenden Araber, der mit einem seltsamen Vorschlag und mit einer unheimlichen Empfehlung, nämlich mit dem Siegel Nephren-Kas, des Schwarzen Pharaos, aus dem Dunkel der Nacht aufgetaucht war.

Als Cartaret seinen zusammenfassenden Bericht beendet hatte, blickte er den dunklen Fremden fragend an.

»Und was nun?« erkundigte er sich.

»Folgen Sie mir«, sagte der andere höflich. »Ich werde Sie zu der Stelle führen, die Sie suchen.«

»Jetzt gleich?« fragte Cartaret erstaunt. Der andere nickte.

»Aber – das kommt so plötzlich! Ich meine, die ganze Geschichte ist wie ein Traum. Sie tauchen da aus der Nacht auf, nicht gebeten, ein Unbekannter, zeigen mir dieses Siegel und erklären sich bereit, mir meine Wünsche zu erfüllen. Warum? Das ergibt doch keinen Sinn.«

»Aber das hier.« Der Araber deutete ernst auf das schwarze Siegel.

»Ja«, gab Cartaret zu. »Aber – wie kann ich Ihnen trauen? Warum auf der Stelle? Wäre es nicht klüger, zu warten und die Genehmigung der zuständigen Behörden einzuholen? Werden da nicht Grabungen notwendig werden, müssen wir nicht irgendwelche erforderlichen Werkzeuge mitnehmen?«

»Nein.« Der andere drehte die Handflächen nach oben. »Kommen Sie nur.«

»Nun hören Sie mal!« Cartarets Argwohn schlug sich in seinem scharfen Ton nieder. »Woher weiß ich denn, daß dies keine Falle ist? Was veranlaßt Sie, mit diesem Angebot zu mir zu kommen? Wer, zum Teufel, sind Sie?«

»Geduld.« Der dunkle Mann lächelte. »Ich werde alles erklären. Ich habe Ihren Ausführungen über die ›Legende‹ mit großem Interesse zugehört, aber während die von

Ihnen erwähnten Tatsachen klar sind, befinden Sie sich mit Ihren Ansichten über sie im Irrtum. Die ›Legende‹, von der Sie Kenntnis erhalten haben, ist wahr – voll und ganz. Nephren-Ka *hat* vor seinem Tod die Zukunft auf die Wände seines Grabes gezeichnet, er besaß die Gabe der Prophetie, und die Priester, die ihn begruben, begründeten einen Kult, der tatsächlich überlebt hat.«

»Wirklich?« Cartaret war nun doch beeindruckt.

»Ich bin einer dieser Priester.« Die Worte bohrten sich wie Schwerter in das Bewußtsein des weißen Mannes.

»Schauen Sie nicht so entgeistert drein. Es ist die Wahrheit. Ich bin ein Nachfahre des ursprünglichen Kults des Nephren-Ka, einer jener zum inneren Kreis gehörenden Eingeweihten, die die Überlieferung lebendig erhalten haben. Ich huldige der Kraft, die dem Schwarzen Pharao zuteil wurde, und ich bete den Gott Nyarlathotep an, der ihm diese Kraft verlieh. Für uns Gläubige liegt die höchste Wahrheit in den Hieroglyphen, die der göttlich begabte Pharao aufgezeichnet hat, bevor er starb. Wir Wächterpriester haben durch die Zeiten hindurch die Entwicklung der Geschichte beobachtet, und stets hat alles mit den Zeichen auf den unterirdischen Wänden übereingestimmt. Wir glauben.

Und es ist wegen dieses unseres Glaubens, daß ich Sie erwählt habe. Denn in der geheimen Gruft des Schwarzen Pharaos steht auf den Wänden der Zukunft geschrieben, daß Sie dorthin hinabsteigen werden.«

Überwältigtes Schweigen.

»Wollen Sie damit sagen«, stieß Cartaret hervor, »daß diese Bilder zeigen, wie ich die Stelle entdecke?«

»So ist es«, bekräftigte der dunkle Mann langsam. »Deshalb bin ich so ungebeten zu Ihnen gekommen. Sie werden mich begleiten und die Prophezeiung erfüllen, wie es geschrieben steht.«

»Angenommen, ich gehe nicht mit?« fuhr Captain Cartaret plötzlich auf. »Was ist dann mit Ihrer Weissagung?«

Der Araber lächelte. »Sie werden mitkommen«, sagte er. »Das wissen Sie auch.«

Cartaret sah ein, daß der andere recht hatte. Nichts konnte ihn von dieser erstaunlichen Entdeckung abhalten! Ihm kam ein Gedanke.

»Wenn diese Wand tatsächlich die Einzelheiten der Zukunft festhält«, begann er, »dann können Sie mir vielleicht etwas über meine eigene zukünftige Geschichte erzählen. Wird mich diese Entdeckung berühmt machen? Werde ich an den Ort zurückkehren können? Steht geschrieben, daß ich das Geheimnis des Nephren-Ka aufdecken werde?«

Der dunkle Mann blickte ernst. »Das weiß ich nicht«, räumte er ein. »Ich habe versäumt, Ihnen noch etwas zu den Wänden der Wahrheit zu sagen. Mein Vorfahre, also derjenige Priester, der als erster in die geheime Gruft hinunterstieg, nachdem sie versiegelt worden war, und der auch als erster das Werk der Weissagung erblickte, mein Vorfahre also tat etwas Notwendiges. In der Überzeugung, daß solcherlei Wissen nicht für geringere Sterbliche bestimmt sei, bedeckte er gottesfürchtig das Werk mit einem verhüllenden Wandteppich, auf daß niemand in der Lage wäre, zu weit in die Zukunft zu blicken. Mit der vergehenden Zeit wurde dieser Teppich zurückgezogen, hielt die Enthüllung mit den tatsächlichen Ereignissen der Geschichte Schritt – und diese haben bisher immer mit den Hieroglyphen übereingestimmt. Zu allen Zeiten ist es die Aufgabe eines bestimmten Priesters gewesen, täglich einmal zu dem geheimen Grabmal hinabzusteigen, den Wandvorhang zurückzuziehen und so die Geschehnisse des folgenden Tages zu enthüllen. Und dies nun ist zu meinen Lebzeiten meine Aufgabe. Meine Brüder widmen derweil ihre Zeit an verborgenen Orten den erforderlichen Gebetsritualen. Ich aber steige täglich allein durch den versteckten Gang hinab und ziehe den Vorhang vor der Wand der Wahrheit zurück. Wenn ich einmal sterbe, wird ein anderer meinen Platz einnehmen. Verstehen Sie mich recht: die Schrift geht nicht minutiös auf alle Ereignisse ein, sondern hält nur die fest, die für die Geschichte und das Schicksal Ägyptens von Bedeutung sind. Heute nun, mein Freund, wurde offenbart, daß Sie hinabsteigen und den Ort betreten werden, den zu erreichen Ihr Wunsch ist. Was das Morgen für Sie bereithält, vermag ich nicht zu sagen, bevor nicht der Vorhang einmal mehr zurückgezogen worden ist.«

Cartaret seufzte. »Ich nehme also an, daß mir gar nichts anderes übrigbleibt, als zu gehen.« Er konnte seinen Eifer nur schlecht verbergen. Der dunkle Mann bemerkte dies sofort und lächelte zynisch, während er zur Tür schritt.

»Folgen Sie mir«, befahl er.

Für Captain Cartaret verschwamm der Gang durch die mondbeschienenen Straßen Kairos zu einem chaotischen Traum. Sein Führer geleitete ihn durch ein Labyrinth drohender Schatten. Sie wanderten durch die verwinkelten Eingeborenenviertel und kamen durch ein Gewirr unvertrauter Gassen und Durchgänge. Cartaret folgte dem dunklen Fremden ganz mechanisch, die Gedanken gierig auf den bevorstehenden Triumph gerichtet.

Er bemerkte es kaum, als sie einen dunklen Hof überquerten. Als sein Gefährte dann vor einem alten Brunnen stehenblieb und gegen eine Einbuchtung drückte, so daß der dahinterliegende Eingang sichtbar wurde, folgte er ihm ganz selbstverständlich. Der Araber hatte plötzlich irgendwo eine Taschenlampe hervorgeholt. Ihr schwacher Schein durchdrang kaum das tiefschwarze Dunkel, das in dem Gang herrschte.

Sie stiegen zusammen wohl an die tausend Stufen hinab in die zeitlose, ewige Finsternis, die unter der Erde herrscht. Cartaret stolperte wie ein Blinder hinunter – hinunter in die Tiefe dreitausend verschwundener Jahre.

Sie betraten die Tempelanlage – den unterirdischen Grabtempel des Nephren-Ka. Der Priester schritt durch silberne Tore, und sein benommener Gefährte folgte ihm.

Cartaret stand in einer riesigen Kammer mit in den Wänden eingelassenen Nischen, in denen Sarkophage standen.

»Darin befinden sich die Mumien der begrabenen Priester und Diener«, erklärte ihm sein Führer.

Die Mumiensärge von Nephren-Kas Anhängern hatten ein seltsames Aussehen, waren ganz anders als die den Ägyptologen bekannten. Die geschnitzten Deckel zeigten nicht die dem Brauch entsprechenden, konventionellen Merkmale, sondern befremdliche, grinsende Gesichter von Dämonen und Fabelwesen. Juwelenaugen blickten voller Spott aus den schwarzen, grotesken Fratzen, die den Alpträumen ihrer Urheber entsprungen waren. Diese Augen funkelten von allen Seiten des Raumes durch das Dunkel, wachsam, unwandelbar und allwissend in dieser kleinen Welt der Toten.

Cartaret empfand Unbehagen. Smaragdgrüne Augen

des Todes, rubinrote Augen der Böswilligkeit, gelbe Augäpfel voller Hohn – von überall her starrten sie ihn an. Er war froh, als sein Führer schließlich weiterging und das kaum hierher gehörende Licht der Taschenlampe auf den jenseits gelegenen Eingang fiel. Einen Augenblick später wurde seine Erleichterung durch den Anblick einer neuen Schauerlichkeit zunichte gemacht, der sich ihm an der inneren Pforte bot.

Zwei riesenhafte Gestalten erhoben sich dort zu beiden Seiten der Öffnung und bewachten sie – zwei monströse, troglodytische Figuren. Es handelte sich um große Gorillas, um überlebensgroße Affen, lebensecht aus schwarzem Stein gehauen. Sie waren der Tür zugewandt, hockten auf mächtigen Schenkeln und hatten die gewaltigen, behaarten Arme drohend erhoben. Ihre glänzenden Gesichter waren erschreckend lebendig – sie grinsten, die Reißzähne entblößt, mit schwachsinniger Schadenfreude. Und sie waren blind, augenlos und blind.

Die beiden Gestalten hatten eine schreckliche, allegorische Bedeutung, die Cartaret nur zu gut bekannt war. Die blinden Affen waren eine Verkörperung des Schicksals – eines schwerfälligen, gedankenlosen Schicksals, das bei seinem Umhertappen die Träume der Menschen zertrat und ihr Leben durch das ziellose, wilde Umsichschlagen seiner Pranken veränderte. So herrschten sie über die Wirklichkeit.

Es waren die aus den alten Legenden bekannten Blinden Affen der Wahrheit, Symbole jener alten Götter, denen Nephren-Ka gehuldigt hatte.

Cartaret dachte wieder an die überlieferten Geschichten und schauderte. Wenn sie stimmten, hatte Nephren-Ka sein letztes, gewaltig großes Opfer auf den widerlichen

Schößen dieser bösen Idole dargebracht, hatte er seine Gefolgsleute für Nyarlathotep hingemetzelt und die Toten dann in den Mumiensärgen bestattet, die dort überall in den Nischen standen. Danach war er dann in sein eigenes Grab gestiegen.

Der Führer schritt ungerührt an den drohenden Gestalten vorbei. Cartaret ließ sich sein Mißbehagen nicht anmerken und machte sich dann daran, ihm zu folgen. Einen Augenblick lang weigerte sich sein Fuß, die so schauerlich bewachte Stelle zu überschreiten. Cartaret schaute hinauf zu den augenlosen, fürchterlichen Gesichtern, die voller Hohn aus schwindelerregender Höhe zu ihm herab grinsten, und hatte das Gefühl, sich durch einen absoluten Alptraum zu bewegen. Aber die Riesenarme forderten ihn auf weiterzugehen, die blinden Gesichter waren zu einem spöttisch einladenden Lächeln verzogen.

Die Geschichten waren wahr. Das Grab existierte. Wäre es da nicht besser, sogleich umzukehren, sich vernünftige Helfer zu suchen und erst dann an diesen Ort zurückzukehren? Und außerdem – welches unvorhergesehene Grauen mochte nicht in den jenseitigen Räumen verborgen liegen, welches Entsetzen in den nachtschwarzen Schatten von Nephren-Kas innerem geheimem Grabmal lauern? Seine ganze Vernunft drängte ihn, den seltsamen Priester zu verständigen und sich in Sicherheit zu bringen.

Die Stimme der Vernunft war jedoch in diesen düsteren Höhlen der Vergangenheit nicht mehr als ein gedämpftes, ehrfurchtsvolles Flüstern. Dies war das Reich uralter Schatten, in dem uraltes Übel herrschte. Hier war das Unglaubliche Wirklichkeit, und die Furcht selbst war von starker Anziehungskraft.

Cartaret wußte, daß er weitergehen mußte – Neugier,

Begierde, die Lust an verborgenem Wissen, alles drängte ihn. Und die Blinden Affen grinsten – herausfordernd oder befehlend.

Der Priester betrat die dritte Grabkammer, und Cartaret folgte ihm. Als er die Schwelle überschritt, stürzte er in einen Abgrund der Unwirklichkeit. Der Raum war von Kohlenfeuern erhellt, die in Tausenden von Pfannen glühten und deren Licht das riesengroße Gewölbe mit einem feurigen Leuchten erfüllte. Daher konnte Captain Cartaret, dem die Hitze und das giftige Miasma des Ortes Übelkeit verursachten, das gewaltige Ausmaß dieser unglaublichen Höhle erkennen.

Scheinbar nutzlos führte ein breiter, leicht abfallender Gang weiter in die Erde hinein – ein breiter Gang, der bis auf die flimmernden Kohlenfeuer an seinen Wänden vollkommen leer war. Das flackernde Licht warf groteske Schatten, die vor unnatürlichem Leben glühten. Cartaret hatte das Gefühl, den Eingang zu Karneter, zu der mythischen Unterwelt der ägyptischen Überlieferung, vor sich zu haben.

»Wir sind am Ziel«, sagte sein Führer leise.

Der unerwartete Klang einer menschlichen Stimme ließ Cartaret zusammenzucken. Aus irgendeinem Grunde machte sie ihm mehr angst, als er zugeben mochte – er hatte inzwischen auf eine unbestimmte Weise akzeptiert, daß alle diese Szenen Bestandteil eines phantastischen Traums waren, und ein konkretes, deutlich ausgesprochenes Wort bestätigte nur, daß es sich hier um eine unheimliche Wirklichkeit handelte.

Ja, sie waren am Ziel, befanden sich an dem sagenhaften Ort, von dem Alhazred, Prinn und all die anderen, die auf der dunklen Suche nach einer unheiligen Vergangenheit waren, gewußt hatten. Die Geschichte von Nephren-Ka stimmte, und wenn dem so war, was war dann mit den übrigen Aussagen dieses seltsamen Priesters? Was war mit den »Wänden der Wahrheit«, auf denen der Schwarze Pharao die Zukunft aufgezeichnet und sein, Cartarets, Vordringen zu dem geheimen Ort vorhergesagt hatte?

Der Führer lächelte, als könne er das innere Geflüster Cartarets hören.

»Kommen Sie, Captain Cartaret. Möchten Sie sich die Wände nicht einmal genauer ansehen?«

Der Captain wollte sich die Wände nicht genauer ansehen, ganz und gar nicht. Denn sie würden, wenn vorhanden, nur den entsetzlichen Schrecken bestätigen, der sie hatte entstehen lassen. Wenn es sie gab, dann bedeutete dies, daß die ganze böse Legende Wirklichkeit war, daß Nephren-Ka, der Schwarze Pharao von Ägypten, den furchtbaren, dunklen Göttern tatsächlich geopfert hatte und seine Gebete von ihnen erhört worden waren. Captain Cartaret verspürte keinen sonderlich starken Drang, an solche äußerst gotteslästerlichen, greulichen Erscheinungen wie Nyarlathotep zu glauben.

Er suchte Zeit zu gewinnen.

»Wo ist denn nun das Grabmal von Nephren-Ka?« fragte er. »Wo sind der Schatz und die alten Bücher?«

Sein Führer streckte einen dürren Zeigefinger aus.

»Am anderen Ende dieser Halle«, rief er aus.

An den erleuchteten, endlosen Wänden entlangspähend, meinte Cartaret in der dämmrigen Ferne tatsächlich die dunkel-verschwommenen Flecken von Gegenständen erkennen zu können.

»Dann lassen Sie uns dorthin gehen«, sagte er.

Sein Führer zuckte die Achseln. Er drehte sich um, und seine Füße bewegten sich wieder über den samtweichen Staub.

Cartaret ging hinter ihm her, als stehe er unter Drogen.

»Die Wände«, dachte er. »Ich darf nicht auf die Wände blicken. Die Wände der Wahrheit. Der Schwarze Pharao hat seine Seele an Nyarlathotep verkauft und dafür die Gabe der Weissagung verliehen bekommen. Bevor er starb, schrieb er die Geschichte Ägyptens auf die Wände. Ich darf nicht hinschauen, damit ich nicht glaube. Ich darf es nicht wissen.«

Zu beiden Seiten funkelten die roten Lichter. Ein Schritt folgte dem anderen, ein Kohlenfeuer dem anderen. Greller Schein, Düsternis, greller Schein, Düsternis, greller Schein . . .

Die Lichter winkten, verführten, lockten. »Sieh uns an«, forderten sie. »Schau her, wage es, alles zu sehen.«

Cartaret folgte seinem schweigenden Führer.

»Sieh her!« blitzten die Lichter.

Cartarets Augen tränten, sein Kopf schmerzte. Das Leuchten der Feuer hatte etwas Hypnotisierendes – sie hypnotisierten mit ihrem Locken.

»Sieh her!«

Wollte diese große Halle denn gar nicht enden? Nein, es waren noch Tausende von Schritten zurückzulegen.

»Sieh her!« forderten ihn die aufflackernden Lichter auf.

Rote Schlangenaugen in der unterirdischen Dunkelheit, die Augen von Versuchern, von Überbringern dunklen Wissens.

»Sieh her! Erwirb dir Weisheit! Wisse!« blinkten die Feuer ihn an.

Sie brannten in Cartarets Kopf. Warum nicht hinsehen?

Es war so leicht. Warum sich fürchten? Warum? Sein benommener Geist wiederholte die Frage. Jedes neue Aufflammen eines Feuers ließ die Frage schwächer werden.

Schließlich blickte Cartaret hin.

Irrsinnige Minuten verstrichen, bevor er in der Lage war zu sprechen. Dann fing er an, mit einer Stimme zu murmeln, die nur er selbst hören konnte.

»Wahr!« flüsterte er. »Alles wahr.«

Er starrte auf die hohe Wand zu seiner Linken, die rot strahlte. Es war ein endloser Gobelin, in Stein gemeißelt. Die Zeichnung war grob, in Schwarz und Weiß gehalten, machte aber angst. Das war keine gewöhnliche ägyptische Bilderschrift, nicht der phantastische, symbolische Stil der üblichen Hieroglyphen. Das war das Schreckliche: Nephren-Ka war ein realistischer Künstler gewesen. Seine Männer sahen aus wie Männer, seine Gebäude wie Gebäude. Da war nichts anderes zu sehen als eine vollkommen wirklichkeitsgetreue Darstellung, und sie war entsetzlich anzuschauen.

Denn an der Stelle, an der Cartaret endlich den Mut aufgebracht hatte, auf die Wand zu blicken, sah er ein Tableau, auf dem ganz eindeutig Kreuzritter und Sarazenen abgebildet waren.

Kreuzritter des 13. Jahrhunderts – und da war Nephren-Ka schon seit fast zweitausend Jahren tot!

Die Bilder waren klein, aber sehr lebendig und klar. Sie schienen irgendwie mühelos auf der Wand dahinzufließen – eine Szene ging in die andere über, als sei alles in einem Arbeitsgang gezeichnet worden. Es wirkte alles, als habe der Künstler nicht ein einziges Mal abgesetzt, als habe er unermüdlich gearbeitet, um die Wände dieser riesigen

Halle in einer einzigen, übernatürlichen Anstrengung zu füllen.

Das war es – eine einzige, übernatürliche Anstrengung!

Es gab keinen Zweifel mehr. Cartaret mochte es drehen und wenden, wie er wollte, er konnte nicht glauben, daß diese Bilder von einer Künstlergruppe angefertigt worden waren. Nein, sie waren das Werk eines Mannes! Die grausige Einheitlichkeit der Darstellung, die genau geplante Veranschaulichung der entscheidenden und wichtigsten Phasen der ägyptischen Geschichte konnten in dieser großen Genauigkeit nur von einer geschichtswissenschaftlichen Autorität oder von einem Propheten geleistet worden sein. Nephren-Ka war die Gabe der Weissagung verliehen worden. Deshalb ...

Während Cartaret mit immer größer werdendem Entsetzen über dies alles nachdachte, gingen er und sein Führer unablässig weiter. Nun, da Cartaret einmal hingeschaut hatte, hielt er seinen Blick wie gebannt auf die Wand gerichtet. In dieser Nacht wandelte er durch die Geschichte – durch die Geschichte und einen roten Alptraum. Brennende Gestalten blickten ihn von allen Seiten her höhnisch an.

Er sah den Aufstieg des Mameluckenreiches, sah die Despoten und Tyrannen des Ostens. Nicht mit allem, was Cartaret schaute, war er vertraut, denn die Geschichte hat Seiten, die in Vergessenheit geraten sind. Außerdem veränderte sich die Szene bei fast jedem Schritt, was überaus verwirrend war. Da gab es ein mit einem alexandrinischen Hofmotiv durchsetztes Bild, das eine Katakombe zeigte, die sich offensichtlich irgendwo unter der Stadt befand. In diesen Gewölben war eine Gruppe von Männern versammelt, deren Gewänder eine eigentümliche Ähnlichkeit mit dem aufwiesen, was sein Führer trug. Sie unterhielten sich mit einem großgewachsenen, weißbärtigen Mann, dessen grob gezeichnete Gestalt eine unheimliche Aura dunkler und unheilvoller Macht zu umgeben schien.

»Ludvig Prinn«, sagte der Führer leise, als er merkte, worauf Cartaret blickte. »Er verkehrte einst mit unseren Priestern, wie Sie wissen.«

Aus irgendeinem Grunde berührte Cartaret die Darstellung dieses fast legendären Sehers weitaus stärker als alle anderen ihm bis dahin offenbarten Schrecken. Die beiläufige Aufnahme des berüchtigten Zauberers in die Prozession der wirklichen Geschichte deutete auf unheilbringende Dinge hin – es war Cartaret, als habe er im *Who's Who* eine profane Biographie des Satans gelesen.

Gleichwohl hörten seine Augen nicht auf, die Wände mit einer Art verzweifeltem Verlangen zu betrachten, während sie weitergingen, auf das noch immer nicht auszumachende Ende der rot erleuchteten Grabkammer zu, in der Nephren-Ka begraben lag. Der Führer – jetzt Priester, denn Cartaret zweifelte nicht mehr – schritt langsam voran, warf aber, den Weg weisend, dem weißen Mann immer wieder einen heimlichen Blick zu.

Captain Cartaret ging durch einen Traum. Nur noch die Wände waren jetzt Wirklichkeit – die Wände der Wahrheit. Er sah die Osmanen zur Herrschaft aufsteigen und ihre Macht entfalten, warf einen Blick auf vergessene Schlachten und Könige. Immer wieder tauchte in der Szenenfolge ein Bild auf, das die Priester Nephren-Kas und ihren Geheimkult zeigte. Sie waren stets in der beunruhigenden Umgebung von Katakomben und Gräbern dargestellt, mit unersprießlichen Tätigkeiten oder abstoßenden Vergnügungen befaßt. Der Film der Zeit lief weiter, und auch Captain Cartaret und sein Begleiter gingen weiter. Noch immer erzählten die Wände ihre Geschichte.

Es gab einen kleinen Wandabschnitt, auf dem zu sehen war, wie die Priester einen Mann in elisabethanischer Kleidung durch etwas führten, was wie eine Pyramide aussah. Es war schaurig, den vornehmen Herrn in seinem eleganten Gewand mitten in den Ruinen Ägyptens dargestellt zu finden, und es war wirklich schrecklich, beinahe wie ein unsichtbarer Zuschauer beobachten zu müssen, wie ein heimlich herangeschlichener Priester den Engländer von hinten niederstach, als dieser sich gerade über einen Sarkophag beugte.

Was Cartaret jetzt beeindruckte, war die unendliche Fülle der Details auf jedem der Teilbilder. Die Gesichtszüge der Menschen waren fast photographisch genau wiedergegeben, die Zeichnung, obwohl grob, war lebensnah und realistisch. Selbst das Mobiliar und der Hintergrund jeder Szene stimmten. Es war kein Zweifel an der Authentizität des Ganzen möglich und damit auch kein Zweifel am Wahrheitsgehalt, der damit impliziert war. Aber – und das war noch schlimmer – es war auch kein Zweifel daran mehr möglich, daß dieses Werk von keinem normalen Künstler, wie gelehrt auch immer, geschaffen worden sein konnte, es sei denn, er hätte alles miterlebt.

Nephren-Ka hatte alles in prophetischer Vision geschaut, nachdem er Nyarlathotep sein Opfer dargebracht hatte.

Cartaret blickte auf Wahrheiten, die ein Dämon inspiriert hatte ...

Weiter und immer weiter, bis zum flammenden Tempel der Andacht und des Todes am Ende der Halle. Die Geschichte nahm ihren Fortgang, während er dahinschritt. Jetzt sah er eine Epoche der ägyptischen Geschichte, die fast schon zeitgenössisch war. Die Gestalt Napoleons erschien.

Die Schlacht von Abukir ... das Massaker bei den Pyramiden ... die Niederlage der mameluckischen Reiterei ... der Einzug in Kairo ...

Wieder eine Katakombe und Priester darin. Und drei Gestalten, Weiße, in den französischen Uniformen der Zeit. Die Priester führten sie in einen roten Raum. Die Franzosen wurden überrumpelt, überwältigt und niedergemacht.

Das wirkte auf unbestimmte Weise vertraut. Cartaret rief sich ins Gedächtnis zurück, was er über Napoleons Auftrag wußte – er hatte Gelehrte und Wissenschaftler berufen, die die Gräber und Pyramiden des Landes erforschen sollten. Dabei hatte man den Rosetta-Stein und andere Dinge entdeckt. Wahrscheinlich waren die drei dargestellten Männer auf ein Geheimnis gestoßen, das die Priester des Nephren-Ka nicht enthüllt sehen wollten. Deshalb hatte man die Franzosen, wie auf der Wand zu sehen, in den Tod gelockt. Diese Geschichte war Cartaret durchaus bekannt, aber noch etwas anderes kam ihm vertraut vor, nur konnte er sich nicht erklären, was.

Sie gingen weiter, und die Jahre flogen auf dem Wandgemälde vorbei. Da waren die Türken, die Engländer, Gordon, die Plünderung der Pyramiden, der Weltkrieg. Und immer wieder ein Bild mit den Priestern des Nephren-Ka und einem fremden weißen Mann in irgendeiner Katakombe oder einem Gewölbe. Immer starb der weiße Mann. Es war alles vertraut!

Cartaret blickte auf und sah, daß der Priester und er der Dunkelheit am Ende der großen, feuerroten Halle sehr nahe gekommen waren. Eigentlich waren es nur noch etwa hundert Schritte. Der Priester, das Gesicht in seinem Burnus verborgen, lockte ihn weiter.

Cartaret blickte wieder auf die Wand. Sie hatten fast schon die letzten Bilder erreicht. Aber nein – direkt vor ihnen war ein großer, karmesinroter, von der Decke herabhängender Samtvorhang, der bis in die Dunkelheit hineinreichte, dann aber auf der entgegengesetzten Seite des Raumes wieder aus den Schatten auftauchte und auch dort die Wand verdeckte.

»Die Zukunft«, erklärte der Führer. Und jetzt erinnerte sich Captain Cartaret daran, wie der Priester ihm gesagt hatte, daß er den Vorhang jeden Tag ein Stück zurückziehe, so daß von dieser Zukunft immer nur der nächste Tag enthüllt wurde. Er erinnerte sich an noch etwas und blickte schnell auf das letzte sichtbare Stück der Wand der Wahrheit vor dem Vorhang. Er stand sprachlos.

Es war wahr! Fast so, als blicke er in einen kleinen Spiegel, blickte er *in sein eigenes Gesicht*!

Die Linien, die Gesichtszüge, die Körperhaltung – er und der Priester des Nephren-Ka standen auf dem Bild in dem roten Raum haargenau so beisammen, wie sie es im Augenblick taten.

Die rote Kammer ... Vertrautheit ... Der Elisabethaner befand sich, als er ermordet wurde, zusammen mit den Priestern des Nephren-Ka in einer Katakombe. Die französischen Wissenschaftler waren in einer roten Kammer, als sie starben. Andere, spätere Ägyptologen waren mit Priestern zusammen in einer roten Kammer dargestellt gewesen – und auch sie waren umgebracht worden. Die rote Kammer! Nicht Vertrautheit, sondern Übereinstimmung! Sie waren in dieser Kammer gewesen! Und nun stand er hier, zusammen mit einem Priester des Nephren-

Ka. Die anderen waren gestorben, weil sie zuviel gewußt hatten. Zuviel worüber? Über Nephren-Ka?

Ein schrecklicher Verdacht begann langsam zur Gewißheit zu werden. Die Priester des Nephren-Ka schützten das Ihre. Dieses Grabmal ihrer toten Führer war auch ihr Tempel, ihr Gotteshaus. Stießen Störenfriede auf das Geheimnis, so lockten sie diese hier herunter und töteten sie, damit andere nicht zu viel erfuhren.

War er nicht auf die gleiche Art und Weise hierhergekommen?

Der Priester stand schweigend da und blickte auf die Wand der Wahrheit.

»Mitternacht«, sagte er leise. »Ich muß den Vorhang zurückziehen und einen weiteren Tag enthüllen, bevor wir weitergehen. Sie äußerten den Wunsch, Captain Cartaret, zu sehen, was die Zukunft für Sie bereithält. Dieser Wunsch soll Ihnen jetzt erfüllt werden.«

Mit einer schwungvollen Bewegung zog er den Vorhang vor der Wand etwa einen halben Meter zurück. Dann handelte er schnell.

Er zog eine Hand aus dem Burnus. Ein funkelndes Messer fuhr durch die Luft, zog das rote Licht der Feuer auf sich und bohrte sich in Cartarets Rücken, ließ noch röteres Blut fließen.

Der Weiße stürzte aufstöhnend nieder. In seinem Blick lag größtes Entsetzen, das nicht allein vom Tod hervorgerufen wurde. Denn als er fiel, las Captain Cartaret seine Zukunft von der Wand der Wahrheit ab, und sie bestätigte ihm einen Irrsinn, der nicht möglich war.

Als Captain Cartaret starb, blickte er auf das Bild der nächsten Stunden seines Daseins und sah sich selbst, wie er von dem Priester des Nephren-Ka niedergestochen wurde.

Der Priester verschwand aus der stillen Grabkammer, gerade in dem Augenblick, als Cartaret mit dem letzten Zucken seiner brechenden Augen das Bild eines reglosen Körpers sah – seines Körpers, der tot vor der Wand der Wahrheit lag.

Der Liebestunnel

Der Eingang zu dem Tunnel war so angestrichen worden, daß er dem Mund einer Frau glich – eine schön geschwungene, leuchtendrote Oberlippe umrahmte die Öffnung. Marco starrte in die gähnende Dunkelheit. Der Mund einer Frau – wie oft hatte er im vergangenen Winter davon geträumt?

Jetzt stand er vor dem Eingang, stand vor dem Mund, wartete darauf, von ihm verschlungen zu werden.

Marco war in dem Vergnügungspark mit sich allein. Keiner der anderen Konzessionäre war erschienen, um seinen Besitz zu inspizieren und für die kommende Saison in Schwung zu bringen. Marco war ganz allein, stand vor dem Mund, vor dem scharlachroten Mund, der ihn zu sich hin lockte, um ihn zu verschlingen, um ihn zu verzehren.

Es wäre ja so leicht, einfach davonzulaufen, abzuhauen und nie wieder zurückzukommen. Vielleicht gelang es ihm, seine Konzession zu verkaufen, wenn die Sommersaison eröffnet wurde. Er hatte es den ganzen Winter über versucht, aber es hatten sich keine Interessenten gefunden, selbst bei einem lächerlich niedrigen Verkaufspreis nicht. Ja, er konnte alles verkaufen und weggehen, weit weg. Weg von dem Tunnel, weg von dem roten Mund mit dem schwarzen Rachen, der weit aufgesperrt nach ein paar Menschenbrocken gierte.

Aber das war Quatsch, Einbildung, ein Angsttraum. Der »Liebestunnel« war ein guter Stand, brachte Geld. Die Einnahmen von vier Monaten reichten für den Lebensunterhalt eines ganzen Jahres aus. Und er brauchte das Geld, brauchte es mehr denn je, seit er Dolores geheiratet hatte. Vielleicht hätte er sie angesichts seiner Schwierigkeiten nicht heiraten sollen, aber in gewisser Weise waren sie ja gerade der Grund, weshalb er es getan hatte. Er wollte etwas haben, woran er sich festhalten konnte, etwas, was die Ängste fernhalten würde, die ihn nachts überkamen. Sie liebte ihn und würde nie etwas argwöhnen – jedenfalls nicht, solange er nicht den Kopf verlor. Alles würde gut werden, wenn nur erst die Saison begonnen hatte. Was ihm jetzt zu tun übrigblieb, war eine Überprüfung seines Geräts.

Das Häuschen für den Verkauf der Eintrittskarten war in Ordnung – er öffnete es und fand keine durch eingedrungenes Wasser oder durch Frost verursachten Schäden. Ein neuer Anstrich konnte nichts schaden, und er würde für Dolores einen neuen Stuhl hineinstellen. Sie sollte in der kommenden Saison den Kartenverkauf übernehmen und so dazu beitragen, seine laufenden Kosten zu verringern. Ihm blieb dann nur die Aufgabe, die Boote durchzuschleusen, sie vom Steg abzustoßen und dann wieder ranzuziehen, alles im Dienst der kichernden Paare, die auf die Freuden des »Liebestunnels« aus waren.

Marco hatte schon die sechs Gondeln überprüft, die in dem Schuppen hinter der Werbewand seines Standes lagerten. Alle heil. Der Motor des Transportbandes war geölt und startbereit. Wassereinlaß und Wasserauslaß waren entrostet. Er hatte eine der flachen Gondeln aus dem Schuppen geholt, und sie konnte zu Wasser gelassen werden, sobald er den Kanal geflutet und das Transportsystem in Gang gesetzt hatte.

Jetzt stand er zögernd vor dem Tunneleingang. Das war's. Er mußte einen Entschluß fassen, einen unwiderruflichen. Würde er . . .

Marco wandte dem Rachen des Ungeheuers (er mußte aufhören, den Tunnel so zu sehen, unbedingt!) entschlossen den Rücken zu und ging, um den Wasserzulauf zu öffnen. Das Wasser floß in den Kanal, ein dünnes, braunes Tröpfeln, ein trüber Strahl, ein rauschender, schäumender Strom. Der Tunnel verschluckte ihn. Jetzt war das Transportband nicht mehr zu sehen, das Wasser schoß mit aller Macht in den Tunnel hinein. Der Wasserspiegel stieg, bis er die normale Höhe von etwa einem Meter erreicht haben würde. Marco sah zu, wie sich das Wasser in den Mund ergoß. Der Mund war durstig. Durstig nach Wasser. Durstig nach ...

Marco schloß die Augen. Wenn er doch bloß endlich diese Wahnvorstellung von Mündern loswerden könnte! Komisch, der Ausgang des Tunnels machte ihm überhaupt nichts, obwohl der genauso groß und genauso dunkel war. Das Wasser floß durch den Eingang in den Tunnel hinein, machte da drinnen seine Runde und kam an der anderen Seite, beim Ausgang, wieder heraus. Es rauschte über das trockene Transportband und holte dabei den in den vergangenen Monaten angesammelten Schmutz und Müll aus dem Tunnel. Es säuberte den ganzen Tunnel, spülte alles heraus ... es kam schon, ja, jetzt konnte er es hören. Er wollte fortlaufen, konnte nicht hinsehen!

Aber er mußte hinschauen. Er mußte es wissen. Er mußte sehen, was auf diesem brodelnden, gurgelnden Strom dahergetrieben kam, mußte sehen, was auf der Oberfläche des Sturzbaches, der aus dem Tunnelausgang herauskam, tanzte und schaukelte.

Das Wasser rieselte, floß, schoß in wirbelndem, majestätischem Strom heran. Marco kniete am Fanggitter und starrte auf die Flut hinab. Es würde Blut sein, Blut würde da herauskommen, das wußte er – aber wie konnte das sein? Marco blickte starr hinab und sah, daß es kein Blut war. Nichts kam aus dem Tunnel heraus als schmutziges Wasser – schmutziges Wasser, auf dem Karavellenverbände aus Blättern, Flotten von Zweigen, eine Flottille von alten Kaugummipapierchen und Zigarettenkippen herbeigeschwommen kamen. Die Oberfläche des Wassers zeigte regenbogenfarbige Schlieren, die von Öl und Schmierfett stammten. Es wirbelte daher und vermischte sich dann wieder mit dem steten Strom, der aus den Wasserzuläufen kam und in den Tunnel hineinfloß. Der Wasserspiegel stieg bis zu der Markierung an der Seite des Motorgehäuses.

Der Tunnel war also leer. Marco seufzte dankbar. Es war alles nur ein Alptraum gewesen, seine Befürchtungen waren grundlos. Jetzt brauchte er nur noch das Boot zu Wasser zu lassen und durch den Tunnel zu fahren, um die Beleuchtung der Dekorationsstücke zu kontrollieren.

Ja, alles, was er tun mußte, war, in den wartenden Mund hineinzufahren, in diesen hungrigen Mund, in den grinsenden Rachen des Todes . . .

Marco zuckte die Achseln, schüttelte den Kopf. Er konnte sich nicht drücken, mußte da durch. Er würde das Licht anmachen. Er konnte unterwegs die Handschalter benutzen, um den Motor zu stoppen, sollte das erforderlich werden. Er brauchte sich nicht zu ängstigen, mußte nur vollkommen sicher gehen.

Er ließ die schwere Gondel von ihrem Wagen ins Wasser des Kanals gleiten. Sie mit einem Bootshaken festhaltend, bückte er sich und schaltete den Motor an. Er tuckerte los. Das Transportband ächzte unter der Wasseroberfläche, und er wußte, daß es sich bewegte. Die tiefliegende, flache Gondel ruhte jetzt auf den sich bewegenden Streben. Marco ließ den Bootshaken fallen und sprang auf den vorderen Sitz der Gondel. Sie begann, sich vorwärts zu schieben, auf die roten Lippen, auf den schwarzen Mund zu. Der Tunneleingang kam bedrohlich näher.

Marco sprang mit einem krampfartigen, seine Glieder schüttelnden Zittern aus dem Boot. Völlig außer sich, schaltete er den Motor ab und hielt die Gondel in der Tunneleinfahrt an. Dann stand er lange nur so da, keuchend und schweißgebadet.

Wie gut, daß er noch rechtzeitig daran gedacht hatte! Beinah wäre er in den Tunnel hineingefahren, ohne das Licht angemacht zu haben. Das hätte, wie er wohl wußte, nichts gebracht – man brauchte das Licht. Wie hatte er das nur vergessen können? *Warum* hatte er es vergessen? Wollte der Tunnel, daß er es vergaß? Wollte der Tunnel, daß er, Marco, ganz allein da in die Dunkelheit hineinfuhr, damit er ...

Marco schüttelte den Kopf. Solche Gedanken waren doch kindisch. Entschlossen betrat er die Eintrittskartenbude und stöpselte das Kabel ein, das die Tunnelbeleuchtung mit Strom versorgte. Dann setzte er das Antriebssystem wieder in Gang und sprang in das schon fahrende Boot, wobei er sich das linke Schienbein stieß. Er rieb noch die schmerzende Stelle, als das Boot in die Dunkelheit hineinglitt.

Marco befand sich ganz plötzlich im Tunnel und hatte nun keine Angst mehr. Es gab nichts, wovor er sich hätte fürchten müssen, absolut gar nichts. Das Boot ruckte langsam vorwärts, das Wasser gurgelte, das Transportband ächzte. Kleine blaue Lampen, im Abstand von einigen Metern angebracht, verströmten ein freundliches Licht –

kleine blaue Lampen hinter den Glasscheiben der seitlich in die Tunnelwände eingelassenen Pappmachénischen. Da sah man Romeo und Julia, dort Antonius und Cleopatra, dort Napoleon und Josephine, da den Nebenkanal ...

Marco hielt das Boot an, das heißt genauer, er hielt das Transportband an, indem er schnell den Handschalter umlegte, der an der linken Tunnelwand dicht über der Wasseroberfläche angebracht war.

Da war der Nebenkanal ...

Früher hatte es in dem Tunnel noch eine zusätzliche Schleife gegeben, vierzig zusätzliche, gewundene Kanalmeter, die die Boote mit Hilfe eines eigenen Transportbandes hatten durchfahren können. Seit November nun war dieser Nebenkanal geschlossen – Marco hatte ihn mit fiebrigen Händen vernagelt, hatte ihn wasserdicht verschlossen und alle Ritzen zugeschmiert. Er hatte bis weit nach Mitternacht geschuftet, um damit fertig zu werden, und er hatte gute Arbeit geleistet. Marco starrte auf die Wand. Sie hatte gehalten. Nichts drang in den Nebenkanal ein, nichts heraus. Im Tunnel stank es, aber das war nur ein ganz natürlicher Modergeruch, der bald vertrieben sein würde – so, wie Marcos Ängste jetzt durch den Anblick der glatten Wandfläche vertrieben wurden.

Es gab nichts, wovor er sich hätte fürchten müssen, absolut gar nichts. Marco ließ das Band wieder anlaufen. Das Boot glitt weiter. Jetzt konnte er sich auf seinem Doppelsitz zurücklehnen und die Fahrt sogar genießen. Der »Liebestunnel« konnte wieder in Betrieb gehen. Die Backfische und Collegestudenten, die Matrosen und Hinterwäldler bekamen ihre Romanze, ihre Knutscherei, ihre Groschenportion Dunkelheit. Ja, Marco würde groschenweise Dunkelheit verkaufen. Er lebte von der Dunkelheit.

Er und Dolores, sie würden zusammensein wie Romeo und Julia, wie Antonius und Kleopatra, wie Marco und ... aber *das* war vorbei.

Marco grinste nun sogar, als das Boot wieder ins Licht des Tages hinausglitt.

Dolores sah sein Lächeln und dachte, es gelte ihr. Sie winkte ihm vom Rand des Kanals aus zu.

»Hallo, Liebling!«

Marco starrte die hochgewachsene Blondine in dem geblümten Kleid sprachlos an. Sie winkte ihm zu, und als das Boot gegenüber der Abfahrtsstelle anlegte, bückte sie sich, schaltete den Motor ab und breitete für den Mann in der Gondel die Arme aus. Dessen Lächeln verschwand, als er sich erhob.

»Was machst du denn hier?«

»Dachte mir halt, ich überrasche dich. Ich konnte mir denken, wohin du gehen würdest.« Ihre Arme umschlangen ihn.

»Oh.« Er küßte sie, küßte sie ohne jedes Gefühl.

»Du bist doch nicht böse, Liebling, oder? Schließlich bin ich doch deine Frau ... und ich werde hier mit dir zusammen arbeiten, nicht wahr? Ich meine, ich würde diesen Tunnel schon gern mal sehen, aus dem du immer ein solches Geheimnis gemacht hast.«

Himmel Herrgott, war das ein blödes Weibsstück! Aber vielleicht liebte er sie ja gerade deswegen – weil sie dumm war, loyal und überhaupt nicht berechnend. Weil sie nicht so undurchschaubar und leidenschaftlich und klug und hysterisch war wie ...

»Was in aller Welt hast du denn getrieben?« fragte sie.

Die Frage brachte ihn aus der Fassung. »Wieso? Ich bin bloß mal durch den Tunnel gefahren.«

»Ganz allein?« Dolores kicherte. »Was bringt das denn, so ganz allein eine Bootsfahrt durch den ›Liebestunnel‹ zu machen? Hast du kein Mädchen gefunden, das dir Gesellschaft leisten wollte?«

Wenn du wüßtest, dachte Marco, aber er sprach es nicht aus. Es war ihm egal. »Mußte nur mal die ganze Geschichte inspizieren«, sagte er. »Scheint alles in Ordnung zu sein. Wollen wir gehen?«

»Gehen?« schmollte Dolores. »Ich möcht's auch mal sehen.«

»Da gibt's nichts zu sehen.«

»Ach los, Darling ... fahr doch mal mit mir durch den Tunnel, nur einmal. Schließlich werde ich kaum dazu kommen, wenn die Saison erst mal angefangen hat.«

»Aber ...«

Sie spielte mit seinen Haaren. »Schau, ich bin den ganzen Weg bis hierher gefahren, um's mal zu sehen. Was machst du bloß für ein Geheimnis draus. Hast du da im Tunnel 'ne Leiche versteckt, oder was?«

Großer Gott, nur das nicht! dachte Marco. Er durfte nicht zulassen, daß sie argwöhnisch wurde.

Sie am allerwenigsten!

»Du willst wirklich da durchfahren?« murmelte er. Er wußte, daß sie's wollte, und er wußte auch, daß er mit ihr fahren mußte – und zwar jetzt gleich. Er mußte ihr zeigen, daß es dort nichts gab, wovor man sich hätte fürchten müssen, nicht das geringste.

Und was sprach dagegen? Es gab ja wirklich nichts, wovor man sich hätte fürchten müssen, absolut gar nichts. Also sagte er: »Na los.«

Er half ihr ins Boot, hielt die Gondel in dem wirbelnden Wasser fest, als er den Motor anstellte. Dann sprang er auf den Platz neben ihr und machte das Boot los. Es stieß gegen die Seitenwände des Kanals und schaukelte, als er sich hinsetzte. Sie schnappte nach Luft.

»Vorsicht, sonst kippen wir um!« kreischte sie.

»Kein Gedanke. Dieses Gerät ist sicher. Außerdem ist das Wasser nur höchstens einen Meter tief. Dir kann hier nichts passieren.«

Ach, wirklich nicht? Marco wischte sich die Stirn ab und schnitt eine Grimasse, als sich die Gondel auf das schwarze Loch des »Liebestunnels« zuschob. Dann barg er sein Gesicht an Dolores' Wange und schloß die Augen vor der sie verschlingenden Dunkelheit.

»Hu, Liebling, ist das nicht romantisch?« flüsterte Dolores. »Ich wette, du hast früher die Burschen beneidet, die hier mit ihren Freundinnen durchgefahren sind, was? Oder hast du dir auch welche angelacht und bist mit ihnen durch?«

Marco wünschte, sie würde den Mund halten. Diese Art Gerede hörte er gar nicht gern.

»Hast du das Mädchen, das du in der Eintrittskartenbude sitzen hattest, auch mal mitgenommen?« hänselte Dolores. »Wie hieß sie doch gleich? Belle?«

»Nein«, sagte Marco.

»Was, sagtest du, ist aus ihr nach dem Ende der letzten Saison geworden, Darling?«

»Sie hat mich im Stich gelassen.« Marco hielt den Kopf gesenkt, die Augen geschlossen. Sie befanden sich jetzt im Tunnel, und er konnte den Modergeruch riechen. Es roch wie altes Parfüm – fades, billiges Parfüm. Er kannte diesen Geruch. Er drückte sein Gesicht fest an Dolores' Wange. Sie duftete auch nach Parfüm, aber der andere Geruch drang trotzdem durch.

»Ich hab sie nie gemocht«, sagte Dolores. »Was für eine war sie, Marco? Ich meine, hast du je ...«

»Nein ... nein!«

»He, jetzt schnauz mich mal nicht so an! So hab ich dich ja noch nie erlebt, Marco!«

Marco. Der Name hallte im Tunnel wieder. Er wurde von der Decke zurückgeworfen, von den Wänden, von der Abdeckung des Nebenkanals. Er war als Echo zu hören, als Echo des Echos, und wurde dann weit weg von einer anderen Stimme aufgenommen – von einer leiseren Stimme, die durch das Wasser gurgelte. *Marco*, *Marco*, *Marco*, immer und immer wieder, bis er es nicht mehr aushalten konnte.

»Sei still!« schrie Marco.

»Aber ...«

»Nicht du, Dolores. Sie.«

»Sie? Hast du sie nicht mehr alle, oder was ist los? Es ist außer uns beiden niemand hier im Dunkeln, und ...«

Im Dunkeln? Wie das? Das Licht war an, er hatte es brennen lassen. Was redete sie denn da?

Marco öffnete die Augen. Sie waren tatsächlich im Dunkeln. Das Licht war aus. Vielleicht war eine Sicherung durchgebrannt. Vielleicht ein Kurzschluß.

Marco blieb keine Zeit, über mögliche Gründe nachzudenken. Er wußte nur eins, und das stand zweifelsfrei fest – nämlich daß sie im Finstern durch den Schlund des Tunnels glitten, sich der Mitte näherten, auf den Nebenkanal zufuhren. Und das Echo, dieses verdammte, ertrunkene Echo raunte: *Marco.*

Er mußte es loswerden, mußte es übertönen, dagegen anreden. Und plötzlich fing er an zu sprechen, schnell und mit schriller Stimme.

»Sie war's, Dolores, ich weiß, daß sie es war. Belle. Sie ist hier, hier im Tunnel. Den ganzen Winter über habe ich sie in meinen Träumen gefühlt, gesehen, gehört. Sie rief mich. Sie rief mir zu, ich sollte zurückkommen. Sie sagte, ich würde sie nie los, du würdest mich nie kriegen, niemand und nichts könnte mich ihr wegnehmen. Und ich war so dumm ... ich bin zurückgekommen, hab dich mit mir kommen lassen. Jetzt sind wir hier, und sie ist's auch, kannst du das nicht spüren?«

»Liebling.« Sie schmiegte sich im Dunkeln an ihn. »Dir ist nicht gut, was? Denn hier ist niemand. Das weißt du doch, nicht wahr? Belle ist weggelaufen, du erinnerst dich? Du hast es mir selbst erzählt. Sie ist nicht hier.«

»O doch, das ist sie wohl!« keuchte Marco. »Sie ist hier, sie ist die ganze Zeit schon hier, seit der vergangenen Saison. Sie ist in diesem Tunnel hier gestorben.«

Jetzt schmiegte sich Dolores nicht mehr an ihn. Sie rückte von ihm ab. Das Boot schaukelte und stieß gegen die Seitenwand des Kanals. Er konnte in der parfümierten Dunkelheit nichts sehen – und er mußte einfach ihre Arme wieder um sich spüren. Deshalb sprach er noch schneller.

»Sie ist hier gestorben. Am letzten Abend der Saison, als ich den Laden dichtgemacht hatte und wir zum Abschluß noch eine Bootsfahrt zusammen machten. An dem Abend, an dem ich ihr gesagt hab, daß ich dich heiraten würde, daß zwischen uns alles aus sei. Da ist sie aus dem Boot gesprungen und hat versucht, mich mitzuziehen. Ich hab mich wohl gewehrt.

Belle war hysterisch, mußt du wissen. Sie hat es immer und immer wieder gesagt, daß ich sie nicht verlassen könne, daß sie mich nie und nimmer aufgeben würde, niemals! Ich hab versucht, sie ins Boot zurückzuziehen, und sie hat mich gewürgt, und dann ... ist sie ertrunken.«

»Du hast sie umgebracht!«

»Hab ich nicht. Es war ein Unfall, eigentlich Selbstmord. Ich wollte sie gar nicht so fest halten, aber sie schlug dermaßen auf mich ein ... es war glatter Selbstmord. Ich wußte, daß es wie Mord aussah, ich wußte, was passieren würde, wenn irgend jemand dahinterkäme. Deshalb hab ich sie begraben, hab sie da in dem Nebenkanal eingemauert. Und jetzt kommt sie wieder vor, sie will mich nicht loslassen, was soll ich denn machen, Dolores, was soll ich tun?«

»Du ...«

Dolores schrie.

Marco versuchte, seine Arme um sie zu legen. Sie rückte schreiend von ihm fort. Das Echo ließ die Dunkelheit zerspringen. Er stürzte sich auf sie. Das Boot schaukelte und neigte sich stark zur Seite. Dann war ein Aufklatschen zu hören.

»Komm zurück, du Schwachkopf!« Marco stand auf, tastete mit den Händen im Dunkeln herum. Dolores jammerte und gurgelte irgendwo. Die Gondel war jetzt leer. Die Schwärze drehte und drehte sich, saugte Marco in sich hinab. Er spürte einen Stoß, wußte, daß das Boot nicht mehr fuhr. Er sprang ins Wasser. Die Transportbretter waren glitschig. Kalte Wellen plätscherten um seine Hüfte. Er versuchte, Dolores zu finden – in der Dunkelheit, im Wasser. Kein Gejammer mehr, kein Gurgeln.

»Dolores!«

Keine Antwort. Überhaupt kein Laut mehr. Das Stoßen und Plätschern hörte auf.

»Dolores!«

Sie war nicht fortgelaufen. Man konnte hier nirgends hinlaufen, und er hätte das Platschen gehört. Dann war sie wohl . . .

Seine Hände stießen gegen Fleisch, nasses, schwimmendes Fleisch. Sie war gegen die Bordwand des Bootes gefallen, hatte sich den Kopf gestoßen. Aber es waren doch erst ein paar Sekunden vergangen. Niemand ertrinkt in ein paar Sekunden. Das arme Mädchen, es war ohnmächtig geworden!

Er zog sie ins Boot. Das bewegte sich jetzt wieder, bewegte sich durch die Dunkelheit, während er sie auf den Sitz neben sich setzte und den Arm um die feuchtkalte, triefende Nässe ihres Kleides legte. Ihr Kopf fiel auf seine Schulter, als er ihr die Handgelenke rieb.

»Aber, aber. Ist ja alles in Ordnung. Merkst du nicht, daß alles okay ist, Darling? Ich hab keine Angst mehr. Belle ist nicht da. Nichts, wovor man sich fürchten müßte. Alles wird gut werden.«

Je öfter er das sagte, desto genauer wußte er, daß es stimmte. Was hatte er getan? Das Mädchen halb zu Tode erschreckt! Marco verfluchte die Langsamkeit des Bootes, das sich ruckweise der Tunnelausfahrt zuschob. Irgendwie funktionierte der Antriebsmechanismus nicht richtig, aber es war keine Zeit, sich darum zu kümmern. Er mußte sehen, daß Dolores wieder zu sich kam.

Er küßte ihr Haar. Er küßte ihr Ohr. Sie war immer noch so kalt. »Na los, Liebling«, flüsterte er, »nun reiß dich zusammen. Schließlich ist das hier der ›Liebestunnel‹, bitte, ja?«

Das Boot ruckelte ins Tageslicht hinaus. Marco starrte nach vorn. Jetzt waren sie in Sicherheit. Sicher vor dem Tunnel, sicher vor Belle. Dolores und er . . .

Dolores.

Marco blickte zum Bug der Gondel, die ruckelnd über die Transportbretter knarrte. Er sah nun das schwimmende Hindernis in ihrem Weg – mit dem Gesicht nach oben im Wasser treibend, als sei es mit einem roten Faden am Boot festgebunden, der aus der klaffenden Wunde auf seiner Stirn kam.

Dolores!

Sie war im Wasser gestürzt, als sie aus der Gondel gesprungen war, war gestürzt und mit dem Kopf aufgeschlagen – genauso, wie Belle mit dem Kopf aufgeschlagen war. Es war der Körper von Dolores, der gegen den Bug des Bootes stieß und seine Fahrt bremste. Sie war tot.

Aber wenn das dort im Wasser Dolores war, was war dann ...

Marco wandte den Kopf ganz langsam zur Seite. Zum ersten Mal blickte er auf den Sitz neben sich, blickte auf das nieder, was da in seinen Arm geschmiegt lag.

Jetzt erst sah Marco, was er geküßt hatte ...

... das Boot glitt in den »Liebestunnel« zurück.

Der Kopfjäger

I

Er hieß Otto Krantz und war der bedeutendste Schauspieler Berlins. Und war Berlin nicht die Hauptstadt der ganzen vernunftbegabten Welt?

Tag für Tag trat er in demselben Stück auf, trat er in derselben Rolle vor sein Publikum. Es sah zu dieser Zeit (man schrieb das Jahr 1937) ganz so aus, als würde das Stück ewig laufen, aber sein Spiel schien niemanden je zu langweilen. Und Otto Krantz gab sich die größte Mühe, daß es so blieb. Nie war er mit sich zufrieden, sondern probte immer wieder und suchte unablässig nach Möglichkeiten, die Rolle weiter zu verbessern.

Beispielsweise das Kostüm. Krantz trat immer im Abendanzug auf, aber in einem sehr einfach geschnittenen. Diese nüchterne Kleidung stellte einen überraschenden Kontrast dar, denn die meisten der weniger bedeutenden Schauspieler trugen auffällig bunte Kostüme oder versuchten, durch exotische Fummel die Aufmerksamkeit auf sich zu ziehen. Krantz jedoch wurde nach eingehenden Studien klar, daß ihm sein bescheidenes Äußeres mehr Zuspruch seitens des Publikums eintrug als den anderen ihre extravagante Ausstaffierung.

Seine Mitspieler neigten zudem zu einer leidenschaftlichen Gestik, die so grell war wir ihre Kleidung. Sie schrien das Publikum an, sie tobten, rasten, weinten, grollten und verfielen in Hysterie.

Die Zuschauer beeindruckte das jedoch nicht. Sie zogen

den eher zurückhaltenden Stil von Otto Krantz vor, der wenig sprach, aber mit der Finesse des Meisters spielte. Er spielte niemals für die Galerie. Wenn er auftrat, widmete er sich ganz seinem »Geschäft«, so, als sei das Publikum gar nicht vorhanden. Auf diese Weise blieb Krantz der beliebteste Schauspieler Berlins, der immer wieder dieselbe Rolle in derselben Komödie spielte.

Diese Komödie trug den Titel *Das Dritte Reich*.

Die Bühne war das Blutgerüst des vom Staat bestellten Henkers.

Otto Krantz spielte mit Könnerschaft die Rolle des amtlichen Scharfrichters.

Jede Vorstellung wies ein neues Ensemble auf und fand ein stets größer werdendes, die Komödie bejubelndes Publikum.

Es war immer dasselbe. Jeden Morgen hatte Krantz seinen großen Auftritt in dem düsteren Hof, instruierte die neuen Schauspieler in weithin hörbarem Flüsterton und geleitete sie huldvoll bis zur Mitte der Plattform. Mit schöner Bescheidenheit sorgte der große Schauspieler dafür, daß jeder der neuen Mitspieler einen Augenblick allein im Scheinwerferlicht stehen konnte, um die Huldigung des Publikums entgegenzunehmen.

Danach nahm das Spiel einen schnellen Fortgang. Fähige Helfer besorgten die Plazierung und das Binden, aber es war dann immer Otto Krantz selbst, der die Fesseln prüfte, sich höflich vor der militärischen Eskorte verbeugte und endlich das hellglänzende Blatt des Hinrichtungsbeils von dem Eisblock hob, in dem es steckte.

Dann kam der glorreiche Höhepunkt – jener Augenblick, der seine Wirkung auf die Mitspieler und die Menge nie verfehlte. Und wenn er vorbei war, hob Otto Krantz den Kopf aus dem Korb und hielt ihn vor den applaudierenden Zuschauern mit einem ehrlichen, den Stolz des Handwerkers verratenden Lächeln in die Höhe.

Dies alles geschah nicht nur einmal am Vormittag, sondern nicht selten bis zu zehn- oder gar zwölfmal. Und doch versagte Krantz nie – er wurde nie müde, ließ nie eine Zeile aus, verpaßte nie ein Stichwort.

Ob es sich um einen arroganten Preußen der alten Schule handelte oder um den heulenden jungen Sohn einer Proletarierfamilie, ob um eine verwelkte Hausfrau oder eine rotwangige Schönheit, ihnen allen wurde unter den Händen des Scharfrichters die gleiche effiziente, zuvorkommende Behandlung zuteil – unter Händen, die langsam fleckig und rot wurden von den Blutstropfen, die auf sie herabfielen, wenn ein Kopf nach dem anderen aus dem Korb gehoben wurde.

Am Ende der Vorstellung verbeugte sich Otto Krantz, zog sich zurück und wusch sich die Hände wie ein ganz gewöhnlicher Arbeiter. Der amtlich bestellte Scharfrichter war Demokrat.

Außerhalb seiner öffentlichen Auftritte führte Krantz ein ruhiges Leben. Nach getaner Arbeit ein Gläschen Schnaps, vielleicht ein kleines Bier, um das Abendessen in irgendeiner bescheidenen Bierstube hinunterzuspülen, ein Gang durch die Straße, um die Nachrichten zu hören, und dann heim in das große Zimmer im Obergeschoß eines Hauses, das sich ganz in der Nähe des SS-Bezirkskommandos befand. Am Abend mußte er vielleicht an einer Parteiversammlung teilnehmen oder an einer Besprechung, bei der ihm die Aufgaben des folgenden Tages bekanntgegeben wurden.

Es war ein schlichtes Dasein, denn Otto Krantz war

nicht von der Hysterie der Zeit befallen. Er diente dem Reich ohne jeden Gedanken an Vergnügen oder Profit. Sollten andere den Demagogen spielen oder sich in öffentlichen Versammlungen aufblasen. Er, Krantz, hatte im Lauf seiner Tätigkeit schon viele dieser Redner zurechtgestutzt – um Haupteslänge. Die gegenwärtige Zeit mochte klügeren Köpfen Ruhm und Ehre bringen, aber viele dieser klügeren Köpfe fielen auch in den Korb.

Krantz war zufrieden. Noch vor einem Jahr war er ein einfacher Schlachter gewesen. Seit er den Schlachthof mit einem Posten im Öffentlichen Dienst vertauscht hatte, hatte er reichlich von der Welt und ihrem Treiben gesehen und viele Menschen kennengelernt. Im vergangenen Jahr war er in seiner offiziellen Funktion mehreren tausend begegnet. Alle diese Bekanntschaften waren zwar von schmerzlich kurzer Dauer gewesen, aber es reichte aus.

Er hatte den Abkömmlingen der besten Familien Deutschlands ins Gesicht gesehen. Er hatte diese Gesichter in den Händen gehalten – diese ach so stolzen Gesichter, die nun nie wieder lächeln würden. Und er wußte, daß auch die Blaublütigen sein Beil mit einem Blut befleckten, das so rot war wie das des gemeinsten Diebes.

Krantz war also zufrieden. Bis – ganz allmählich – die Gesichter anfingen, *zu schnell* zu wechseln. Es war unmöglich, sie noch länger zu ignorieren. Er merkte, wie er sich für sie zu interessieren begann, weil sie in einer so unerschöpflichen Vielfalt vor seinen Augen vorüberzogen. Denn jedes Gesicht verbarg ein Geheimnis, jeder Schädel enthielt eine Geschichte. Jung, alt, rein, verdorben, unschuldig, schuldig, töricht, klug, schüchtern, herausfordernd, unterwürfig, unerschrocken – zehn am Tag, zwanzig, stiegen sie auf das Gerüst hinauf und beugten ihren Nacken unter das Joch des Todes.

Wer waren diese Menschen, die er zur Ewigkeit hinübergeleitete? Er, ein einfacher Schlachter, gestaltete das Schicksal Deutschlands, gestaltete es mit seinem Beil.

Welcher Art war dieses Schicksal?

Die Gesichter wußten es.

Krantz versuchte, eine Antwort zu finden. Er fing an, sich die Häftlinge genauer anzusehen. Ohne sich dessen bewußt zu sein, blickte er nun tiefer in tote Augen, ertastete er die Gestalt von Schädeln, erforschte er die Beschaffenheit von Haaren und Haut.

Eines Tages ging er nach der Arbeit in einen Buchladen und kaufte sich Fachliteratur zur Phrenologie und zur Rassenkunde. Das war vor zwei Monaten gewesen – inzwischen war er in seinen Überlegungen noch weiter gediehen.

Wenn jetzt die Arbeit getan war, ging er schnell nach Hause und warf sich aufs Bett. Mit geschlossenen Augen wartete er dann darauf, daß die Gesichter des Tages vor seinem inneren Auge vorüberzogen.

Sie kamen – bleiche, edle Gesichter, von Trauer und Wut geformt. Dreitausend Totenmasken, und noch kein Ende in Sicht! Und sie brachten eine Botschaft mit.

»Du, Otto Krantz, du bist unser Herr! Du bist der mächtigste Mann im Reich. Nicht Hitler, nicht Goebbels, nicht Himmler oder einer von den vielen anderen. Nein, du, Otto Krantz, du allein hast wahrhaft Macht über Leben und Tod!«

Anfänglich machten Krantz Gedanken dieser Art angst, aber jeder Tag brachte ein Dutzend neuer Bestätigungen mit sich, ein Dutzend neuen Gesichter, die es in der Dunkelheit anzuschauen, sich einzuprägen, zu genießen galt.

Zu genießen? Aber natürlich war es jetzt ein Vergnügen! Ganz ruhig zu sein. Sich schwarz zu kleiden. Eine Maske zu tragen. Die geheimen Gedanken zu verbergen und dann nach Hause zu gehen, um mit dreitausend Erinnerungen allein zu sein!

Seit Wochen schon hatte es den Anschein gehabt, als kreisten seine Erinnerungen um einen ganz bestimmten Augenblick, nämlich um den Augenblick, wenn er den Kopf in die Höhe hob und in das Gesicht blickte. In jüngster Zeit nun war er gezwungen gewesen, sich dabei eisern zu beherrschen, um sich seine Erregung nicht anmerken zu lassen. Denn dies vermittelte den größten Nervenkitzel – die Köpfe zu halten. Wenn es doch nur irgendeine Möglichkeit gäbe, diesen Kitzel, dieses Gefühl der Macht nach Belieben in sich zu erneuern! Wenn er doch nur . . .

Stiehl die Köpfe!

Nein. Das war Wahnsinn. Wenn man ihn erwischte, würde er sterben müssen. Und wofür? Für das törichte Gesicht eines glotzenden alten Tunichtguts?

Nicht der. Nicht ein grauer, alter Kopf mit einem grausamen, dummen Gesicht. Der wäre das Risiko nicht wert. Aber es gab ja auch noch andere Köpfe . . . seltsame Köpfe von Wüstlingen, goldblonde Köpfe schöner Frauen, Köpfe, die im Traum vor seinen Augen hingen. Die waren es wert, besessen zu werden, waren das Risiko wert. In seinem Zimmer zu sitzen und allezeit diese Symbole seiner geheimen Macht vor sich zu haben – das war ein Traum!

Er mußte einen Weg finden, beschloß Krantz. Es würde notwendig werden, allabendlich die Zellen der Verurteilten aufzusuchen, wenn die Listen mit den Namen derer, die am folgenden Tag exekutiert werden sollten, herauskamen. Dann konnte er die zu erwartende Ausbeute in Augenschein nehmen und seine Wahl treffen. Vielleicht konnte er ein Abkommen mit dem alten Fritz treffen, mit dem Müllmann, der die nicht abgeholten Leichen unter die Erde brachte. Für ein paar Mark tat Fritz alles. Dann konnte er, Otto Krantz, nach Hause gehen, den Leinenbeutel über die Schulter gehängt – niemand würde etwas merken.

Krantz überlegte sich alles sehr sorgfältig. Er mußte vorsichtig sein, mußte sicherstellen, daß niemand Verdacht schöpfte, denn wenn sie es erführen, würden sie es nicht verstehen. Sie würden denken, er sei verrückt geworden, und ihn einsperren. Dann wäre er sein Beil los. Er würde nicht mehr morgens vor Beginn der Arbeit das schwere, blitzende Blatt blank polieren können. Und er würde auch die Köpfe nicht mehr sehen können. Das durfte nicht passieren.

Deshalb war er die nächsten Male, die er zur Arbeit ging, sehr vorsichtig. Niemand, der den großen, breitschultrigen Mann mit dem kurzgehaltenen Schnurrbart und der Glatze sah, hätte argwöhnen können, daß hinter dieser strengen, unbeteiligten Miene ein Traum lauerte.

Selbst seine Opfer bemerkten es nicht, wenn er ihnen allmorgendlich ins Gesicht sah. Vielleicht half die schwarze Maske, die er trug, die schreckliche Intensität seines forschenden Blicks zu verbergen. Sie verbarg auch seine Enttäuschung.

Denn keiner dieser Verräter hatte das Gesicht, das seinen Ansprüchen genügte. Keines schien zu dem Symbol der Macht zu taugen, wie es ihm vorschwebte. Da war nichts als eine lange Folge ganz alltäglicher Gesichter. Krantz war enttäuscht, gab aber nicht auf.

Eines Abends gegen Ende der Woche begab er sich zum Hauptquartier der Gestapo. Er schritt die breiten Treppen hinauf und nahm den Gruß der Wachposten mit der Würde entgegen, wie sie sich für einen Beamten des Reichs geziemte. In den Vorzimmern gab es keine Probleme.

Der Mann hinter dem Schreibtisch kicherte, als er Krantz sein Ansinnen vortragen hörte.

»Sie möchten die Liste für den morgigen Tag sehen? Hier, sie ist fertig. Nur sieben von den Schweinen. Wegen Hochverrats. Sie können das wahrscheinlich mit links erledigen.«

Otto Krantz lachte nicht. Er sprach erneut, ganz ruhig. »Wenn es möglich wäre, würde ich die Häftlinge gerne mal sehen.«

»Sehen?«

»Ja.«

Der Mann hinter dem Schreibtisch zuckte die Achseln. »Das ist gegen die Vorschrift. Es tut mir leid, aber da müssen Sie Inspektor Grunert um Erlaubnis bitten.«

»Aber könnten Sie nicht ...«

»Wir haben unsere Befehle, das müssen Sie verstehen. Ich werde Sie anmelden.« Der Mann betätigte die Sprechanlage, sprach kurz hinein und hob dann den Kopf. »Sie können gleich hineingehen«, sagte er und nickte in Richtung der Tür hinter sich.

Krantz rang sich ein steifes Lächeln ab. Er mußte die Sache jetzt durchziehen, sie zu Ende bringen. Wenn er nur die Erlaubnis erhielte – dann wäre es schon leichter, weitere Pläne zu machen.

Als er Inspektor Grunerts Büro betrat, verwandelte sich das steife Lächeln in einen Ausdruck ungläubiger Freude. Denn dort auf der Bank vor dem Schreibtisch des

Inspektors saßen genau die beiden Häftlinge, die er haben wollte, saß die Antwort auf seine Gebete, die Erfüllung seiner Träume.

Otto Krantz betrachtete die beiden sehr eingehend und nahm mit wachsendem Wohlgefallen jede Einzelheit ihrer Gesichter in sich auf.

Der Mann war alt, denn nur die Alten haben lange weiße Haare. Der Mann war jung, denn nur die Jungen haben glatte, fein geschnittene, von den Jahren noch nicht zerfurchte Gesichter. Der Mann war alterslos, denn nur die Alterslosen haben grün funkelnde Augen, die brennend aufwärts schauen, hervor aus den unvorstellbaren Tiefen des dahinterliegenden Hirns.

Dann blickte er den anderen Häftling an, die Frau.

Die Frau war eine Dirne, denn nur Dirnen haben feurig glänzende Haare, die wie Flammen um ihren Kopf lodern. Die Frau war eine Heilige, denn nur eine Heilige hat diese weiße, ekstatische Reinheit eines vom Leid verklärten Gesichts. Die Frau war ein Kind, denn nur ein Kind hat Augen, die vor Schönheit strahlen.

»Das ist die Frau, die ich haben will«, murmelte die innere Stimme von Otto Krantz.

Er konnte seinen Blick nicht von den beiden Häftlingen losreißen. Das lange weiße Haar, das lange rote Haar. Die schlanken Hälse. Die grünliche Glut ihrer Augen. Vater und Tochter? Vater und Tochter des Geheimnisses, Geschöpfe einer anderen Welt, einer Welt der Träume.

Und morgen sollten sie zu seinen Träumen werden. In seinen Besitz übergehen. Symbole seiner Macht, der Macht des Scharfrichterbeils werden. Sie waren die, die er haben wollte ...

»Ah, Krantz, da sind Sie ja.« Grunert erhob sich

lächelnd und reichte ihm eine fleischige Hand. »Gerade rechtzeitig, um zwei zukünftige Klienten kennenzulernen.« Der fette Inspektor verbeugte sich boshaft in Richtung der Häftlinge. »Erlauben Sie, daß ich Ihnen Joachim Fulger und seine Tochter Eva vorstelle.«

Die beiden rührten sich nicht. Weder der Mann noch das Mädchen sahen Krantz an. Ihre Augen verweigerten dem Scharfrichter, dem Inspektor, ja selbst dem Raum die Anerkennung.

Grunert gluckste. »Kühle Köpfe, was?«

»Wunderbare Köpfe«, schnurrte die innere Stimme von Otto Krantz, aber sein Mund öffnete sich nicht.

»Ja«, fuhr der Inspektor fort, »man trifft in Verfolgung seiner Pflicht wirklich auf Typen aller Art. Seltsame Vögel. Nehmen Sie zum Beispiel diese beiden Musterexemplare.«

»Das werde ich«, flüsterte die innere Stimme von Krantz. Grunert konnte sie nicht hören, deshalb sprach er weiter. »Was glauben Sie wohl, haben diese beiden angestellt?« fragte er. »Sie werden es nie erraten, deshalb will ich's Ihnen sagen. Die beiden haben übrigens gerade ihr Geständnis unterschrieben, falls Sie mir nicht glauben.«

»Was denn?« fragte Otto Krantz, denn er wußte, daß das von ihm erwartet wurde.

»Hexerei zum Schaden des Reichs ... können Sie sich vorstellen, daß es so etwas noch gibt, hier und heute? Haben Nadeln in Bilder des Führers gesteckt!«

Grunert runzelte nachdenkend die Stirn. »Ihr Blockwart hat vor einem Monat Wind davon bekommen. Klang phantastisch, aber er hat's routinemäßig überprüft. In der Nachbarschaft schienen alle zu wissen, daß die beiden komische Käuze waren ... verkauften Liebestränke, sagten die Zukunft voraus, alles solche Sachen. Aber als der Blockwart vorbeischaute, ihnen einen Besuch abstattete ... alles ganz freundlich, nicht in offizieller Funktion oder irgend so was ... haben dieses Schwein von Zauberer und sein widernatürlicher Sprößling dem Mann einen Eispickel in den Hals gerammt.«

Die beiden Häftlinge rührten sich nicht. Inspektor Grunert nickte Krantz zu und tippte sich vielsagend an die Stirn. »So der Stand der Dinge.« Er zuckte die Achseln. »Sie hätten dafür Lager oder Erschießungskommando kriegen können, aber ich habe beschlossen, daß der Akzent auf die Anklage wegen Hexerei gelegt werden sollte. Machen Sie Hochverrat draus, habe ich gesagt. Herr Goebbels ist immer auf der Suche nach einer guten Geschichte ... und hier haben wir ein vorzügliches Exempel, das wir all denen vor Augen stellen können, die heimlich gegen den Führer arbeiten.«

Er erhob sich und baute sich vor dem schweigenden, ungerührten Paar auf. »Kalt wie eine Hundeschnauze, was? Aber sie haben ganz schön gezetert, als wir sie eingebuchtet haben, das kann ich Ihnen sagen! Ein paar Tage bei uns, und sie haben ihre Geständnisse unterschrieben, ohne zu mucken.

Wahnsinnige Fanatiker! Zu versuchen, Menschen dadurch umzubringen, daß man Nadeln in Bilder und Puppen sticht. Also wirklich, das ist doch barbarisch!«

Aus Fulgers weißer Kehle drang ein mühsames Lachen. Die Stimme, die ihm folgte, hatte etwas merkwürdig Beunruhigendes.

»Hast du das gehört, Eva, mein Kind? Wir sollen barbarisch sein, sagt dieser Barbar in seiner Mörderuniform! Er sitzt hier in seiner Folterkammer und erläutert unsere Bar-

barei diesem brutalen Wilden, dessen Beil uns morgen früh die Köpfe vom Rumpf trennen wird.«

Wieder ein Lachen.

Otto Krantz sah genau hin, wie es da aus der weißen Kehle kam. Das Beil würde dort zuschnappen ... deshalb ...

Jetzt erklang die Stimme des Mädchens. »Gemessen an seinen Maßstäben sind wir ja auch Zauberer. Aber unsere Magie ist reiner, als es die Zaubersprüche dieser Verrückten mit ihren Sprechchören, ihrer heulenden Anbetung heidnischer Götter sind. Unser Verbrechen besteht darin, daß wir das Böse mit dem Bösen bekämpft haben und ganz offensichtlich unterlegen sind.

Aber der Tag wird kommen! Die, die zum Schwert greifen, werden durch das Schwert umkommen; die, die zu Peitschen greifen, werden unter ihnen sterben; und die, die das Beil schwingen, werden unter ihm liegen.«

Die Worte rührten Krantz, aber dann erinnerte er sich daran, daß das Mädchen ja besessen war, eine Hexe, eine Irre. Aber sie war schön. Dieser lange, weiße Hals ... dort würde er hinzielen ...

»Sollen sie nur toben«, gluckste Grunert. »Aber Sie wollten mich wegen irgendwas sprechen, Krantz?«

»Ist nicht so wichtig, ein andermal«, murmelte der Scharfrichter.

»Na schön.« Grunert wandte sich an die Häftlinge. »Ihr werdet Krantz morgen früh wiedersehen. Vielleicht kann er euren scharfen Zungen dann ja mit was Schärferem kommen. Was, Otto?«

»Ja«, flüsterte Krantz. Er konnte seine Augen nicht von den beiden losreißen. Das lange weiße Haar, das lange rote Haar. Die schlanken Nacken. Die grünliche Glut ihrer

Augen. Geschöpfe aus einer anderen Welt, aus einer Welt der Träume. Und morgen sollten sie seine Träume werden. In seinen Besitz übergehen. Symbole der Macht des Beils. Dies waren die Köpfe, die er haben wollte ...

Otto Krantz drehte sich ganz abrupt um und stolperte aus dem Zimmer. Er hatte sich an etwas erinnert, was noch zu erledigen war. Eine sehr wichtige Aufgabe. Er mußte dringend zurück in sein Zimmer und damit anfangen.

Erst als er mit der Erledigung dieser wichtigen Arbeit befaßt war, gestattete sich Krantz wieder das erregende Gefühl der Vorfreude. Aber er konnte es auch gar nicht mehr länger zurückhalten – und so saß er mit freudigem Grinsen in der Dunkelheit seines Zimmers und schärfte mit Sorgfalt sein Beil.

2

»Sie wollen, daß ich Ihnen die Köpfe dieser beiden Leichen überlasse und die Körper heimlich vergrabe? *Nein!*«

Der Müllmann Fritz schüttelte zu verwirrter, aber nachdrücklicher Absage den Kopf.

»Aber es hat sich doch niemand gemeldet, der Anspruch auf die Leichen erhebt. Niemand wird wissen, ob Sie sie nun mit oder ohne Kopf zugekalkt haben«, schmeichelte Krantz.

»Das kann ich nicht machen«, murrte Fritz.

Otto Krantz lächelte.

»Da sind fünfzig Mark für Sie drin«, flüsterte er.

Fritz sah erstaunt auf. Aber er schüttelte immer noch den Kopf.

»Ich kann Ihnen Sonderrationen Butter verschaffen«,

murmelte Krantz. »Ich werde gleich morgen mit dem Bezirksleiter sprechen.«

Fritz seufzte. »Ich würde es ja auch umsonst für Sie tun«, sagte er. »Aber ich kann nicht. Denn die Fulgers, wissen Sie, sollen gar nicht geköpft werden.«

»Was?« Krantz reagierte mit einem entgeistert verzerrten Gesicht. »Aber der Inspektor selbst hat mir gesagt ...«

Fritz zuckte die Achseln. »Ich komme grad aus dem Hauptquartier. Es ist beschlossen worden, die Anklage wegen Hexerei als zu blöd fallenzulassen. Die wegen Mord ist aber geblieben. Sie sollen frühmorgens vor ein Erschießungskommando. Erschossen werden, nicht enthauptet.«

Erst in diesem Augenblick wurde Krantz in aller Deutlichkeit klar, wieviel ihm der Besitz dieser beiden Köpfe bedeutete.

Er hatte mitten in der Nacht sein Zimmer verlassen, das Beil in seinem samtgefütterten Kasten mitgenommen. Er war durch die Straßen gehastet, wobei sein Abendanzug sicherstellte, daß er von den SS-Leuten, denen er unterwegs begegnete, nicht aufgehalten wurde. Er war hierher zu dem kleinen Zimmer unter dem Zellentrakt geeilt, in dem der Müllmann Fritz hauste. Und die ganze Zeit über hatte er sich vorgestellt, was ihm die Zukunft bringen sollte, hatte sich diebisch darüber gefreut, daß er sein Ziel bald erreichen würde.

Jetzt war ihm diese Aussicht genommen.

Und gleichzeitig war auch noch etwas anderes in seinem Kopf passiert. Er konnte es spüren, konnte spüren, wie dieses eine pochende Verlangen die Herrschaft über sein ganzes Bewußtsein an sich riß. Er konnte die Empfindung nicht beschreiben. Er wußte nur eins – er mußte diese Köpfe haben!

Sie schwebten vor ihm in der Luft, diese spöttischen Zwillingsgesichter. Eins mit langen weißen Haaren, eins mit roten. Sie lachten über seine Verwirrung, seine Bestürzung, seine Niederlage.

Seine Niederlage? Nie und nimmer!

Krantz dachte hastig nach, sprach schnell.

»Aber es stimmt noch, daß niemand die Leichen haben will?«

»Ja, das ist richtig.«

»Also werden Sie die Fulgers hinterher wie vorgesehen zu den Kalkgruben schaffen?«

»Ich denke schon.«

»Wer hat die Exekutionspapiere unterschrieben?«

»Natürlich noch niemand. Sie wissen doch, daß Inspektor Grunert das immer erst macht, wenn er morgens herkommt, gleich als erstes.«

Krantz rieb sich die Hände. »Dann sind also bisher noch keinerlei Anweisungen gegeben worden. Noch kein Erschießungskommando ist zusammengestellt, noch kein Zeitpunkt festgelegt worden?«

»Stimmt.«

»Also gut, Fritz, ich biete Ihnen hundert Mark für die Köpfe.«

»Aber es wird keine Köpfe geben, ich habe Ihnen doch gesagt ... daß sie erschossen werden.«

Krantz lächelte. »Nein, werden sie nicht. Ich hole die Fulgers jetzt gleich raus auf den Hof. Die Sache ist erledigt, bevor noch die offizielle Zeremonie im Morgengrauen angefangen hat.«

»Aber die Befehle ...«

»Wer erfährt's denn? Ich werde Grunert sagen, ich hätte den Befehl zusammen mit den anderen aus seinem Büro mitgenommen und mir erlaubt, ein Erschießungskommando zusammenzustellen, um ihm die Arbeit zu ersparen. Er wird den Befehl nachträglich unterschreiben und die ganze Sache vergessen. Er wird sich nie die Mühe machen nachzufragen, wer alles zu dem Erschießungskommando gehört hat, und da niemand Anspruch auf die Leichen erhoben hat, können Sie sie wegkarren.«

»Das Risiko, daß jemand sieht, was Sie machen ...«

»Es wird niemand sehen. Ich werde sie herbringen.«

»Hierher? In mein Zimmer?«

»Ich werde es wieder saubermachen, mein anspruchsvoller Freund.«

»Nein, das werde ich nicht zulassen. Man wird uns erwischen!«

»Fritz!«

Die Stimme von Krantz war sehr sanft, als er den Namen aussprach, aber sein Gesicht war hart. Noch härter waren seine Hände, seine Schlachterhände, als er sie um den Hals des Alten legte.

Fritz gab nach, würgte. »Ja ... ja ... aber Beeilung! Es wird schon bald hell.«

Und Krantz beeilte sich.

Er holte aus dem Büro des Inspektors die benötigten Papiere. Er hastete durch die stillen, nächtlich erleuchteten Flure zum Zellentrakt, fand einen blinzelnden Wachposten und schrie dem überraschten Mann in überzeugendem Tonfall die entsprechenden Befehle zu.

»Wo ist die Eskorte?« warf der Wachposten ein.

»Oben. Wartet schon«, bellte Krantz.

»Sie wollen die beiden allein nach oben bringen?«

»Sie haben doch die Anweisungen gesehen. Jetzt holen Sie mir die Fulgers. Aber dalli, Sie Dummkopf!«

Verwirrt führte ihn der Posten zur Zelle der beiden.

»Raus!«

Die Fulgers warteten schon. Ja, sie warteten, und ihre grünen Augen funkelten im dunstigen Dämmerlicht.

Sie machten keinerlei Schwierigkeiten, gingen wortlos vor Krantz die Treppe hinauf. Der Scharfrichter folgte und knallte die äußere Tür vor dem Wachposten zu.

»Hier entlang«, sagte Otto Krantz. Er deutete auf eine Tür.

Fulger und seine Tochter gehorchten. Die Außenflure waren verlassen, und Krantz, dessen Herz heftig schlug, wußte, daß sie die Behausung von Fritz ungesehen erreichen würden.

Das taten sie auch.

Fritz hatte alles vorbereitet. Er hatte extra einen Eisblock herbeigeschleppt, und die Schneide des Beils steckte tief darin, damit sie scharf blieb. Er hatte auch den offiziell benutzten Richtblock aufgestellt, der Korb und das Sägemehl warteten. Es war alles in korrekter, den Vorschriften entsprechender Weise hergerichtet, genauso, wie es draußen auch hergerichtet worden wäre. Fritz reichte Otto Krantz die Maske des Scharfrichters.

Krantz legte sie an.

Joachim und Eva Fulger standen an der Wand des kleinen Zimmers unter dem Zellentrakt und sahen zu. Der alte Mann wandte sich endlich an Krantz.

»Aber das Gericht hat doch entschieden, daß wir erschossen werden sollen«, murmelte er. »Wozu das Beil? Und warum hier drin? Wo sind die Wachen, wo die Beamten ...«

Otto Krantz versetzte ihm mit knochigen Fingern einen Schlag auf den Mund.

»Ruhe!«

Evas Gesichtsausdruck veränderte sich nicht. Sie öffnete lediglich den Mund ein klein wenig und schrie.

Krantz machte dem ein Ende. Ihr langes Haar war ihm dabei behilflich. Gekonnt um ihren Hals gezogen, erstickte es alles weitere Geschrei.

Fritz zwang nun den alten Mann in die Knie. Er stieß den Block an die richtige Stelle.

Krantz nahm das Beil aus dem Eis.

In dem kleinen Raum herrschte ein tödliches Schweigen.

Ein tödliches Schweigen ...

»Ich warne Sie«, sagte Fulger. »Was ihr säet, das werdet ihr ernten.«

Krantz hatte eine scharfe Antwort parat.

Das Beil ...

3

Der Alptraum war vorbei. Das Zimmer saubermachen, die Leichen verstecken, bis es Zeit für die Kalkgrube war, den Leinensack holen ... Fritz kümmerte sich um alles.

Otto Krantz erschien pünktlich bei Anbruch der Dämmerung draußen auf dem Hof, bereit, seine Pflicht zu tun. Grunert und noch ein paar andere Beamte waren da. Die sieben Opfer wurden herausgeführt. Krantz machte sich an die Arbeit.

Alles verschwamm ihm zu einem roten Fleck. Er tat sein Werk jetzt vollkommen mechanisch, ganz so, wie er es vor langer Zeit im Schlachthof auch getan hatte. Der Augenblick hatte seine Bedeutung verloren. Schafe blökten, Schafe starben.

Er konnte es kaum erwarten, nach Hause zu kommen.

Grunert erkundigte sich nach Beendigung der Exekutionen beiläufig nach den Fulgers. Krantz berichtete, daß er sich die Freiheit genommen und auf eigene Verantwortung ein Erschießungskommando zusammengestellt habe, und hielt Grunert dann mit größter Gleichgültigkeit den Befehl zur Unterschrift hin. Grunert zuckte die Achseln, unterschrieb, ohne den Befehl noch einmal angesehen zu haben, und ließ ihn zu den Akten nehmen.

Jetzt war alles vorbei.

Fritz hatte seine hundert Mark in die Brieftasche gesteckt.

Und Otto Krantz – er hatte seinen Leinensack. Als er durch die Straßen nach Hause lief, drückte er ihn fest an seine Brust. Kein Aufenthalt heute, um noch etwas zu essen und zu trinken. In dem Sack steckte ein Ersatz für alles Essen und alles Trinken – er enthielt Träume, die wahr geworden waren.

Das letzte Stück des Weges rannte Krantz, und seine Füße bewegten sich im Rhythmus seines klopfenden Herzens.

Nachdem er sich in seinem Zimmer eingeschlossen hatte, überkam ihn einen Augenblick lang fast Angst hinzusehen.

Angenommen, sie hatten sich *verändert*?

Aber sie hatten sich nicht verändert.

Der weißhaarige Joachim und die rotgelockte Eva starrten mit funkelnden grünen Augen zu ihm herauf. Ihre Gesichter waren zu einer Grimasse unendlichen Hasses verzogen.

Und Krantz seinerseits starrte auf sie hinab, starrte, wie einst Perseus in das Gesicht der Medusa gestarrt hatte.

Er sah das gorgonenhafte Grinsen der beiden und lachte laut auf. Wenn ihn jemand in diesem Augenblick hätte sehen können, er hätte ihn wohl für verrückt gehalten, dachte Krantz. Aber er war nicht verrückt. Nicht er, Otto Krantz, amtlich bestellter Scharfrichter des Dritten Reiches. Ein Verrückter hätte nie so klug, so gerissen, so geschickt vorgehen können wie er.

Nein, diese beiden waren verrückt gewesen. Wahnsinnig, mit ihrem Gefasel von Zauberei und Hexenkünsten. Sie hatten noch nicht einmal so viel Verstand gehabt, sich vor dem Tod zu fürchten. Sie hatten ihn verspottet, ihn ausgelacht, ihn einen primitiven Barbaren genannt.

Gut, vielleicht war er ein Barbar. Vielleicht ein Kopfjäger. Wie diese Indianer in Südamerika – hießen die nicht Jivaros oder so? Genau das war er – ein Kopfjäger!

Krantz lachte.

Sie hatten ihn verspottet, jetzt verspottete er sie. Er sprach lange mit den Köpfen. Er schleuderte ihnen ihre eigenen Worte ins Gesicht. »Jene, die vom Beil leben, sollen unter ihm zugrunde gehen«, hatten sie gesagt. Und: »Was ihr säet, das werdet ihr ernten.«

Krantz sagte ihnen, was er davon hielt. Er sagte ihnen eine ganze Menge. Nach einer Weile merkte er gar nicht mehr, daß er zu Toten sprach. Die Köpfe schienen ihm mit einem Nicken oder Schütteln zu antworten, ihr höhnisches Grinsen wurde immer breiter.

Sie lachten wieder über ihn!

Krantz wurde wütend. Er schrie die Köpfe an. Er schrie so laut, daß er das Klopfen an seiner Tür zuerst gar nicht hörte.

Als es sich dann zu donnernder Lautstärke steigerte, drehte er sich um.

Mit Schrecken bemerkte er, daß es schon dunkel wurde. Wo war der Tag geblieben?

Das Klopfen hörte nicht auf.

Krantz holte den Leinenbeutel hervor, füllte ihn und schob ihn unter sein Bett. Dann zog er seinen Hemdkragen zurecht, bemühte sich, das Zittern seiner Lippen unter Kontrolle zu bringen, und öffnete die Tür.

»Du lieber Gott, lassen Sie mich rein!«

Es war Fritz, der Müllmann. Er stand zitternd in der Tür, bis ihn Krantz am Halskragen über die Schwelle zog.

»Was gibt's?«

»Die Fulgers ... ein Verwandter will ihre Leichname haben! Ein Vetter, glaube ich. Er kommt noch heute abend, um sie für die Bestattung abzuholen.«

»Nein, das kann er nicht!«

»Aber ja doch, er hat die Genehmigung erhalten. Und man wird alles rausfinden, und das bedeutet das Beil für uns.«

Krantz gelang es, seine Stimme zu beherrschen. Er dachte hastig nach, verzweifelt. Aus der Verzweiflung erwuchs eine Eingebung.

»Wo sind die Leichen jetzt?« flüsterte er.

»Ich hab sie draußen bei den Kalkgruben, hinter den Mauern ... in der Nähe von dem alten Steinbruch.«

»Und der Vetter der Fulgers holt sie erst sehr spät heute abend ab?«

»So ist es. Er hat Erlaubnis, einen Leichenwagen und zwei Särge mitzubringen.«

Otto Krantz lächelte. »Gut. Dann ist alles in Ordnung. Dieser Vetter der Fulgers wird die Leichen, denke ich, nicht allzu genau untersuchen. Er wird sich nicht mal die Mühe machen, nach Schußverletzungen zu suchen.«

»Aber sie sind ohne Kopf . . .«

»Genau.« Wieder glitt ein Lächeln über das Gesicht von Krantz. Fritz konnte es trotz des Dämmerlichts sehen, und ihn schauderte.

»Was wollen Sie tun?«

»Erinnern Sie sich noch an die letzten Worte Fulgers?« raunte Krantz.

»Ja. Was ihr säet, das werdet ihr ernten. Ist aus der Bibel, oder?«

»Exakt.« Krantz grinste. »Der alte Dummkopf hat's als Warnung gemeint, aber es ist unsre Rettung.«

»Aber ich verstehe nicht . . .«

»Macht nichts. Laufen Sie sofort zu dem Geschäft ein Stück hier die Straße runter. Besorgen Sie fünf Meter starkes Katgut und eine Operationsnadel. Wir treffen uns dann um acht an den Kalkgruben. Ich werde den Sack mitbringen. Kapieren Sie jetzt?«

Fritz hatte kapiert. Er schauderte noch, als Krantz ihn hinaus und in Richtung Treppe schubste.

4

Es war eine grausige Nervenprobe. Sie arbeiteten ohne Licht, um ihre Anwesenheit nicht den SS-Leuten zu verraten, die an den benachbarten Gruben Wache schoben.

Sie kauerten in völliger Dunkelheit in dem kleinen Schuppen und verrichteten tastend und schweigend ihre Arbeit. Glücklicherweise war es nicht schwierig gewesen, die Leichen zu finden, denn Fritz hatte sie sorgsam beiseite gelegt, um sie schnellstmöglich bestatten zu können.

Der Rest war Sache von Krantz. Er war kein Chirurg, aber seine Finger wiesen ein Geschick auf, wie es der äußersten Verzweiflung entspringt. Wenn er die Geschichte vermasselte, dann war sein Leben verwirkt, und er wußte es. Er fädelte das Katgut ein und nähte.

Otto Krantz arbeitete im Dunkeln an seinem Wunderwerk, und die Nadel fuhr nach oben und wieder herab, nach oben und wieder herab, nach oben und wieder herab.

Und dann war es geschafft – geschafft trotz des ängstlichen Wimmerns, das der verzweifelte Fritz von sich gab.

Krantz behielt bis zum Schluß die Nerven. Er war es, der letzte Hand an das Werk legte – er schloß die beiden hohen Kragen um die weißen Hälse und zog die Gefängnishemden darunter sorgfältig zurecht. Bei dieser abschließenden Vorsichtsmaßnahme kam ihm sein Tastsinn sehr zustatten. Am Ende seufzte er und gab damit zu verstehen, daß die Arbeit getan war.

Fritz wollte auf der Stelle abhauen. Aber Krantz flüsterte ihm zu, er müsse warten und sich mit ihm hinter der Mauer gegenüber von dem Schuppen verstecken, bis sie gesehen hätten, daß der Vetter tatsächlich gekommen sei, um die Leichen abzuholen. Dann – und erst dann – hätten sie die Gewißheit, in Sicherheit zu sein.

Sie warteten also, warteten bis Mitternacht in tiefster Finsternis. Was diese für Fritz an Wahnvorstellungen bereithielt, vermochte Krantz nicht zu sagen. Aber sobald er selbst hinaus in die Nacht starrte, sah er die grinsenden Gesichter von Joachim und Eva Fulger ohne die dazugehörigen Körper vor sich in der Luft schweben, ihre Augen lebendig von unüberwindlichem Hohn.

Krantz kniff die Augen zusammen, aber die Gesichter wichen nicht, verzogen ihre spöttischen Münder, als versuchten sie angestrengt, von jenseits der Grenzen des Todes zu ihm zu sprechen.

Was wollten sie ihm sagen?

Krantz wußte es nicht. Er wollte es nicht wissen. Die Hände, die so geschickt mit der Operationsnadel umgegangen waren, hingen nun, da er wartete, schlaff herab.

Der Leichenwagen kam. Der Vetter ging in Begleitung eines Wachpostens in den kleinen Schuppen hinein. Zwei Angestellte eines Bestattungsunternehmens brachten die Särge herbei. Krantz hielt die Luft an, als sie im Schuppen verschwanden.

Sie blieben nicht lange drin. Bald tauchten sie wieder auf, trugen die geschlossenen Särge hinaus. Sie sprachen nicht, es war kein Anzeichen von Erregung auszumachen. Die Särge wurden in den Leichenwagen geschoben, und dann fuhr das Auto davon.

Er war in Sicherheit. Alles war vorbei, und er war in Sicherheit. Die Köpfe saßen wieder auf ihren Rümpfen.

Irgendwie erreichte er sein Zimmer. Vielleicht konnte er vor dem Morgengrauen noch etwas Schlaf ergattern. Da mußte er dann wieder raus und zu seiner Arbeit zurückkehren, als wenn nichts gewesen wäre. Jetzt aber schlafen ...

Doch Otto Krantz konnte nicht schlafen.

Die Köpfe saßen wieder auf ihren Rümpfen, aber sie wollten dennoch nicht verschwinden. Sie warteten in seinem Zimmer auf ihn. Selbst als er das Licht angeknipst hatte, sah er sie noch in den Schatten hängen.

Sie hingen dort – der Kopf des alten Mannes mit dem langen weißen Haar und der Kopf des Mädchens mit seinen flammenden Locken, und sie lachten Krantz aus. Sie lachten ihn aus.

Krantz bleckte die Zähne.

Sollten sie doch lachen! Er war Otto Krantz, Scharfrichter des Reiches, Krantz, der Vollstrecker der Todesurteile, den alle Menschen fürchteten.

Er hatte sie schließlich doch reingelegt, die beiden. Sie würden jetzt in einem Grab verbuddelt werden, und niemand würde je erfahren, daß er, Krantz, sie umgebracht hatte.

Krantz sagte ihnen das mit flüsternder Stimme, und sie nickten sich zu, teilten Geheimnisse. Aber das machte Krantz nichts aus. Er hatte jetzt keine Angst mehr.

In dieser veränderten Stimmung begrüßte er fast freudig den Tagesanbruch. Er zog sich seinen einwandfrei sauberen Abendanzug mit Sorgfalt an. Vor der Spiegelkommode schob er den steifen Kragen zurecht. Im Spiegel blickten ihm die Köpfe über die Schulter und lachten ihn aus, aber das war ihm jetzt egal.

Er machte sich auf den Weg ins Hauptquartier, stolzierte durch die Straßen und hielt dabei das Beil in seinem Kasten liebevoll an seine muskulöse Brust gedrückt. Ein Posten nahm steif Haltung an, als Krantz an ihm vorbeimarschierte.

Krantz lachte. Da – war das nicht der Beweis für seine Bedeutung, für seine Klugheit? Die Köpfe mußten begreifen, daß er ein Mann von Rang und Einfluß war.

Otto Krantz wußte, daß er nichts zu befürchten hatte. Er würde heute ohne Frage seine Pflicht tun. Er straffte die Schultern und marschierte die Treppe hinauf und ins Vorzimmer. Er war unbesorgt. Er wußte, daß niemand außer ihm die Köpfe sehen konnte.

Er lächelte dem Mann hinter dem Tisch zu. So mußte man das machen – sich mit Frechheit behaupten!

»Bitte, ich hätte gern Inspektor Grunert gesprochen. Wegen der Anweisungen für den heutigen Tag. Ist er schon da?«

»Der Inspektor hat hinterlassen, daß Sie sofort zu ihm kommen sollen.«

Da! Der Inspektor wartete auf ihn! So ein Mann war Otto Krantz. Hohe Beamte warteten darauf, daß er kam!

Spöttisch lächelte er den Köpfen zu.

Dann stolzierte er in Inspektor Grunerts Büro.

Der Inspektor wartete tatsächlich.

Das war Krantz gleich klar, als die beiden Gestapo-Leute hinter der Tür hervortraten und ihn an den Armen packten. Sie nahmen ihm das Beil ab, sie hielten ihn fest, er konnte sich nicht wehren, konnte nur den Mund aufsperren, konnte nur nach Luft schnappen, konnte nur dem zuhören, was Grunert sagte.

»Otto Krantz, ich verhafte Sie im Namen des Dritten Reiches wegen Mordes an Joachim und Eva Fulger.«

Aber was redete er denn da? Die Fulgers lagen doch inzwischen in ihren Gräbern, waren beerdigt worden.

Nein – das waren sie nicht.

Der Inspektor zog das Laken von dem Tisch zurück, der in einer Ecke seines Büros stand.

Und Otto Krantz riß die Augen auf. Wieder sah er die Köpfe vor sich, aber diesmal konnten alle sie sehen. Sie grinsten zu ihm herauf, über den Rand des Lakens hinweg.

Irgendwie gelang es ihm, seine beiden Bewacher mit zum Tisch zu schleppen. Er beugte sich über die Leichen. Er wollte es wissen, wollte wissen, wie sie dahintergekommen waren.

Die Leichen sahen völlig in Ordnung aus. Die Köpfe waren fest angenäht. Perfekt. Die hohen Kragen saßen noch da, wo sie hingehörten. Es gab nichts auszusetzen an seiner Arbeit, nichts sah verdächtig aus. Bitte, man hatte nicht mal die Kragen weggezogen, um die Nähte bloßzulegen!

Was also stimmte nicht?

Krantz blickte auf die reglosen Leiber hinab und versuchte, das Rätsel zu lösen. Er hörte nichts von dem, was Inspektor Grunert murmelte – von Verrückten, von Mord. Er versuchte nur, sich daran zu erinnern, was geschehen war.

»Was ihr säet«, hatte der alte Mann gewarnt. »Was ihr säet . . .«

Dann wanderte der Blick von Otto Krantz erneut hinauf zu den Köpfen des toten Hexenmeisters und seiner Tochter. Er schrie, nur einmal.

»Was für ein Pech, daß Sie bei Ihrer Arbeit da im Schuppen kein Licht hatten«, säuselte Inspektor Grunert.

Otto Krantz hörte ihn nicht.

Außer sich, starrte er auf die grinsenden Köpfe des alten Mannes und des Mädchens – auf die Köpfe, die er in der Dunkelheit wieder angenäht und die er unwissentlich vertauscht hatte.

Die Behandlung

Es mußte nach Mitternacht gewesen sein, als Jeff aufwachte.

Die Hütte war dunkel, aber das Mondlicht strömte durch die Tür herein. Als sich Jeff umdrehte, sah er, daß Marie vor seiner Hängematte stand.

Sie war vollkommen nackt.

Ihr langes, golden flammendes Haar hob sich vom Weiß ihrer Brust ab, und in ihren Augen tanzten kleine Lichtfleckchen.

Jeff streckte die Arme aus, und sie trat lächelnd auf ihn zu.

Dann sauste das Messer herab.

Jeff sah das Blitzen des Mondlichts auf dem Stahl, sah es gerade noch rechtzeitig genug, um seinen Körper zur Seite werfen zu können. Es gab ein hartes, reißendes Geräusch, als die Schneide der Machete durch das rauhe Segeltuch der Hängematte fuhr.

Er rang mit ihr, seine Hände glitten über ihren warmen Körper, der naß von Schweiß war. Marie gab kehlige Laute von sich und schlug erneut nach ihm. Die Machete schnitt in sein Fußgelenk, und er schrie.

Dann schob sich eine dunkle Gestalt vor das Mondlicht in der Tür, sprang vor und packte Marie von hinten.

»Alles in Ordnung, Señor?«

»Ich denke schon.« Jeff kletterte aus der Hängematte und schnappte nach Luft bei dem plötzlichen Schmerz, der seinen Knöchel durchzuckte, als er nach der Lampe griff und sie anzündete.

Luiz stand hinter dem nackten Mädchen, preßte ihre Arme fest gegen die Wand. Er stand ganz ruhig da – ein kleiner Mann mit einem braunen Gesicht und tief in die Stirn reichendem Pony, den man auch für einen Holzklotz von Indianer hätte halten können. Für einen Indianer aus Holz mit seiner Machete in der Hand, die er auf Maries nackten Hals drückte.

»Ja, Señor?«

»Nein!« murmelte Jeff. »Nicht!«

Luiz zuckte die Achseln und ließ zwar die Machete sinken, gab aber das Mädchen nicht frei. Seine trübbraunen Augen waren völlig ausdruckslos.

Marie fing an zu jammern.

»Ich bringe dich um, Jeff, ich schwör's dir! Du dachtest wohl, ich wüßte es nicht, aber da irrst du. Das Geld ist gekommen, nicht wahr? Du und Mike, ihr habt das Geld. Ihr wollt abhauen und mich hier sitzenlassen, damit ich krepiere. Aber nicht mit mir! Erst werd ich dich töten, ich werd dich umbringen ...«

»He, was ist denn hier los?«

Mike kam in die Hütte, schnaufend vom Leitersteigen. Er sah sie alle an.

Jeff zuckte die Achseln. Die Worte kamen ihm nur schwer über die Lippen, aber sie kamen. »Es ist Marie«, sagte er. »Sie ist total ausgerastet.«

»Ist mit 'ner Machete auf dich los, was?«

»Ja, genau. Sie glaubt, wir hätten die Knete und wollten still verduften.«

»Vielleicht hat sie Fieber.«

»Sieh sie dir mal an«, sagte Jeff.

Mike sah sich Marie an. Sie rollte die Augen, und aus ihrem einen Mundwinkel tröpfelte Speichel.

»Du hast wahrscheinlich recht«, seufzte Mike. »Fieber ist es nicht. Was machen wir jetzt?«

»Ich weiß nicht. Man wird sie beobachten müssen.« Jeff wandte sich Luiz zu. »Ein Glück, daß du gekommen bist«, sagte er zu dem Indianer.

Luiz nickte. »Ich sehe sie kommen aus Hütte mit Machete, so ich gehe nach. Sie sehen aus schlecht. Ist Krankheit im Kopf, nein?«

»Ja, eine Krankheit im Kopf. Wir müssen sie zurück in ihre Hütte bringen und an ihrem Feldbett festbinden.«

»Dann laß uns das machen«, schlug Mike vor. »Du kümmerst dich lieber mal um deinen Knöchel da. Der blutet ja böse. Wenn's hier wenigstens irgendwo 'n Arzt gäbe ...«

Jeff grunzte. »Sie braucht dringender einen als ich«, sagte er. »Ich hab das schon seit Wochen kommen sehen. Das hier ist nichts für eine Frau. Kein Wunder, daß sie durchgedreht ist. Wenn der Zaster nicht bald kommt, drehen wir alle durch.«

Mike und Luiz brachten Marie aus der Hütte, trugen sie die Leiter hinunter. Jeff humpelte zum Schreibtisch hinüber und suchte nach Brandy, um damit die Wunde zu sterilisieren. In dieser Urwaldfeuchtigkeit konnte selbst schon ein Kratzer gefährlich werden. Er fand die Flasche und war gerade dabei, etwas von ihrem Inhalt auf die Wunde zu gießen, als Luiz zurückkam. Er hielt etwas in der Hand. Der dreckige Fetzen sah nach einer Art Breiumschlag aus.

»Ich umlegen«, sagte er. »Muy bueno.«

»Was ist das? Eine von euren Eingeborenenpampereien?«

In den trüben Augen von Luiz leuchtete die Andeutung eines Vorwurfs auf. »Ich nicht bin eingeboren, Señor. Ich bin der Spanisch, nein?«

»Schon gut, du bist spanisch.« Jeff lehnte sich in der Hängematte zurück, während ihm Luiz das Fußgelenk verband. Die Packung brannte.

»Marie in Ordnung?« erkundigte er sich.

»Señor Mike, er bindet sie fest«, erwiderte Luiz. Nach einer kleinen Pause fügte er hinzu: »Warum Sie mich nicht sie töten lassen? Sie versucht hat, Sie zu töten.«

»Weil sie nicht wußte, was sie tat. Sie ist übergeschnappt.«

»Aber sie hat verwundet Sie. Ich lasse niemanden nicht den Señor verwunden. Er mein Chef ist.«

»Ist schon in Ordnung, Luiz. Du bist ein guter Kerl.« Jeff seufzte. »Jetzt geh, ich muß mich ausruhen.«

Der Indianer glitt davon, und Jeff fiel in einen unruhigen Schlaf. Es mußte schon später Nachmittag sein, als er wieder aufwachte und Mike vor sich stehen sah, der einmal mehr die Leiter zu seiner Hütte erstiegen hatte.

»Wie geht's ihr?« fragte er.

Mike knurrte mürrisch. »Hör selbst!« sagte er. »Du solltest sie von hier aus schreien hören können.«

»So schlimm?«

»Verdammt schlimm. Sie kreischt da aus vollem Hals rum, wegen der Knete. Wenn diese Indianer Englisch könnten, kämen wir in echte Schwierigkeiten. Wir müssen sie zu 'nem Doktor schaffen, und zwar schnell.«

Jeff setzte sich auf, schlug nach einem Moskito. »Ich kann mich mit diesem Bein nicht von der Stelle bewegen«, sagte er. »Außerdem müssen wir doch hier auf die Piepen warten. Danach können wir dann runter zur Küste, einen

Frachter nach Belém nehmen. Das ist 'ne große Stadt ... die haben dort auch Psychiater.«

»Du meinst, Marie braucht so 'n Schrumpfkopf von Seelenklempner?«

»Genau.« Jeff seufzte.

Mike sah ihn an. »Ich frag mich, wie lange das dauern wird, bis dein Fuß verheilt ist«, sagte er. »Vielleicht wär's das Schlaueste, sie gleich hinzuschaffen. Denn nach allem, was wir wissen, kommt die Knete frühestens in einem Monat. Wir können sie doch nicht die ganze Zeit da so angebunden lassen, oder?«

»Aber ich hab dir doch gesagt, ich kann nicht reisen.«

»Mußt du ja auch nicht«, antwortete Mike. »Luiz und ich könnten sie nach Belém bringen.«

»Und mich hier einsam und allein zurücklassen?«

»Einer müßte eh hierbleiben, um die Knete in Empfang zu nehmen, wenn sie kommt.«

Jeff sah seinen Partner erstaunt an. »Du würdest mir vertrauen?«

»Klar, wieso nicht?« Mike lächelte. »Wir sind doch Kumpel, oder etwa nicht? Wir haben den Job schließlich zusammen durchgezogen. Natürlich vertrau ich dir bei dem Geld ... Hast du mir nicht bei Marie auch immer vertraut?« Er wischte sich den Schweiß von der Stirn. »Machen wir's so. Luiz und ich bringen Marie im Einbaum nach Santarém runter. Dort können wir dann irgendein Trampschiff nach Belém nehmen. Wir haben noch einen Riesen oder so in Reserve, und das sollte reichen. Ich werd dem Captain ein paar Dollar zustecken, und niemand wird auf Marie achten, was immer sie da rumschreit. In Belém werd ich so 'n Schrumpfkopfdoktor von Psychiater aufstöbern, und sie da hinbringen. So 'ne Privatklinikgeschichte, schätze ich. Bis du das Geld kriegst, ist sie wieder okay. Sollen wir's nicht so machen, Jeff?«

»Ja«, seufzte Jeff. »So machen wir's.«

Und so geschah es dann auch. Sie brachen am folgenden Morgen auf, Mike, Marie und Luiz. Luiz wußte nicht so genau, worum es ging, aber er hörte sich Jeffs Anweisungen sehr aufmerksam an und versprach, sobald wie möglich zurückzukehren und Bericht zu erstatten.

»Sie ruhen aus«, wies er Jeff ernst an. »Ich sage Frauen nach Ihnen schauen, Fuß verbinden. Keine Sorge sich machen um nichts, eh?«

Jeff nickte, und nachdem die anderen losgezogen waren, döste er vor sich hin.

Er döste und nickte, nickte und döste, und die Tage glitten dahin. Die Frauen des Dorfes brachten ihm sein Essen. Sie machten seine Hütte sauber und fächelten ihm während der heißen Stunden des Tages mit Blättern Luft zu und wechselten den Verband an seinem Fuß.

Aber irgendwas konnte da nicht stimmen mit dieser Wunde, denn das Fieber kam wieder. Jeff lag in seiner Hängematte, lauschte dem Regen und versuchte so zu tun, als sei nichts von alledem Wirklichkeit. Und doch war es wirklich, mußte es wirklich sein.

Du verbringst ein Jahr damit, den Geldtransporterjob zu planen, zusammen mit Mike, und du weißt, es wird klappen. Du ziehst alle Möglichkeiten in Betracht, und du weißt, daß du die Moneten kriegst – aber dann?

Wenn du schlau bist, kannst du ein großes Ding drehen, ohne erwischt zu werden – die Probleme kommen erst danach, nämlich wenn du versuchst, die Beute loszuschlagen. Sie verfolgen die Spur der Scheine und holen dich ein.

Am Ende schließt du einen Handel. Du nimmst in Kuba Kontakt auf zu einem Mann namens Gonzales. Er wird die Scheine in Pesos umtauschen, will dafür ein Drittel. In der Zwischenzeit mußt du untertauchen. Nicht in Kuba, weil was schiefgehen könnte, und nicht in einer der großen Städte. Du denkst also drüber nach und entschließt dich dann, dich irgendwo weit ab vom Schuß zu verkriechen – irgendwo, wohin niemand geht, der Kohle oder Grips hat. In die gottverlassenste Gegend von Brasilien, in den Dschungel. Dort willst du warten, bis Gonzales die Moneten schickt.

Du drehst also das Ding, und alles klappt prima, auch wenn du einem Wachmann im Transporter eine verpassen mußt. Du hast die gefälschten Pässe parat. Du schnappst dir einen Frachtkahn. Du landest in Pôrto de Moz.

Dann hast du Schwein. Du triffst am Strand einen primitiven Indianer namens Luiz, und der findet was an dir, will dein Diener werden, weil du ihm ein Paar Schuhe kaufst, das erste seines Lebens. Du behandelst ihn wie einen Spanier, nicht wie einen Indianer, und das macht ihn zu deinem Sklaven auf Lebenszeit. Er erzählt dir, daß er dich mit stromauf und in sein Dorf nehmen will. Er fährt dich in seinem Einbaum hin, ist mächtig stolz, mit drei *Norteamericanos* nach Hause zu kommen. Jetzt ist er ein großer Macker. Er bringt dich in Hütten unter, und alles, was dir zu tun bleibt, ist, auf den Boten mit der Post zu warten, in der deine Knete ist.

Dieser Teil macht Sinn.

Warum aber hast du Marie mitgenommen?

Weil sie mitkommen wollte und weil du sie wolltest. Vor allem deshalb hast du ja das Ding gedreht – für Marie. Du wolltest und mußtest sie haben, weil sie die schönste Frau der Welt war. Nicht eines von diesen billigen Flittchen, sondern eine Topsängerin vom Fernsehen, echte Klasse. Die gab sich nicht mit Nieten ab – man brauchte schon richtiges Geld, damit sie einen zum Rumspielen in ihr Bettchen ließ.

Du hast ihr von dem Job erzählt und ihr alles versprochen, was sie nur haben wollte – da unten in Südamerika könnte sie mit dem Zaster wie 'ne Königin leben. Und du hast sie mitgenommen, weil du Angst hattest, zu warten und sie erst später nachkommen zu lassen. Du hast sie hierhergebracht.

Hierher, wo es die ganze Zeit regnet und die Moskitos dich umbringen. Hierher, wo die Hütten auf Stelzen stehen, die in vollen Ölfässern stecken, um die Ameisen draußen zu halten. Aber die Ameisen kommen trotzdem rein, und sie beißen. Und auch die Fische im Fluß beißen, so daß man nicht mal baden kann. Du schwitzt in der Hitze und zitterst vor Fieber, du frißt Ziegenfleisch und trinkst Brandy – und du wartest. Luiz versucht, ein guter Diener zu sein, aber er ist halt nur ein primitiver Indianer, auch wenn er Englisch spricht. Er läuft in den Urwald wie alle anderen auch – und vielleicht trinkt er Blut und schießt mit Giftpfeilen.

Aber das war verrückt.

Alles war verrückt – kein Wunder, daß Marie ausgeflippt ist. Die Warterei auf den Boten mit der Knete, Woche um Woche. Und der Regen tropft aufs Dach, tropft auf deinen Schädel, Stunde für Stunde, Tag für Tag, Nacht für Nacht.

Wo blieb bloß der verdammte Bote? Wo war Luiz? Wo war Marie?

Das Fieber ging schließlich zurück, und da erinnerte

sich Jeff wieder daran, wo Marie war. Sie war in Belém, zusammen mit Mike und Luiz. Er hoffte, daß sie einen guten Psychiater für Marie gefunden hatten, damit sie wieder in Ordnung kam. Wenn sie erst mal hier raus war, raus aus dem Urwald, würde sie wieder zu sich kommen. Der Dschungel war halt nichts für eine Frau. Komisch, daß er gar nicht sauer auf sie war, weil sie mit der Machete auf ihn losgegangen war. Aber ein Mensch kann ja nichts dafür, wenn er ausflippt.

Jeff wußte jedoch auch, daß er, wenn er die Knete nicht bald bekam, ebenfalls durchdrehen würde. Jetzt, wo sein Knöchel wieder in Ordnung war, brachte er seine ganze Zeit damit zu, in der Tür der Hütte zu sitzen und auf den Fluß hinauszustarren. Die Warterei war fürchterlich. Es gab nichts zu tun, niemanden, mit dem man reden konnte, und von dem Brandy war nur noch eine Flasche da.

Schließlich kam der Abend, an dem ihm klar wurde, daß er anfing durchzudrehen. Er beschloß, sich über den Brandy herzumachen. Er hatte schon eine Woche lang nicht mehr richtig geschlafen, und vielleicht half da ja der Brandy. Wenn nicht, dann würde er sich morgen allein zur Küste aufmachen. Hier hielt er es nicht mehr aus.

Der Brandy war wie Feuer, wie das Mondlicht. Er war wie die Trommeln, die dort draußen auf der Lichtung dröhnten. Jeff war betrunken, war so schwer betrunken, daß er einmal mehr vergaß, daß Marie und Mike und Luiz fort waren. Er konnte seine Schuhe nicht finden und fing an, auf dem Boden der Hütte umherzukriechen, um sie zu suchen. Luiz mußte sie weggeräumt haben. »Luiz!« rief er. »Luiz!«

Und ganz plötzlich war Luiz da.

Luiz war da und alles in Ordnung. Jeff stand auf,

schwankte und starrte auf den kleinen braunen Mann mit den trüben Augen. Der gute alte Luiz – der vollendete Diener! Er würde sich jetzt um alles kümmern, er war wieder da ...

Er war wieder da.

Jeff wurde wieder nüchtern, erinnerte sich.

»Was ist passiert?« murmelte er.

Luiz zuckte die Achseln.

»Eine böse Sache, Señor.«

»Marie, ist Marie was passiert?« Jeff griff nach der Tischkante.

»Sie ist in Ordnung«, sagte Luiz.

Jeff war erleichtert. »Das ist gut. Ich schätze, alles andere kann ich ertragen. Was ist passiert ... Hat uns Gonzales mit dem Geld reingelegt?«

»Nein, das Geld gekommen ist, Señor.«

»Hast du es?«

»Nein, Señor. Mike, er hatte es in dem Einbaum. Sie denken, ich schlafe, aber ich sehe, wie er es zählt, als wir den Fluß fahren lang. Er sagt deiner Frau, der Bote gebracht hat das Geld, bevor sie sind fort von hier. Jetzt will er weglaufen mit ihr, nachdem er mich tötet.«

»Diese dreckige, stinkende Ratte ...«

»Bitte, Señor, Sie sich nicht beunruhigen. Dieser Señor Mike kriecht dann auf mich zu mit Messer, zu töten. Aber ich wach bin und warte auf ihn mit meiner eigenen Machete. Wir kämpfen. Das Geld fällt in Fluß ... das ist traurige Sache, nein? Aber Ihre Ehre gerettet ist, denn Señor Mike sehr tot.«

Jeff begann zu schwitzen. »Ich verstehe. Die Knete ist futsch, der Ganove von Partner ist dahin, und Marie ...«

»Sie okay. Ich tue genau, was Sie sagen.«

»Hast du sie allein nach Belém gebracht?«

Luiz zuckte die Achseln. »Bitte, Señor. Ich bin einfacher Mann. Ich habe nicht Bildung, um zu gehen allein nach Belém. Aber ich binde deine Frau und bringe sie rauf den Fluß zu meinen Freunden. Ich finde da einen, wie sagen Sie, Psüchater, einen, der macht ...«

»Im Urwald? Aber ...«

»Sehen Sie.« Luiz löste ein Bündel von seiner Taille, wickelte es auf, und dann rollte etwas auf den Tisch. »Besser, als was Sie kriegen in Belém. Ist gute Arbeit, nein?«

Jeff starrte auf den Gegenstand, der auf dem Tisch lag. Eine gute Arbeit, keine Frage. Maries Kopf war nicht mehr größer als eine Apfelsine.

Der große Kick

Manche Leute tragen ihre Vermögenswerte auf einem Sparbuch zusammen, Judy aber benutzte stets einen Spiegel dazu.

Schon viele Männer hatten ihr gesagt, daß sie einen schönen Körper habe, ihr war jedoch die Aussage des Spiegels lieber. Der Spiegel konnte ihr nämlich die gleiche Mitteilung machen, ohne dabei zu japsen, zu fummeln oder zu sabbern.

Das Problem war nur, daß so ein Spiegel kein Geld hatte. Er konnte ihr nie zu vielen hübschen Kleidern, einem großen Auto oder einem schicken Apartment verhelfen. Manchmal ertappte sich Judy dabei, daß sie sich die Frage stellte, ob sie all diese Dinge eigentlich wirklich haben wollte, aber schließlich – was hatte das Leben denn sonst schon zu bieten?

Dann lernte sie Mitch kennen und erhielt eine Antwort auf diese Frage.

Mitch hatte einen stoppeligen schwarzen Bürstenschnitt, buschige Augenbrauen und ein kleines Bärtchen auf seinem vorspringenden Kinn. Geld für Kleider, Autos und große Apartments hatte er nicht, aber er machte auch nicht die üblichen verschwitzten, schnaufenden Vorstöße. Er nahm sie ganz einfach mit beiläufiger Brutalität und brachte ihr nahe, was es mit Kicks auf sich hatte.

Vielleicht war es die beiläufige Brutalität, die es bewirkte – jedenfalls fand Judy plötzlich einen Grund zu leben. Und sie lebte mit ihm zusammen. Mit diesem Mitch, der ein labberiges T-Shirt und schmutzige Jeans trug, dessen Auto ein kaputter 51er Chevrolet war und bei dessen Apartment es sich um ein mieses Zimmer im Hinterhof eines Mietshauses handelte, das er als seine »Bude« bezeichnete.

Dort kam Judy zu ihren Kicks.

Mitch machte sie mit dem Wesen der Beatniks vertraut, einschließlich ihres Vokabulars. Am Anfang dachte sie, das sei alles recht albern (sie konnte sich Mitch einfach nicht als »total coolen Typ« vorstellen), aber allmählich leuchtete ihr einiges davon doch ein. Zum Beispiel die Art, wie ihr Mitch – im richtigen, intimen Augenblick – zuflüsterte: »Baby, auf dich fahr ich ab wie auf keine!«

Bei Mitch ging immer die Post ab. Schon bald gehörte sie dazu, lernte die ausgeflippten Typen und irren Studenten kennen, mit denen Mitch in der Uni verkehrte. Sie fielen in der Bude von irgendwem ein, kifften ein bißchen – und wau, Mann!

Der Jazz riß Mitch und seine Kumpel nicht vom Hocker, dafür standen sie auf Bongotrommeln. »Ein ehrlicher Sound«, erklärte er ihr. »Ist einfach wie ’n Zug, irgendwie irgendwohin. Du brauchst nur den Beat drauf zu haben. Das ist alles ... einfach trommeln. Nimm mal zum Beispiel den Zen-Buddhismus ...«

Aber da konnte sie ihm nicht folgen, das Intellektuelle, nein, das packte sie nicht. War einfach nicht zu schaffen. Spaß zu haben war genug, warum eine Staatsaffäre draus machen? Trotzdem konnten Mitch und ein paar von den Typen hin und wieder gar nicht genug kriegen von Sinn und Bedeutung und diesem ganzen Krampf.

Eines Abends versuchte er es ihr zu erklären. Sie saßen bei einer irren Party irgendwo in einer Ecke, während um sie rum high life war. »Ist das Allergrößte«, sagte Mitch.

»Ich mein, wir hier, wir sitzen in 'ner lausigen Bude eingesperrt, ein Haufen von Miezen und Mackern, und niemand hat Moos, verstehst du? Aber trotzdem ist alles ganz da, swingt alles.«

»Aber machst du dir denn nie Gedanken über die Zukunft?« fragte Judy.

»Das ist die Zukunft, capito?« erwiderte Mitch. »Die ganze Geschichte ist ein Kreis, und wir sind in seiner Mitte und hol'n uns unsre Kicks. Nimm doch mal diese Spießer, was haben die denn? Die Platte Studium-und-harte-Arbeit, die Such-dir-'nen-ordentlichen-Job-Geschichte, echt öde. Und dann kommt das Heiraten-und-Häuschenbauen und das Kauf-zu-günstigsten-Bedingungen und das Sorge-dich-um-Weib-und-Kind. Und mit fünfzig landest du dann auf dem Schragen, Infarkt und Schluß, bums, aus.«

»Alles gut, alles schön«, sagte Judy. »Du wirst mich nicht heiraten, und ich bin ja auch nicht grad scharf auf diese Frau-und-Mutter-Show. Aber ein Mädchen muß über diese Dinge nachdenken, verstehst du? Und ich hab kein Geld, und du hast keinen Job ...«

»Dann schaff halt was ran.« Mitch zuckte die Achseln. »Wenn du ein bißchen Knete haben willst, dann find dir einen, der welche hat.«

»Du meinst, so 'n fetten Typ mit Frau und sechs Kindern? Mit ihm heimlich in Motels rein und wieder raus für 'n paar Piepen?« Judy war aufgebracht. »Also hör mal, Pappilein, nicht mit mir! Mir sind solche Blödmänner jahrelang auf die Pelle gerückt. Alles, was ich mir da einhandeln würde, ist nur 'ne elende Portion Scherereien.«

»Klaro«, stimmte Mitch zu. »Aber warum sich abrackern? Du mußt doch nicht mal hinschauen. Einfach entspannen und Spaß haben. Laß es auf dich zukommen. Wie den Kenny da.«

Er wies mit dem Daumen in die Richtung eines großen, hageren Mannes, der im Rahmen der Tür zum Flur lehnte und durch seine Hornbrille in das verrauchte Zimmer hereinblinzelte.

»Ein richtiges Kriechtier, der da«, sagte Mitch. »War mal Assistenzprofessor an der Uni, aber er muß sich nicht kaputtmachen. Ist stinkreich. Phil sagt, er hat heute abend drei Fäßchen spendiert, bloß um reinzukommen. Möchte halt gern dazugehören, verstehst du? Und er wirft ein Auge auf dich.«

Judy blickte zu dem Mann hinüber, zog dann eine Grimasse. »Gefällt mir nicht, die Sache«, sagte sie.

»Okay, gefällt dir nicht. Aber du könntest da an was rankommen. Er ist das, was man den Gesellschaftstyp nennt. Ein Haufen von denen zieht rum, wollen alle rein. Tunten, Eierköppe, Introvertierte, solche Leutchen. Haben zuviel Schiß vor 'ner netten Vögelei, sind aber alle wahnsinnig scharf drauf. Du brauchtest bloß ein bißchen nett zu ihm zu sein. Zieh 'ne Schau ab.«

Judy sah wieder zu Kenny hinüber. Er zwinkerte ihr schüchtern zu.

»Also ich weiß nicht«, murmelte sie.

»Was hast du schon zu verlieren?« fragte Mitch. »Du kriegst das doch hin. Ich meine, so 'ne hübsche Biene wie du.«

Das gab den Ausschlag – daß er sie da eben hübsch genannt hatte. Judy stand auf und ging zu Kenny hinüber, stolz wie eine Königin.

Und Kenny behandelte sie wie eine Königin.

Er war ganz fraglos ein Spießer, entschied sie, aber

irgendwie auch nett. Er holte ihr Drinks und gab ihr Feuer und fragte sie, ob sie sich wohl fühle und ob sie was zu essen haben wolle. Und er versuchte nicht, sie anzufassen oder vorzuschlagen, daß sie beide sich still verdrücken sollten. Er redete nur.

»Er ruft mich morgen an«, berichtete Judy später Mitch. »Wegen einer Verabredung. Du bist doch nicht sauer, wenn ich mit ihm ausgehe?«

»Na, das haben wir doch so angeleiert, oder? Also amüsier dich auch ein bißchen!« Mitch grinste. »Du willst wohl die Eifersuchtsnummer?« Er zog sie zu sich aufs Bett. »Nicht mit mir. Dieser Kenny wird nicht mal 'n Annäherungsversuch machen. Der ist einfach krank.«

»Er hat sehr intelligent geredet . . .«

»Krank, krank, krank«, wiederholte Mitch. »Ich erklär's dir mal. Zum Beispiel diese Spießer, die sind krank, aber organisiert, irgendwie. Dieser ganze Zauber mit dem Job und der Familie und dem richtigen Gesangbuch . . . das ist 'ne eingefleischte Gewohnheit, von der sie nicht mehr loskommen, verstehst du? Aber sie mögen das!

Solche Lahmärsche wie der Kenny sind noch viel schlimmer. Die hassen ihren Trott, kommen aber nicht raus. Das sind die, die dauernd über die Beatgeneration daherfaseln, dauernd auf Analyse machen, dauernd in der Szene rumhängen, aber zuviel Schiß haben, um mitzuspielen.«

Er zog sie enger an sich. »Also mach zu und nimm ihn! Ist echt kein Problem. Der ist zwar sicher scharf auf dich, aber viel zu krank, um irgendwas zu tun. Zu krank für die großen Kicks. Für so einen wie den hier. Das ist alles, was zählt, Baby. Dies. Der große Kick. Ist das Allergrößte.«

»Ja«, wiederholte Judy, »das Allergrößte.«

Judy ging also mit Kenny aus, ins Kino, in nette Restaurants, einmal auch ins Konzert. Aber er ging nie mit ihr zu Partys von Leuten, die nicht zur Gruppe gehörten – er schien keine eigenen Freunde zu haben.

»Er ist halt einsam«, erklärte sie Mitch.

Mitch zuckte die Achseln. »Dann braucht er Gesellschaft, da laß ihn mal anfangen, was dafür zu berappen. Auf denn, das Spielchen geht folgendermaßen ...«

Er erklärte es ihr, und sie gehorchte.

Sie erzählte Kenny, daß sie nur ein paar Sachen auslösen können müßte, um einen Job zu kriegen. Kenny gab ihr das Geld.

Sie erwähnte, daß die Rostlaube von Mitch zusammengebrochen sei, und daß die Werkstatt Geld sehen wolle, bevor sie die Karre fertig repariere. Kenny gab ihr auch dafür das Geld.

Sie kam mit der traurigen Geschichte von der fälligen Miete, und Kenny öffnete erneut die Brieftasche. Aber diesmal öffnete er dabei auch den Mund.

»Sag Mitch, daß jetzt Schluß ist.«

Sie hatten gerade in dem wirklich schicken Schuppen das Essen bestellt, und Judy wollte keine Szene machen.

Aber der große Mann schien nicht wütend zu sein – seine dunklen Augen lächelten ihr durch die dicken Gläser seiner Brille zu. »Aber mal ehrlich«, sagte er. »Hast du wirklich geglaubt, ich wüßte nicht, daß Mitch das alles arrangiert hat? Das war von Anfang an alles seine Idee, nicht wahr? So, wie es auch Phils Idee ist, daß ich für die Getränke zahlen muß, um an einer Party teilnehmen zu dürfen, und Jeans Idee, mich zusammen mit ihren Freunden einzuladen, wenn sie zum Essen ausgehen, weil ich immer die Rechnung übernehme.«

Judy seufzte. »Aber wenn du das alles weißt, warum machst du es dann mit?«

»Nenn es Eintrittsgeld. Vielleicht macht es mir Spaß, mir die Show anzusehen.«

»He!« Der Einfall kam ihr ganz plötzlich. »Schreibst du ein Buch über uns, oder irgend so was?«

Kenny gluckste und schüttelte den Kopf. »Wieso sollte ich? Da gibt's nichts, was wert wäre, darüber zu schreiben. Ist doch immer die gleiche Geschichte. Vor dreißig Jahren nannten sich Leute wie dein Freund Mitch die Verlorene Generation, und Hemingway und Scott Fitzgerald waren ihre Propheten. Vor zwanzig Jahren gaben sie vor, Kommunisten zu sein, vor zehn Jahren Existentialisten.

Aber nichts verändert sich wirklich. Mitch und seinesgleichen werden immer alles auf irgendeinen Begriff bringen. Aber ihre ganze Beat-Philosophie, was ist denn die schon anderes als die Sprache von Akrobaten – voller ›Action‹ und ›Flips‹ und ›Trips‹ und ›Kicks‹? Die Schlagworte einer unreifen Ingroup, die gewohnt ist, ihr mangelndes Verantwortungsgefühl anderen und sich selbst gegenüber zu dramatisieren.«

Judy schüttelte den Kopf. »Das sind aber keine Schnorrer! Mitch ist Musiker, Phil ist Künstler, Jean schreibt Gedichte . . .«

»Das alles waren oder taten sie auch schon immer«, erklärte Kenny. »Im Village, im Vieux Carré, im North End. Aber die echten Begabungen blieben nie lange in diesen Vierteln. Die zogen aus. Wenn sie sich nicht der sozialen Disziplin unterwarfen, dann entwickelten sie Selbstdisziplin. Leute wie Mitch entwickeln außer Selbstmitleid nie irgendwas. Dieses ganze Künstlergetue dient lediglich dazu, die Nassauerei als Daseinsweise zu rechtfertigen.«

»Aber sie leben wenigstens«, sagte Judy. »Sie haben ihre Kicks. Nicht wie manche Leute, die nur rumsitzen und reden, bloß weil sie zu krank und ängstlich sind, um sich zu nehmen, was sie gern haben möchten.«

Kenny seufzte. »Wenn man Farbkleckse auf die Leinwand haut oder falsch auf einem Instrument spielt, ist man noch lange kein Rebell. Und es braucht keinen Helden dazu, sich mit dem Schnaps eines anderen zu besaufen und dann auf seinen Teppich zu kotzen. Kicks! Was weiß ein Kind wie Mitch über die wirklichen Möglichkeiten des Empfindens?«

Er umfaßte Judys Handgelenk – sein Griff war erstaunlich stark. »Der Unterschied zwischen Mitch und mir ist der, daß ich weiß, was ich will, und reif genug bin zu warten, bis ich's kriege.«

Judy zog schnell ihre Hand weg. »Da wirst du lange warten«, sagte sie. Dann stand sie auf. »Ich glaube, ich möchte jetzt gehen.«

Nachdem er sie nach Hause gebracht hatte und ohne ein Wort gegangen war, überkamen Judy Zweifel.

»Ich hab Mist gebaut«, sagte sie zu Mitch. »Ich hab alles versaut.«

Mitch schüttelte den Kopf. »Laß ihn nur, der kommt wieder.«

»Glaubst du, er ist bloß eifersüchtig?«

»Klaroklarissimo!« Mitch zog sein Sweatshirt hoch und kratzte sich. »Das ist ein total kranker Hund. Ein Masochist, irgendwie.«

Mitch mußte ihr erklären, was ein Masochist ist.

Judy nickte. »Ich glaube, das ist es vielleicht«, stimmte sie zu. »Aber wo hast du nur diesen ganzen Quark her, Lover?«

»Ich versteh halt was von Psychologie. Und ich durchschaue Kenny. Dieses ganze Zeug, das er dir da vorgesetzt hat, ich meine, was für ein einfaches Gemüt ich bin, das haut mich nicht um. Schäl die Banane, und was bleibt? Immer die gleiche Leier von wegen Moral, richtig und falsch, gut und böse.« Er legte Judy den Arm um die Taille. Seine Hand bewegte sich. »Also, ist das richtig? Ist das falsch?«

Judy erschauerte. »Ich weiß nicht. Ist mir auch egal. Wir sind hier, du und ich, das zählt.«

»Genau, du und ich. Der echte Kick.« Er ließ sie los. »Ich hab aber nicht vergessen, worüber wir gesprochen haben. Wir brauchen ein bißchen Knete. Wenn wir zum Beispiel in der nächsten Woche an die Küste ...«

»An die Küste?«

»Frisco. Bill Wallace, Kumpel von mir da in Richmond, will mir 'n Job in 'ner Combo verschaffen. Das wird sicher große Klasse. Müssen bloß Kenny dazu bringen, daß er die Transportkosten übernimmt.«

»Aber ich kann nicht wegen Geld zu ihm gehen, um damit ...«

Mitch legte wieder den Arm um sie. »Du gehst nicht zu ihm, sondern er kommt zu dir. Wollen wir wetten?« Er grinste sie an. »Und du bittest ihn auch gar nicht um Kies. Du erzählst ihm einfach die wahre Geschichte, nämlich daß wir, du und ich, zusammen wegfahren.«

»Er wird sauer sein.«

»Er ist ein Masochist, denk dran! Ich kenn den Typ. Je mehr du draufhaust,desto schöner findet er's. Er wird mit 'nem Abschiedsgeschenk antanzen, der gute, kranke Kenny.«

»Das wäre aber nicht recht, Darling. Ich meine, wenn er wirklich krank ist, wie du sagst, also, ihn dann so ...«

Mitch legte beide Arme um sie. »Richtig, falsch, dieser ganze Krampf, das ist alles Käse. Wie der Mann sagt, jenseits von Gut und Böse. Nichts ist wichtig, nur das. Der große Kick.«

»Der große Kick!« sagte Judy. »Klaroklarissimo.«

Und es war klaroklarissimo, als Kenny zwei Tage später auftauchte, wie Mitch es vorhergesagt hatte. Das gab ihr den Mut zu tun, was Mitch verlangt hatte, und Kenny die Geschichte zu erzählen. Kenny reagierte genauso, als hätte Mitch die Szene für ihn geschrieben – er war ein echter Masochist, kein Zweifel.

Natürlich dachte Judy, da könnte irgendwas nicht stimmen – als er sich nämlich verabschiedete, ohne ein Geschenk zu erwähnen. Als sie wieder bei Mitch war, äußerte sie sich besorgt.

»Er hat nichts rausgerückt«, berichtete sie ihm. »Ich hab ihm gesagt, wir führen morgen nachmittag, aber da hat er nur gelächelt und mir viel Glück gewünscht. Er hat mich nicht mal geküßt . . .«

»Wart ab«, sagte Mitch. »Wart mal ab!«

Das Päckchen kam am nächsten Morgen mit der Post. Judy war so aufgeregt, daß sie es Mitch öffnen ließ. Seine Hände waren ruhig, bis er die Schachtel ausgewickelt und den Deckel abgenommen hatte. Da fing er zu zittern an.

»Meine Fresse!« sagte er. »Das kapier mal einer!«

Es war ein Diamantarmband – und ein großes dazu.

»Sieh dir das an, Mitch! Das kann doch nicht echt sein . . .«

»Aber klar ist das echt. Hier, da hängt ja noch das Firmenschildchen dran. Ist von Orfitt's. Die verhökern keine billigen Klunker, nicht in dem Laden! Mann, ich wette, das ist fünf Riesen wert, vielleicht sogar zehn!«

Judy wollte gerade das Armband um ihr linkes Handgelenk legen, aber Mitch nahm es ihr weg. »Spinnst du?« sagte er. »Wir haben keine Zeit. Schluß mit dem Schmus.«

»Aber . . .«

»Hör zu, so geht's weiter. Ich düse jetzt direkt zu Orfitt's. Nein, zurücknehmen werden sie's nicht, sind ja nicht blöd, aber sie werden ausspucken, was es gekostet hat. Dann ziehen wir in die Stadt und verkloppen es. Und da möchte ich schon eine Vorstellung davon haben, was wir dafür so kriegen können, capito?«

»Ach, Liebling, es ist so schön . . .«

Mitch packte sie am Pferdeschwanz. »Wir können auf der Fahrt darüber quatschen. Wir brechen heute nachmittag zur Küste auf, falls du's vergessen hast. Und mit dem da bezahlen wir den Trip.«

Judy sagte nichts.

»Okay«, murmelte Mitch. »Dann behältst du das Armband eben. Und steigst aus und triffst dich mit Kenny, wenn ich losgezogen bin, grad so, wie er's erwartet. Irgendwie schnuckelig, du und dieser Kranknik und die Klunker, so richtig Du-und-ich-im-Mondschein. Aber ich, ich bin weg an die Küste und hol mir meine Kicks.«

Judy packte seinen Arm. »Nein, Mitch. Ich will das Armband nicht. Nimm mich mit. Wir verscheuern es, wie du gesagt hast.«

Und so fuhren sie in der Schrottlaube zu Orfitt's. Aber vorher hatte sich Mitch noch in Schale geworfen – er besaß einen richtigen blauen Anzug, und er zog auch Hemd mit Schlips an. »Man platzt nicht in so einen piekfeinen Laden wie Orfitt's rein und sieht aus, als hätt man's gehabt«, erklärte er.»Und noch was . . . ich möchte, daß du draußen bleibst, damit Kenny nicht zu Ohren kommt, daß du dich nach den Klunkern erkundigt hast. Vielleicht kauft er ja eine Menge Zeugs da drin. Laß mich das mal schaukeln. Ich werd so richtig auf Spießer machen.«

Sie parkten direkt vor dem Geschäft, und Judy blieb im Wagen sitzen, während Mitch hineinmarschierte. Sie konnte ihn durch das Fenster sehen, sah, wie er auf cool machte, als der Verkäufer zu ihm trat. Sie konnte ihn zu dem Angestellten sprechen sehen, wobei er das Armband aus der Tasche zog. Sie beobachtete, wie es der Verkäufer sehr eingehend betrachtete.

Und dann sah sie, wie der Verkäufer den Manager herbeiwinkte, wie dann beide auf Mitch einredeten – und er schüttelte den Kopf und versuchte, sie zum Schweigen zu bringen. Endlich schlug er mit der Faust auf den Ladentisch und wollte weggehen, aber der Manager packte ihn, und ganz plötzlich kam noch ein dritter Typ in so einer Art Wachmannuniform dazu und hängte sich an den Arm von Mitch. Der Verkäufer drückte auf einen Knopf, irgend so was wie eine Alarmanlage, und die anderen beiden hielten Mitch fest, und dann konnte Judy weit hinten auf der Straße die Sirenen hören.

Da ließ sie den Motor an und machte, daß sie wegkam.

Das Auto war schon für den Trip zur Küste bepackt, aber sie konnte die Stadt nicht verlassen. Sie hatte kein Geld, und außerdem war Mitch in Schwierigkeiten. Judy fuhr zu seiner Bude zurück, und bis sie dort ankam, war ihr klargeworden, was sich abgespielt hatte.

Es wurde schon dunkel, aber sie hatte keine Probleme, den großen Mann zu erkennen, der in der Dämmerung am Treppenvorbau lehnte. Und weil sie jetzt alles durchschaut hatte, machte sie keine Szene. Statt dessen nickte sie ihm zu, als sie aus dem Auto stieg, und gestattete ihm, ihr nach oben zu folgen.

Sie bückte sich und schloß die Tür auf, bat ihn dann herein.

»Du scheinst nicht sehr überrascht zu sein, mich hier zu sehen«, sagte Kenny.

Judy zuckte die Achseln.

»Was wohl bedeutet, daß du inzwischen kapiert hast, was geschehen ist«, sagte er. »In diesem Fall dürfte dich auch dies nicht überraschen.« Er ging zur Tür und schloß sie ab. Der Schlüssel blitzte im Dämmerlicht auf und verschwand dann in seiner Tasche.

»Du hältst dich wohl für ganz schön schlau, was?« sagte Judy. »Hast dieses Armband geklaut, weil du wußtest, daß Mitch zu Orfitt's gehen würde, um rauszukriegen, was es wert ist ... und daß sie es wiedererkennen würden.«

»Ganz schön schlau, ja«, sagte Kenny. »Zumindest ist Mitch drauf reingefallen. Ich denke, er kriegt wenigstens zwei Jahre, in denen er über seine Dummheit nachdenken kann. Oder über seine Begehrlichkeit.« Kenny lächelt ihr durch den dämmrigen Raum zu. »Begehrlichkeit ... angesichts der Umstände ist das sehr gut!«

»Ich kann zur Polizei gehen, ich kann alles erklären«, sagte Judy.

Kenny nickte. »Ja. Aber ich bezweifle, daß sie dir glauben werden. Schließlich ist das ganze Auto voll mit deinem Gepäck. Du warst startklar. Und du hast hier in der Stadt keine Freunde, keine richtigen Freunde, die sich positiv zu deiner Person äußern könnten. Das, weißt du, ist das Problem mit euch Beatniks ... ihr habt keine Wurzeln. Ihr könnt über Nacht irgendwo verschwinden, und niemand wird es je erfahren, niemanden schert's ...«

»Spar dir deine Predigt«, murmelte Judy. »Du brauchst mir gar nicht so zuzusetzen. Ich weiß jetzt, was hier gespielt wird. Wenn ich nett zu dir bin, dann hilfst du Mitch aus der Patsche.« Sie begann, an den Knöpfen ihrer Bluse herumzufummeln. »Also bin ich halt nett.«

Kenny ging zu ihr hin und legte ihr eine Hand auf die Schulter, um sie aufzuhalten.

»Versteh mich nicht falsch«, sagte er sanft. »Ich hab nicht all die Mühen auf mich genommen und dieses Treffen arrangiert, nur um dich zu zwingen, nett zu mir zu sein, wie du das nennst. Es tut mir leid, dich enttäuschen zu müssen, aber ich bin nicht an so was interessiert. Ebensowenig wie an dem Schicksal eines so stupiden Tiers wie Mitch. Soll er doch im Knast verrotten – du kannst jetzt nicht das geringste tun, um ihn da wieder rauszukriegen.«

»Tier?« Judys Stimme zitterte. »Du bist wirklich ein ganz mieser Masochist!«

Kenny schien verwirrt zu sein. »Was in aller Welt meinst du denn damit, mein liebes Kind?«

»Du weißt schon, was ich meine. Mitch hat mir gesagt, was du bist. Wie jetzt, du willst mich ja nicht mal berühren. So was willst du nämlich gar nicht, was? Das verhilft dir nicht zu deinen Kicks ...«

»Aber ich berühre dich doch!« Kenny streichelte mit seiner Linken leicht ihre Schulter. »Es stimmt, daß ich nicht auf diese Weise zu meinen Kicks komme, wie Mitch sagen würde. Aber er irrt sich, wenn er denkt, daß ich ein Masochist bin. Denn eigentlich, weißt du, bin ich ein Sadist.«

Judy öffnete den Mund, um zu fragen, was ein Sadist sei, aber Kenny legte ihr seine Hand darauf. Und dann bog er sie nach rückwärts über das Sofa, bog sie in der Dunkelheit nach hinten.

Sie konnte nicht schreien, und sie konnte sich nicht bewegen. Er hielt sie fest, und Judy konnte nur reglos hinstarren, als er das Messer herauszog und ihr den ganz großen Kick zeigte.

Der Dickschädel

Am Morgen nach seinem Tod kam Opa zum Frühstück runter.

Das überraschte uns irgendwie.

Ma sah Pa an, Pa sah meine kleine Schwester Susie an, und Susie sah mich an. Dann saßen wir alle bloß da und sahen Opa an.

»Was issen los?« sagte der. »Warum glotzt ihr mich denn alle so an?«

Niemand sagte was, aber ich kannte den Grund. War erst gestern abend gewesen, daß wir alle neben seinem Bett gestanden hatten, als er seinen Anfall kriegte und direkt vor unseren Augen starb. Aber da war er nun, auf den Beinen und richtig angezogen und munter wie immer.

»Was gibt's denn zum Frühstück?« fragte er.

Ma schluckte irgendwie. »Erzähl mir bloß nicht, daß du was zu essen haben willst.«

»Klar will ich. Bin schon fast am Verhungern.«

Ma sah Pa an, aber der rollte bloß die Augen. Dann ging sie und holte die Pfanne vom Herd und kippte ein paar Eier auf einen Teller.

»Schon besser«, sagte Opa zu ihr. »Aber riech ich nich auch Würstchen?«

Ma gab Opa auch von den Würstchen. Wie er da reinhaute, wußten alle, daß sein Appetit okay war.

Nachdem er mit der zweiten Portion angefangen hatte, beachtete Opa auch uns wieder, wie wir ihn da so anglotzten.

»Wieso ißt denn sonst keiner was?« fragte er.

»Wir ham kein Hunger«, sagte Pa. Und das war die allerreinste Wahrheit.

»Der Mensch muß essen, um bei Kräften zu bleim«, sagte Opa zu ihm. »Was mich drauf bringt . . . bist du nich 'n bißchen spät dran mit der Mühle?«

»Ich denk, ich geh heut nicht schaffen«, sagte Pa.

Opa schielte mißtrauisch zu ihm hin. »Ihr seid ja heut morgen alle so fein rausgeputzt. Rasiert und mit Hemd, grad wie am Sonntag. Erwartet ihr Besuch?«

Ma sah aus dem Küchenfenster und nickte dann zu Opa hin. »Ja, tun wir. Da kommt er.«

Und da konnten wir auch schon sehen, wie der olle Bixbee den Weg zum Haus raufgewetzt kam.

Ma ging durchs Wohnzimmer zur Haustür – wollte ihn wohl abwimmeln, schätz ich – aber er trickste sie aus und kam zur Hintertür. Die erreichte Pa zu spät, weil Bixbee schon da war und gleichzeitig mit der Tür den Mund aufmachte.

»Morgen, Jethro«, sagte er mit seiner honigsüßen Stimme. »Und ein trauriger, schmerzlicher Morgen ist es obendrein! Es ist mir reineweg zuwider, daß ich Sie alle an diesem kummervollen Morgen schon so früh störe, aber es sieht ganz so aus, als würde das heute wieder so 'n richtig heißer Tag.« Er zog ein Bandmaß raus. »Das beste wär's wohl, wenn ich die Maße hätte, um mit den Vorbereitungen weiterzukommen. Bei so 'ner Hitze, je eher wir da alles unter Dach und Fach kriegen, desto besser, wenn ich mal so sagen darf . . .«

»Tut mir leid«, sagte Pa und stellte sich so in die Tür, daß der alte Bixbee nicht reinsehen konnte, »Sie müssen später noch mal wiederkomm.«

»Wieviel später?«

»Kann ich noch nich genau sagen. Wir ham uns noch nich so richtig entschlossen.«

»Na schön, aber trödeln Sie nicht zu lange rum«, sagte Bixbee. »Könnte sonst sein, daß mir das Eis knapp wird.«

Dann machte Pa die Tür hinter ihm zu, und der alte Bixbee machte sich wieder davon. Als Ma aus dem Wohnzimmer zurückkam, gab ihr Pa ein Zeichen, daß sie den Mund halten sollte, aber natürlich stoppte das den Opa nicht.

»Worum geht's hier eigentlich?« fragte er.

»War 'n reiner Höflichkeitsbesuch.«

»Seit wann das denn?« Opa sah argwöhnisch drein. »Der olle Bixbee hat doch kein zum Freund ... der mit seinem vornehmen Getue! Nennt sich Südstaatenpflanzer. So 'n Quatsch, is doch 'n einfacher Leichenbestatter.«

»Stimmt, Opapa«, sagte Schwesterchen Susie. »Der is ja auch hergekomm, um dir Maß zu nehm für 'nen Sarg.«

»Sarg?« Opa schoß von seinem Stuhl hoch wie ein Schwein, das in einen Stacheldrahtzaun geraten ist. »Wofür, zum Teufel, brauch ich einen Sarg?«

»Weil du doch tot bist.«

Das kam einfach so aus ihr raus. Ma und Pa waren drauf und dran, sich auf sie zu stürzen, aber Opa wollte sich kaputtlachen.

»Heiliger Strohsack, Kind ... wie in aller Welt kommste denn auf die Idee?«

Pa ging auf Susie los, nahm schon den Gürtel ab, aber Ma schüttelte den Kopf. Dann nickte sie Opa zu.

»Das stimmt schon. Du bist gestern abend gestorben. Erinnerst du dich nich?«

»Mit meinem Gedächtnis is alles in Ordnung«, sagte Opa zu ihr. »Ich hatte halt mal wieder einen von meinen Anfällen, das war alles.«

Ma seufzte schwer. »War diesmal aber nich nur so ein Anfall.«

»Vielleicht Krämpfe?«

»Schlimmer. Es hat dich so schlimm erwischt, daß Pa den Dokter Snodgrass aus seinem Laden rausholen mußte. Platzte da mitten in ein Spiel mit Dreidollareinsatz rein. Brachte aber gar nichts. Als der Dokter schließlich hier war, warst du schon hin.«

»Aber ich bin doch nich hin! Ich bin hier.«

Da meldete sich Pa zu Wort. »Jetzt setz dich mal nich auf dein hohes Roß, Opa. Wir ham dich nämlich alle gesehn. Wir sind Zeugen.«

»Zeugen?« Opa zog an seinen Hosenträgern, wie er das immer machte, wenn er sich ärgerte. »Was is denn das für 'n Gerede? Wollt ihr hier so 'n Gerichtsverfahren veranstalten, um zu entscheiden, ob ich lebendig bin oder tot?«

»Aber Opa ...«

»Spar du dir deine Frechheiten, Kleiner.« Opa stand auf. »Hat niemand das Recht nich, mich ohne meine Zustimmung unter die Erde zu bringen.«

»Wo willst du denn hin?« fragte Ma.

»Wo ich jeden Morgen hingeh«, sagte Opa. »Setz mich draußen vors Haus und betracht mir die Aussicht.«

Und genau das tat er, ließ uns in der Küche sitzen.

»Sollen einem da nich die Haare grau werden?« sagte Ma. Sie zeigte mit krummem Finger auf den Herd. »Da bin ich los und hab im Garten das halbe Grünzeug rausgerupft, das Essen für nach der Beerdigung vorbereitet. Ich hab den Leuten schon gesagt, daß es Opossum gibt. Was werden bloß die Nachbarn denken?«

»Jetzt bleib mal ganz ruhig«, sagte Pa. »Vielleicht isser ja wirklich nich tot.«

Ma zog ein Gesicht. »Das wissen wir doch anders. Er ist bloß nervig.« Sie stieß Pa an. »Is nur eins zu tun. Du holst den Dokter Snodgrass her. Sag ihm, er soll mal schnell rangerauscht kommen und die Sache endgültig regeln.«

»Hast wohl recht«, sagte Pa und ging hinten raus. Ma sah mich und Schwesterchen Susie an.

»Ihr Kinder geht mal auf die Veranda und leistet dem Opa Gesellschaft. Seht zu, daß er da bleibt, bis der Onkel Dokter da is.«

»Machen wir«, krähte Susie, und wir zottelten raus.

Und da saß Opa putzmunter in seinem Schaukelstuhl, guckte sich die Autos auf der Straße an und sah zu, wie die Fahrer versuchten, um unsre Schweine rumzukommen.

»Seht euch das mal an!« sagte er und zeigte mit dem Finger. »Seht ihr den fetten Sack da in dem Pickup? Kam mit 'nem irren Zahn die Straße langgebrettert ... muß so was wie fünfzig Meilen pro Stunde gewesen sein. Eh er noch stoppen konnte, tauchte der olle Bessie direkt vor ihm aus dem Unterholz auf, und die Karre is glatt in den Graben reingerauscht. Ich schwör 's, ich hab noch nie im Leben so was Komisches gesehn!«

Susie schüttelte den Kopf. »Aber du bist doch gar nich lebendig, Opa.«

»Jetzt fang du nich damit wieder an, hörst du?« Opa sah sie ärgerlich an, und Susie war still.

Grad in dem Augenblick fuhr der Dokter Snodgrass in seinem großen Essex vor und parkte neben Bessies Schweinelaster. Der Dokter und Pa stiegen aus und kamen zur Veranda raufgelaufen. Sie redeten irgendwie wild aufeinander los, und ich konnte sehen, wie der Dokter den Kopf schüttelte, als wenn er überhaupt nicht glauben wollte, was Pa ihm da verklickerte.

Dann bemerkte der Dokter den Opa, der da rumsaß, und blieb auf der Stelle stehn. Seine Augen quollen ihm raus.

»Heiliger Bimbam!« sagte er zu Opa. »Was machen Sie denn hier?«

»Na was wohl?« antwortete Opa. »Darf ein Mensch nich auf seiner Veranda sitzen und in Frieden schaukeln, was?«

»In Frieden ruhn, das sollten Sie eigentlich«, sagte der Dokter. »Als ich Sie gestern abend untersucht hab, da waren Sie toter als mausetot.«

»Und Sie warn besoffner als ne Strandhaubitze, nehm ich an«, sagte Opa.

Pa nickte dem Dokter zu. »Was hab ich Ihnen gesagt?«

Der Dokter beachtete ihn gar nicht. Er ging zu Opa hin. »Vielleicht hab ich mich ja ein ganz klein bißchen geirrt«, sagte er. »Was dagegen, wenn ich Sie jetzt mal untersuche?«

»Na, dann mal los.« Opa grinste. »Ich hab ja jede Menge Zeit.«

Der Dokter öffnete also seine kleine schwarze Tasche und machte sich an die Arbeit. Zuerst stöpselte er sich sein Stethoskop in die Ohren und klopfte Opas Brust ab. Er horchte rein, und dann fingen seine Hände an zu zittern.

»Ich hör ja überhaupt nichts«, sagte er.

»Was erwarten Sie denn, was Sie da zu hörn kriegen ... vielleicht 'ne große Oper?«

»Jetzt ist nicht die Zeit für Späßchen«, sagte der Dokter zu ihm. »Was, wenn ich Ihnen sage, daß Ihr Herz aufgehört hat zu schlagen?«

»Und was is, wenn ich Ihnen sage, daß Ihr Stethoskop im Eimer is?«

Der Dokter fing zu schwitzen an. Er holte einen Spiegel raus und hielt den vor Opas Mund. Da zitterten seine Hände noch mehr als vorher.

»Sehen Sie?« sagte er. »Der Spiegel ist ganz klar. Das bedeutet, da ist kein Atem mehr in Ihrem Körper.«

Opa schüttelte den Kopf. »Machen Se das ma lieber bei sich selbst. Sie ham einen Atem am Leib, der würde noch auf zwanzig Meter ein Esel umschmeißen.«

»Vielleicht ändert das hier Ihre Meinung.« Der Dokter langte in die Tasche und holte ein Stück Papier raus. »Sehen Sie selbst.«

»Was issen das?«

»Ihr Totenschein.« Der Finger vom Dokter fuhr drauf runter. »Lesen Sie nur mal diese Zeile hier: ›Todesursache: Herzversagen.‹ So was wie 'n Herzinfarkt. Und dies hier ist ein rechtlich gültiges Dokument. Das hält jeder gerichtlichen Überprüfung stand.«

»Das tu ich auch, wenn Sie das Gesetz mit reinziehn wolln«, meinte Opa. »Wär auch ein netter Anblick – Sie stehn auf der ein Seite mit Ihrem blödsinnigen Stück Papier, und ich steh auf der anderen! Wem, meinen Sie wohl, wird der Richter glauben?«

Dem Dokter quollen wieder die Augen raus. Er versuchte, das Papier in die Tasche zu stopfen, aber seine Hände zitterten so schlimm, daß er es fast nicht geschafft hätte.

»Was issen los mit Ihnen?« fragte Pa.

»Ich fühl mich nicht gut«, sagte der Dokter. »Muß zurück in meine Praxis und mich ein bißchen hinlegen.«

Er nahm seine Tasche und ging zum Auto, sah sich nicht mal um.

»Bleiben Sie nich zu lange liegen«, rief ihm Opa noch

nach. »Sonst kommt noch wer und schreibt 'n Papier aus, auf dem steht, daß Sie an 'nem Kater gestorben sind.«

Als es Mittag war, hatte niemand Hunger. Das heißt, niemand außer Opa.

Er setzte sich an den Tisch und stopfte Bohnen in sich rein und Maisbrei, eine doppelte Portion Kutteln und zwei große Stücke Rhabarberstrudel mit Soße.

Ma gehört zu denen, die es gern sehen, wenn's ihren Leuten schmeckt, aber Opas Appetit sah sie nicht mit Freude. Als er fertig war und wieder auf die Veranda ging, stellte sie die Teller aufs Abtropfbrett und sagte uns Kindern, wir sollten Ordnung machen. Dann ging sie ins Schlafzimmer und kam mit ihrem Schal und ihrer Handtasche wieder raus.

»Wieso haste dich denn so fein gemacht?« fragte Pa.

»Ich geh in die Kirche.«

»Aber es ist doch erst Donnerstag.«

»Kann nicht mehr warten«, sagte Ma zu ihm. »Es ist den ganzen Vormittag heiß gewesen, und es sieht ganz so aus, als würd's noch heißer. Ich hab wohl gesehn, wie du die Nase gerümpft hast, als Opa zum Essen hier drin war.«

Pa zuckte irgendwie die Achseln. »Dachte, die Kutteln wärn vielleicht ein bißchen verdorben, das is alles.«

»Warn se nicht«, sagte Ma. »Wenn du mich fragst.«

»Und was haste jetzt vor?«

»Das einzige, was man noch machen kann. Ich leg alles in die Hände des Herrn.«

Und weg war sie, überließ Schwesterchen Susie und mir den Abwasch, während Pa rausging und mächtig besorgt aussah. Ich beobachtete ihn durchs Fenster, wie er die

Schweine fütterte, aber man konnte sehn, daß er nicht mit dem Herzen dabei war.

Susie und ich, wir gingen dann wieder raus, um Opa im Auge zu behalten.

Ma hatte schon recht von wegen dem Wetter und daß es noch heißer werden würde. Diese Veranda war wie ein Backofen beim Teufel in der Küche. Opa schien gar nicht darauf zu achten, aber ich tat's schon. Ich konnte gar nicht mehr anders als feststellen, daß Opa reif wurde.

»Sieh dir nur mal die Fliegen an, die um ihn rumbrummen«, sagte Susie.

»Sei still, Schwesterchen, benimm dich!«

Aber die ollen Schmeißfliegen brummten so laut, daß wir's kaum hörten, als Opa was sagte. »He, Kinder«, rief er. »Kommt mal auf 'n Sprung her.«

»Die Sonne is zu heiß, um unterzugehen«, sagte Susie.

»Merk ich nichts von.« Er schwitzte kein bißchen.

»Was is mit allen diesen lauten Brummern?«

»Die machen mir nix aus.« 'ne fette Fliege landete direkt auf Opas Nase, aber er zuckte nicht mal.

Susie fing an, ängstlich auszusehen. »Er ist ganz sicher tot«, sagte sie.

»Sprich lauter, Kind«, sagte Opa. »Is nich höflich, deinen Altvordern was vorzunuscheln.«

Grad in dem Augenblick entdeckte er Ma auf der Straße heranmarschieren. Obwohl es so heiß war, kam sie wie der Blitz daher, mit Hochwürden Peabody im Schlepptau. Er keuchte und schnaufte, aber sie ging kein Stück langsamer, bis sie an der vorderen Veranda angekommen waren.

»Tag, Hochwürden«, tönte Opa.

Hochwürden Peabody blinzelte und machte den Mund auf, aber kein Wort kam raus.

»Was is los?« fragte Opa. »Ist die Katze mit Ihrer Zunge auf und davon?«

Der Pfarrer kriegte so 'ne Art krankes Grinsen auf sein Gesicht – wie ein Stinktier, das Hummeln frißt.

»Schätze, ich weiß, wie Ihnen zumute is«, sagte Opa zu ihm. »Die Sonne dörrt einem ordentlich die Kehle aus.« Er sah Ma an. »Addie, warum holste denn Hochwürden nich mal 'ne kleine Erfrischung?«

Ma ging ins Haus.

»Und nun, Mann«, sagte Opa, »setzen Sie sich auf Ihren Hosenboden, und fühln Sie sich wie zu Hause.«

Der Pfarrer schluckte schwer. »Dies hier ist nicht gerade ein Höflichkeitsbesuch.«

»Warum haben Sie sich denn dann den ganzen Weg bis hierher geschleppt?«

Der Pfarrer schluckte wieder. »Nach allem, was mir Addie und der Dokter erzählt haben, mußte ich einfach mal selbst nachsehen.« Er sah auf die Fliegen, die um Opa rumbrummten. »Jetzt wünschte ich, ich hätte mich auf das Wort der beiden verlassen.«

»Und das heißt was?«

»Das heißt, daß ein Mann in Ihrer Lage nicht das Recht hat, Fragen zu stellen. Wenn der gütige Herr ruft, dann wird von dir erwartet, daß du Ihm folgst.«

»Ich hab aber niemand nich rufen hörn«, sagte Opa. »Klar, mein Gehör is auch nicht mehr das, was es mal war.«

»Das sagt der Dokter auch. Deshalb merkst du ja auch nicht, daß dein Herz gar nicht schlägt.«

»Is nur natürlich, daß es ein bißchen langsamer macht. Ich geh auf die Neunzig zu.«

»Hast du auch schon mal daran gedacht, daß bald gar nichts mehr geht? Du hast eine mächtig weite Strecke zurückgelegt, mein Sohn. Meinst du nicht, daß es vielleicht an der Zeit ist, sich niederzulegen und es genug sein zu lassen? Denk dran, was die Bibel sagt: ›Der Herr gibt, und der Herr nimmt.‹«

Opas Gesicht bekam diesen munteren Ausdruck. »Nu ja, der Herr hat mich aber nich fortgenommen.«

Hochwürden Peabody holte aus seinen Jeans ein buntes Taschentuch raus und wischte sich die Stirn ab. »Du mußt keine Angst haben. Ist 'ne mächtig lohnende Erfahrung. Kein Kummer mehr, keine Sorgen, alle Last von dir genommen. Mal ganz abgesehen davon, daß du aus dieser sengenden Sonne rauskommst.«

»Kann sie gar nich fühlen.« Opas strich über seinen Backenbart. »Fühl überhaupt kaum noch was.«

Der Pfarrer warf ihm einen Blick zu. »Werden die Hände steif?«

Opa nickte. »Ich bin überall ganz steif.«

»Hab mir's doch gedacht. Weißt du, was das heißt? Der *Rigor mortis* setzt ein.«

»Ich hab nie irgendwas von irgendwem gehört, der Rigger Morris heißt«, sagte Opa. »Ich hab 'n bißchen Rheuma, das is alles.«

Der Pfarrer wischte sich wieder die Stirn ab. »Du brauchst aber 'ne verflixte Menge an Überzeugungsarbeit«, sagte er. »Hörst nicht auf das Wort des Arztes, hörst nicht auf das Wort des Herrn. Du bist der widerborstigste alte Esel, der mir je begegnet ist.«

»Nehm an, daß es meine Natur is«, antwortete Opa. »Aber ich bin nich unvernünftig. Alles, was ich haben möcht, is ein Beweis. Wie der Bursche sagt, ich bin aus Missouri. Ich brauche 'nen Beweis.«

Der Pfarrer steckte sein Taschentuch weg. Es war

sowieso schon pitschnaß und nützte ihm gar nichts mehr. Er seufzte tief und blickte Opa in die Augen.

»Ein paar Dinge müssen wir einfach als gegeben hinnehmen«, sagte er. »Etwa, daß du hier sitzt, wo du dir doch eigentlich die Radieschen von unten ansehn solltest. Wenn ich das glauben kann, warum kannst dann du mir nicht glauben? Ich sag dir die ehrliche Wahrheit, wenn ich meine, daß du keinen Grund hast, dich so anzustellen. Vielleicht hat der Gedanke daran, in einem Grab zu liegen, verständlicherweise keinen so großen Reiz für dich. Gut, das kann ich ja verstehn. Aber eins ist sicher. Asche zu Asche, Staub zu Staub ... das sagt man halt so. Du brauchst nicht zu befürchten, daß du die Ewigkeit im Grab zubringen mußt. Während deine Überreste ungestört auf dem Friedhof ruhen, ist deine Seele unterwegs. Fliegt gradewegs rauf, jawoll, direkt in die Arme des Herrn! Und was wird das für 'n toller Tag sein ... du frei wie ein Vogel, und flatterst da oben rum mit den himmlischen Heerscharen, singst dem Allmächtigen ein Loblied, zupfst wie alle Erretteten auf deiner echt achtzehnkarätigen, rein goldenen Harfe ...«

»Ich war noch nie groß in Musik«, sagte Opa. »Und ich werd schon schwindlig, wenn ich bloß da auf so 'ner Leiter steh, um dem Dach vom Scheißhaus neue Schindeln zu verpassen.« Er schüttelte den Kopf. »Ich will Ihnen mal was sagen – wenn Sie meinen, daß der Himmel ein so höllisch guter Vorschlag is, warum gehn Sie dann nich selber hin?«

In diesem Augenblick kam Ma zurück. »Uns ist doch grad die Limonade ausgegangen«, sagte sie. »Alles, was ich auftreiben konnte, war diese Dose Bier. Ich weiß, wie Sie über diese Dinge denken, Hochwürden, aber ...«

»Dem Herrn sei Dank!« Der Pfarrer riß ihr die Dose aus der Hand, hob sie hoch und nahm einen kräftigen Schluck.

»Du bist eine gute Frau«, sagte er zu Ma. »Und ich bin dir sehr verbunden.« Dann ging er den Weg runter zur Straße, lief sehr schnell.

»Was ist nun?« rief Ma ihm nach. »Was wollen Sie denn nun mit Opa machen?«

»Fürchte dich nicht, meine Tochter«, sagte der Pfarrer. »Wir müssen unser Vertrauen ganz auf die Kraft des Gebetes setzen.«

Er verschwand die Straße runter, wirbelte Staub auf.

»Hätt' mich verdammt gewundert, wenn der die Dose nich genommen hätt'!« murmelte Opa vor sich hin. »Wenn du mich fragst, ist die einzige Kraft, der er vertraut, dieser Gerstensaft.«

Ma warf ihm einen Blick zu. Dann fing sie an zu heulen und lief rein ins Haus.

»Was is denn mit der wieder los?« fragte Opa.

»Mach dir nichts draus«, sagte ich zu ihm. »Susie, du bleibst mal hier und scheuchst die Fliegen von Opa weg. Ich muß mich noch um was kümmern.«

Und das tat ich.

Schon bevor ich reinging, war ich entschlossen. Ich konnte nicht ruhig mit ansehn, wie Ma so heulte. Sie stand in der Küche, hatte sich an Pa gehängt und sagte: »Was sollen wir bloß machen? Was sollen wir bloß machen?«

Pa tätschelte ihre Schulter. »Aber, aber, Addie, jetzt komm mal wieder zu dir. Das kann doch nich ewig dauern.«

»Wird auch nicht«, sagte Ma. »Wenn Opa nicht Vernunft annimmt, dann gehen wir eines Morgens runter und setzen das Frühstück einem Skelett vor. Und was meinst du wohl, werden die Nachbarn sagen, wenn sie da so 'n Knochensack auf meiner schönen Veranda sitzen sehen? Ist einfach peinlich, das isses!«

»Beruhige dich doch, Ma«, sagte ich. »Ich hab 'ne Idee.«

Ma hörte zu weinen auf. »Was für 'ne Idee?«

»Ich will mal 'ne kleine Wanderung zu der Spukhöhle machen.«

»Zur Spukhöhle?« Ma wurde so blaß, daß man nich mal mehr ihre Sommersprossen sehn konnte. »O nein, Junge . . .«

»Hilfe findet sich da, wo man sie sucht«, sagte ich. »Und ich schätze, wir haben gar keine Wahl.«

Pa holte tief Luft. »Haste keine Angst?«

»Nich bei Tageslicht«, sagte ich zu ihm. »Jetzt macht euch man keine Sorgen. Ich bin vorm Dunkelwerden zurück.«

Dann raste ich durch die Hintertür davon.

Ich sprang übern Zaun und flitzte dran lang, die ganze Strecke bis zum Bach, wo ich grad lange genug anhielt, um mein Sparschwein auszugraben, das ich unterm Gras am Felsen verbuddelt hatte. Danach watete ich durchs Wasser und lief auf den Wald zu.

Als ich in dem Kiefernwald drin war, lief ich ein bißchen langsamer, um die Lage zu peilen. Da gab's keinen Weg, dem man nachlaufen konnte, weil einfach nie jemand einen gemacht hatte. Die Leutchen hielten sich lieber da raus, auch bei Tag – war einfach zu dunkel und zu einsam dort drin. Hab nie irgendwelche kleinen Viecher im Gestrüpp gesehn, und selbst die Vögel flogen da nicht rein.

Aber ich wußte den Weg. Ich mußte bloß rauf auf den Bergrücken, dann geradewegs wieder runter. Und da, genau an dem Fuß vom Berg, an der tiefsten, dunkelsten, einsamsten Stelle überhaupt, da war die Spukhöhle.

Und in der Höhle war die Zauberfrau.

Jedenfalls dachte ich, sie wäre da. Aber als ich mich zu dem großen schwarzen Loch in dem Felsen runterschlich, begegnete mir keine Menschenseele, nur die Schatten fielen von allen Seiten auf mich.

Das war wirklich gruselig. Ich versuchte, gar nicht drauf zu achten, wie es mir in meinen Füßen juckte. Sie wollten umdrehen und wegrennen, aber ich war nicht bereit, mich abhalten zu lassen.

Nach 'ner Weile rief ich laut: »Jemand zu Hause? Besuch is da!«

»Huuuuweeeeer?«

»Ich bin's – Jody Tolliver.«

»Huuuuweeeeer?«

Wegen der Vögel, da hatte ich mich geirrt, denn als ich jetzt nach oben schaute, konnte ich die große Eule sehen, wie sie von 'nem Zweig da neben der Höhle auf mich runterstarrte.

Und als ich wieder runtersah, war sie da – die Zauberfrau, die aus dem Loch im Felsen zu mir rausschaute.

Es war das erstemal, daß ich sie sah, aber es konnte einfach niemand andres sein. Sie war ein klitzekleines, spirreliges Weiblein in 'nem Baumwollkleid, und ihr Gesicht unter dem Kiepenhütchen war schwarz wie ein Stück Kohle.

Quatsch, sagte ich zu mir selber, da gibt's nix, wovor man Schiß haben muß ... ist bloß 'ne kleine alte Frau, das ist alles.

Dann starrte sie zu mir rauf und ich konnte ihre Augen sehen. Die waren viel, viel größer als die von der Eule, und auch viel funkelnder.

Meine Füße fingen jetzt an, wie wild zu jucken, aber ich starrte zurück. »Tag, Zauberfrau«, sagte ich.

»Huuuuweeeeer?« sagte die Eule.

»Das ist der junge Tolliver«, sagte die Zauberfrau zu ihr. »Was ist los, hast du Wachs in den Ohren? Jetzt kümmre dich wieder um deine eignen Angelegenheiten, hörst du?«

Die Eule warf ihr ’nen bösen Blick zu und flog weg. Da kam die Zauberfrau raus ins Freie.

»Schenk dem Ambrose gar keine Beachtung«, sagte sie. »Ist nicht so richtig an Gesellschaft gewöhnt. Er bekommt ja meistens nur mich und die Fledermäuse zu sehen.«

»Was für Fledermäuse?«

»Die Fledermäuse in der Höhle.« Die Zauberfrau strich ihr Kleid glatt. »Ich bitte um Verzeihung, daß ich dich nicht reinbitte, aber da drin ist ein Riesendurcheinander. Wollte die ganze Zeit schon aufräumen, aber da kommt immer dies und das dazwischen ... erst dieser gottverdammte Weltkrieg und dann diese elende Prohibition ... ich bin einfach noch nicht dazu gekommen.«

»Das macht doch nichts«, sagte ich in ’nem höflichen Ton. »Ich bin geschäftlich da.«

»Dachte ich mir.«

»Hab dir auch was Hübsches mitgebracht.« Ich gab’s ihr.

»Was ist denn das?«

»Mein Sparschwein.«

»Da dank ich dir aber sehr«, sagte die Zauberfrau.

»Mach schon, hau es kaputt«, sagte ich zu ihr.

Sie ließ es auf den Stein runtersausen, und das Sparschwein ging kaputt, das Geld flog in alle Richtungen. Sie sammelte es ganz schnell auf.

»Hab jetzt schon seit gut zwei Jahren meine Barverdienste beiseitegelegt«, sagte ich. »Wieviel machen sie?«

»Siebenundachtzig Cent, 'ne alte Münze der Konföderation, fünfundzwanzig Cents und diese Anstecknadel hier.« Sie grinste so irgendwie. »Das is aber auch 'ne hübsche. Was steht da drauf?«

»Bleib stark, iß Quark!«

»Na, das ist mal 'ne Mahnung!« Die Zauberfrau schob das Geld in ihre Tasche und steckte sich die Nadel an. »So, Junge – schön ist, was schön getan wird, wie 's immer so heißt. Also, was kann ich für dich tun?«

»Es ist wegen meinem Opa«, sagte ich. »Opa Titus Tolliver.«

»Titus Tolliver? Also, ich glaub, ich kenn ihn! Hatte 'ne Mühle in den Hügeln hinten am Bach, nicht? Gutaussehender Mann mit einem großen schwarzen Bart, das isser.«

»Eher – war er«, erklärte ich ihr. »Jetzt ist er vor lauter Rheuma ganz geschwächt. Kann nicht mehr gut sehen und hören auch nich.«

»Wirklich ein Riesenjammer!« sagte die Zauberfrau. »Aber früher oder später kommen wir alle dahin, daß wir uns schlecht fühlen. Und wenn man gehn muß, muß man gehn.«

»Das ist ja grad der Haken. Er kann nicht gehn.«

»Soll das heißen, daß er angebunden is?«

»Es heißt, daß er tot ist.«

Die Zauberfrau warf mir 'nen strengen Blick zu. »Erzähl mal«, sagte sie.

Also erzählte ich ihr alles. Erzählte ihr die ganze Schauergeschichte, von Anfang an.

Sie hörte mir bis zum Ende zu, sagte kein Wort. Und als ich fertig war, starrte sie mich bloß an, bis ich schon soweit war, aus der Haut zu fahren.

»Ich schätze, du glaubst mir vielleicht nicht«, sagte ich. »Aber es ist die allerreinste Wahrheit.«

Die Zauberfrau schüttelte den Kopf. »Ich glaub dir ja, Junge. Wie ich sage, ich kannte deinen Großpapa schon von lange her. Er war damals so ein Gewohnheitsmensch, und ich nehme an, das isser noch heute. Klingt mir ganz danach, daß er ein schlimmer Fall von Widerborstigkeit ist.«

»Könnte sein«, sagte ich. »Aber wir können nix dagegen machen, auch der Dokter nicht und der Pfarrer.«

Die Zauberfrau zog ihre Nase in Falten. »Was erwartest du denn von den beiden? Die können doch Grütze nicht von Grieß unterscheiden.«

»Vielleicht. Aber so bleiben wir zwischen Baum und Borke hängen ... es sei denn, du könntest uns irgendwie helfen.«

»Laß mich mal ein bißchen drüber nachdenken.«

Die Zauberfrau zog eine Maiskolbenpfeife aus der Tasche und zündete sie an. Ich weiß nicht, was für 'ne Marke sie rauchte, aber es roch irgendwie wüst. Ich fing wieder an, hippelig zu werden – nicht nur in den Füßen, sondern überall. Der Wald war jetzt dunkler, und so 'ne Art kalter Wind kam runter, heulte zwischen den Bäumen durch und machte, daß die Blätter mit sich flüsterten.

»Muß doch was geben«, sagte ich. »Eine Zauberformel vielleicht oder ein Bann.«

Sie schüttelte den Kopf. »Das is altmodisches Zeugs. Dies hier ist so eine von diesen neumodischen, mentalen Sachen, also müssen wir auch neumodische Ideen benützen. Dein Opa braucht keine Hexe und keine Zauberei. Wie er sagt, er is aus Missouri. Man muß es ihm beweisen, das is alles.«

»Was beweisen?«

Die Zauberfrau gab ein Gegacker von sich. »Ich hab's!« Sie zwinkerte mir zu. »Klar, das ist die Lösung! Also, bleib mal ganz ruhig – ich bin gleich wieder da.« Und sie sauste in die Höhle rein.

Ich stand so da, fühlte, wie mir der Wind den Nacken runterzischte, und hörte den Blättern zu, die war'n wie Stimmen, die Sachen flüsterten, die ich nicht allzu gern hören wollte.

Sie kam wieder raus, hielt irgendwas in der Hand.

»Nimm das«, sagte sie.

»Was isses denn?«

Sie sagte mir, was es war, und dann sagte sie mir auch, was ich damit machen sollte.

»Glaubst du wirklich, daß das klappen wird?«

»Is die einzige Schangse.«

Also steckte ich es in meine Hosentasche, und sie gab mir 'nen kleinen Stoß. »Jetzt beeilst du dich besser, Junge, und machst, daß du noch vorm Abendessen zu Hause bist.«

Das mußte mir niemand zweimal sagen, nicht bei diesem kühlen Wind, der in den Bäumen rumstöhnte und ächzte, und bei der Dunkelheit, die überall um mich rum so schleichend rangekrochen kam.

Ich sagte mein Dabedankichmichauchrechtsehr und verduftete, ließ die Zauberfrau vor der Höhle stehn. Das letzte, was ich von ihr sah, war, wie sie ihre Quarknadel mit 'nem Blatt von einem Giftstrauch polierte.

Dann schoß ich durch den Wald, rauf auf den Bergrücken und rüber. Als ich auf der Lichtung ankam, war's stockfinster, und als ich durch den Bach watete, sah ich, wie das Mondlicht auf dem Wasser rumschlängelte. Rüttelnde Falken flatterten über dem Brachland, aber ich hielt nich an, um zuzusehn. Ich direkt auf den Zaun zu, rauf und rüber, dann in den Hof rein und durch die Hintertür.

Ma stand am Herd und hielt den Pott, während Pa die Suppe austeilte. Sie sahen richtig erfreut aus, mich wiederzusehn.

»Dem Herrn sei Dank!« sagte Ma. »Ich hatte grad beschlossen, Pa auf die Suche nach dir zu schicken.«

»Ich hab so schnell gemacht, wie ich nur konnte.«

»Und kommst grad noch zurecht«, sagte Pa. »Wir wollen hier Ordnung haben, bei dem ganzen Tohuwabohu und was nich alles.«

»Was für 'n Tohuwabohu?«

»Erst mal das Fräulein Francy. Der hatten Leute in der Stadt erzählt, daß der Opa hinüber is, also machte sie auf nette Nachbarin, mixte so 'n chaotischen Eintopf zusammen, um in Zeiten des Kummers unsern Hunger zu stillen. Kam also da den Weg raufgeschlurft, groß aufgetakelt in ihren Sonntagskirchensachen, und schleppte den Pott unterm Arm daher. Sah so aus, als könnte sie nix erschüttern. Aber dann sah sie Opa da auf der Veranda sitzen, wie er sie durch den Fliegenschwarm hindurch anlächelte.

Na, hoch flog der Pott, und runter kam der ganze Salat. Sah aus, als wenn da Suppengemüse auf das schicke Sears-und-Rosebuck-Kleid runtergeregnet wär. Und dann drehte sie ab und raste dem Jenseits zu, ließ dabei einen Schrei los, daß die Farbe von der Scheißhauswand bröckelte.«

»Das ist aber traurig«, sagte ich.

»Spar dir deine Trauer für Schlimmeres auf«, meinte Pa. »Danach erschien nämlich der olle Bixbee und stand auf seiner Hupe. Wollte dem Opa nich nahe kommen, o nein, vielen Dank, mein Herr – ich mußte ganz bis da runter latschen, wo er in seinem Leichenwagen hockte.«

»Was wollte er denn?«

»Sagte, er wär gekommen, um die Überreste abzuholen. Und wenn wir die nich mal ganz schnell rausrücken würden, dann würd er 'nen kleinen Trip zum Sitz der Kreisverwaltung machen, gleich morgen früh, um sich mal 'ne einstige Vergütung zu besorgen.«

»Einstweilige Verfügung«, sagte Ma und sah dabei aus, als wollte sie gleich wieder die Schleusen aufziehn und losheulen. »Sagte, es wär ein Skandal und eine Schande, den Opa so rumsitzen zu lassen. Bei der Sonne und den Fliegen und allem, da würde er schon dafür sorgen, daß uns das Gesundheitsamt unter Quarantäne stellt.«

»Was hat Opa dazu gesagt?« fragte ich.

»Nich einen Piep. Der olle Bixbee schoß mit seinem Leichenwagen wieder los, und Opa schaukelte mit Susie gemütlich weiter. Sie kam vor ungefähr 'ner halben Stunde rein, als die Sonne unterging – sagt, er wird steif wie 'n Brett, aber schert sich nix drum. Will bloß immer wissen, was es zu essen gibt.«

»Das ist gut«, sagte ich. »Weil ich jetzt das richtige Mittelchen hab. Die Zauberfrau hat mir's für sein Abendbrot mitgegeben.«

»Was isses denn? Zankali?« Pa machte ein besorgtes Gesicht. »Du weißt, ich bin ein gottesfürchtiger Mann und halt gar nix von solchen Sachen. Und außerdem – wie willste ihn denn vergiften, wenn er schon tot is?«

»Ist doch gar nich so was«, sagte ich. »Das isses, was sie mitgeschickt hat.«

Ich zog's aus meiner Hosentasche und zeigte 's ihnen.

»Also was, um Himmels willen, ist das denn?« fragte Ma.

Ich sagte ihr, was es war und was damit gemacht werden sollte.

»Ich hab so was Blödes in meinem ganzen Erdenleben noch nicht gehört!« sagte Ma zu mir.

Pa sah wieder bekümmert aus. »Ich wußte doch, ich hätt dich nich zur Spukhöhle gehn lassen solln. Die Zauberfrau hat wohl nich alle Tassen im Schrank, dich auf so was anzusetzen.«

»Schätze, sie weiß, was sie tut«, sagte ich. »Außerdem, ich hab alle meine ganzen Ersparnisse dafür ausgegeben – siebenundachtzig Cent, 'ne alte Fünfundzwanzigcentmünze von der Konföderation und meinen Quarkanstecker.«

»Dem Quarkanstecker brauchste nich nachzuweinen«, sagte Pa. »Den hab ich nem Yankee geklaut – einem von diesen Zollfritzen.« Er kratzte sich das Kinn. »Aber echtes Geld, das is was andres. Vielleicht sollten wir dem Vorschlag doch mal 'ne Schangse geben.«

»Also Pa ...«, sagte Ma.

»Hast du 'nen beßren Plan?« Pa schüttelte den Kopf. »Also, so, wie ich das seh, wenn das Gesundheitsamt drauf und dran ist, morgen hierherzukommen und uns an den Karren zu fahren – wir müssen's ausprobiern.«

Ma holte einen Seufzer direkt aus ihren Schuhen rauf, oder hätt's doch getan, wenn sie welche angehabt hätte.

»Na schön, Jody«, sagte sie zu mir. »Mach's halt – und so, wie 's die Zauberfrau gesagt hat. Pa, hol du mal Susie und Opa her, ich kann gleich auftun.«

»Bist du sicher, daß es klappt?« fragte Pa und sah auf das runter, was ich da in der Hand hatte.

»Das hoff ich«, sagte ich. »Ist schließlich alles, was wir haben.«

Pa ging also raus, und ich lief zum Tisch, um zu machen, was sich die Zauberfrau ausgedacht hatte.

Dann kam Pa mit Schwesterchen Susie zurück.

»Wo ist Opa?« fragte Ma.

»Geht sehr langsam«, sagte Susie. »Muß dieser Rigger Morris sein.«

»Nix dergleichen!« Opa kam zur Tür rein, ging wie 'ne Kakerlake auf 'nem heißen Backblech. »Ich bin halt ein winziges kleines bißchen steif.«

»Steif wie 'n dickes Brett«, sagte Pa zu ihm. »Oben solltest du sein, oben im Bett, mit 'ner Lilie inner Hand.«

»Also, jetzt fang bloß nich da wieder mit an«, sagte Opa. »Ich hab dir doch gesagt, ich bin nich tot, bis ich nich blau im Gesicht bin.«

»Klar biste tot«, sagte Schwesterchen Susie. »Hab nie niemand nich gesehn, der blauer aussah.«

Und das stimmte – er war blau und irgendwie aufgebläht, aber er scherte sich überhaupt nich drum. Ich dachte daran, was Ma gesagt hatte, daß wir uns nämlich vielleicht beim Essen ein Skelett gefallen lassen müßten, und ich hoffte mit aller Kraft, daß der Plan von der Zauberfee hinhaun würde. Er mußte einfach unbedingt hinhaun, denn Opa wurde jede Minute toter.

Aber so was hätte man nie und nimmer gedacht, als er das Essen auf dem Tisch sah. Er bewegte seine Stampfer gradwegs zu seinem Stuhl hin und schmiß sich drauf.

»Nu mal los!« sagte Opa. »Wirklich, is ja ein Festessen, Addie. Mein Leibgericht – Kohl mit Welsköppen!«

Er war schon drauf und dran, so richtig kräftig zuzulangen, als er mitkriegte, was da neben seinem Teller lag.

»Schreck, laß nach!« brüllte er. »Wer hat schon mal was von 'ner schwarzen Serviette gehört?«

Pa sah Ma an. »Wir denken halt, das hier is so 'ne Art besonderer Anlaß«, sagte er. »Wenn du verstehst, was ich ...«

Opa schnaubte wütend. »Geh mir doch los! 'ne schwarze Serviette? Keine Bange, ich weiß schon, was du hier damit so andeuten willst, aber es funktioniert nich, nie und nimmer nich, Freundchen!«

Und er häufte sich den Teller voll und haute rein.

Wir andren saßen nur da und glotzten, erst auf Opa, dann uns alle gegenseitig an.

»Was hab ich dir gesagt?« sagte Pa zu mir, irgendwie angeekelt.

Ich schüttelte den Kopf. »Wart noch ein Weilchen.«

»Man langt besser zu, solang noch was da is«, sagte Opa. »Ich werd's mir mal ordentlich schmecken lassen.«

Und das tat er. Seine Arme warn ganz steif, und er konnte seine Finger kaum noch genug biegen, um die Gabel zu halten, und seine Kiefer mampften extra schwer, aber er hörte nicht auf zu essen. Und zu reden.

»Tot bin ich, was? Hab ich noch nie erlebt, daß jemand so was zu mir gesagt hätt, schon gar nich Kinder! Kann ja sein, daß ich ein bißchen dickschädlig bin, aber das heißt noch lange nich, daß ich gemein bin. Ich hab nicht vor, irgendwem Ungelegenheiten zu machen, am wenigsten meinem eigenen Fleisch und Blut. Wenn ich wirklich tot wär und das sicher wüßte – also, ich wär doch der erste, der auf der Stelle rauf in sein Zimmer ginge und sich für immer hinlegen würde. Aber ihr müßt mir schon Beweise zeigen, bevor ich das tu. Das is alles – laßt mich Beweise sehn!«

»Opa«, sagte ich.

»Was is denn, Junge?«

»Verzeihung, aber du hast dein ganzes Kinn mit Kohl vollgekleckert.«

Opa legte die Gabel hin. »So isses. Ich dank dir auch recht sehr.«

Und bevor er noch so richtig wußte, was er machte, wischte sich Opa den Mund mit der Serviette ab.

Als er damit fertig war, sah er drauf runter. Er sah einmal hin, er sah zweimal hin. Dann legte er die Serviette einfach irgendwie vorsichtig weg, stand vom Tisch auf und ging gradewegs zur Treppe hin.

»Ade euch allen«, sagte er.

Wir hörten ihn die Treppe raufpoltern und den Flur lang in sein Zimmer, und wir hörten die Matratze durchsacken, als er sich auf sein Bett legte. Dann war alles still.

Nach 'ner Weile stieß Pa seinen Stuhl zurück und ging rauf. Keiner sagte was, bis er wieder runterkam.

»Na?« Ma sah ihn an.

»Müssen uns keine Sorgen mehr machen«, sagte Pa. »Er hat nu endlich doch alle Last von sich getan. Is in die himmlische Herrlichkeit eingegangen, Amen.«

»Dem Herrn sei Dank!« sagte Ma. Sie sah mich an und zeigte auf die Serviette. »Laß das besser verschwinden.«

Ich ging um den Tisch rum und hob die Serviette auf. Schwesterchen Susie warf mir einen komischen Blick zu. »Is hier vielleicht mal jemand so gut, mir zu sagen, was passiert is?« fragte sie.

Ich antwortete nicht, schleppte bloß die Serviette ab und schmiß sie in den Bach. Hatte kein Sinn, irgend jemand das Wie zu verklickern, aber die Zauberfrau hatte den richtigen Riecher gehabt. Sie wußte, daß Opa seinen Beweis kriegen würde – sobald er sich den Mund abwischte. Geht doch nichts über 'ne schwarze Serviette, auf der man 'ne kleine weiße Made so richtig gut sehen kann.

Bitte beachten Sie auch
die folgenden Seiten

Robert Bloch

Feuerengel

Roman

Aus dem Amerikanischen von

Gretl Friedmann

Philip Dempster, ein Schriftsteller, der gern mehr als ein Glas zu viel trinkt, nimmt den Auftrag an, über Sekten zu recherchieren. Bei der Untersuchung seltsamer Kirchen gerät er in ein Netz von Intrigen. Jeweils kurz nach seinem Besuch gehen die Kirchen in Flammen auf. Und jedes Mal, wenn Dempster in der Nähe des Feuers erwischt wird, weiß er keine Antwort auf die Frage, weshalb er sich in der Gegend herumtreibt. Ist Dempster selbst der Brandstifter?

In *Feuerengel* zeichnet Robert Bloch (der Vater von *Psycho*) die furchterregende Gestalt eines psychopathischen Mörders mit teuflischem Verstand.

»Robert Bloch türmt Geheimnis auf Geheimnis, führt mysteriöse Charaktere ein, legt falsche Spuren, läßt gewalttätig morden – bevor er alles auf seine so typisch unglaubliche Art und Weise auflöst.«
Publishers Weekly, New York

Shirley Jackson im Diogenes Verlag

Wir haben schon immer im Schloß gelebt

Roman. Aus dem Amerikanischen von
Anna Leube und Anette Grube

Merricat ist ein seltsames Mädchen. Sie mag ihre Schwester Constance, Richard Plantagenet und Amanita phalloides, den grünen Knollenblätterpilz. Sonst nicht viel. Dafür sind ihre Feinde zahlreich.

»Das Buch geht unter die Haut. Die gespenstische Atmosphäre, in der die beiden Schwestern und der halbverrückte Onkel leben, ist so beklemmend geschildert, daß man von der Lektüre nicht mehr loskommt, bis man endlich die letzte Seite erreicht hat.«
Frankfurter Rundschau

Die Teufelsbraut

25 dämonische Geschichten
Deutsch von Anna Leube und Anette Grube

Die Teufelsbraut oder *Die Abenteuer des James Harris*, wie dieser Band auch heißen könnte, ist eine Sammlung kurzer, merkwürdiger Geschichten über die dunkle Seite der menschlichen Natur. Geschichten über Wahnsinn, unglückliche Liebe und Angst, beklemmend leise und alle auf rätselhafte Weise zusammenhängend.

»Die Elemente der klassischen Schauergeschichte mischt sie geschickt mit den Erkenntnissen der modernen Psychologie. Man möchte noch viel mehr von ihr lesen.« *Frankfurter Allgemeine Zeitung*

»Auf ganz leisen Katzenpfoten kommt das Grauen, und nur kurz hebt sich der Nebel über der Grenze zwischen sanftem Wahn und harter Wirklichkeit. Die Erzählungen sind erstaunlich.« *Brigitte, Hamburg*

Der Gehängte

Roman. Deutsch von
Anna Leube und Anette Grube

Natalie wächst in der behüteten Atmosphäre eines exzentrischen Elternhauses auf. Ihr Vater ist Schriftsteller und sieht seine Tochter bereits als junge Berühmtheit. Um ihre künstlerische Persönlichkeit zu festigen, hat der Vater eine harte Bewährungsprobe für sie vorgesehen: den Eintritt ins College. Natalie, die es gewohnt war, ihren kapriziösen Tagträumen und Fluchtphantasien nachzuhängen, wird dort, in der pseudoliberalen dumpfen Atmosphäre pupertärer Mädchengrausamkeiten, vollkommen zur Außenseiterin. Da fällt ihr Tony auf, und die beiden entdecken ihre Seelenverwandtschaft: dieselbe leicht reizbare Psyche, die gleichen gefährlichen Fluchtphantasien.

»Shirley Jackson dringt weit hinter das Gewöhnliche vor, aber man zweifelt an keinem einzigen Wort, das sie schreibt.« *The New York Times*

Spuk in Hill House

Roman. Deutsch von Wolfgang Krege

Ein kleines, aber kompetentes Forschungsteam hat sich in Hill House eingenistet, um seinem berüchtigten Spuk auf die Schliche zu kommen. Das Anwesen aber macht es ihnen nicht leicht. Es entwickelt ein sehr individuelles Verhältnis zu seinen Bewohnern, studiert und beobachtet sie seinerseits – und scheint sie ungern wieder fortzulassen.

»Wenn Sie diese herrliche Schauergeschichte vor dem Einschlafen in einem einsamen Haus lesen, werden Sie sich, sowie Sie das Licht ausgemacht haben, garantiert fragen, ob Sie auch wirklich allein in dem dunklen Raum sind.« *The New York Times*

Jonathan Latimer im Diogenes Verlag

Leiche auf Abwegen

Roman. Aus dem Amerikanischen
von Ulrike Wasel und Klaus Timmermann

William Crane, Latimers etwas verkommener, oft etwas betrunkener und durchaus lebensfroher Privatdetektiv, verfolgt auf einer halsbrecherischen Jagd durch die Hinterzimmer des swingenden Harlem die umworbene Leiche einer Nachtclubsängerin, die sich auf merkwürdige Weise das Leben genommen hat…

»Auf die Frage, was er denn von Beruf sei, antwortet der Hallodri: ›Für die Welt bin ich ein einfacher Geschäftsmann. Tatsächlich aber bin ich ein großer Detektiv.‹ Stimmt, auch wenn er natürlich das schwarze Schaf aus der illustren Familie der Spürnasen ist. Aber sind sie nicht alle ein bißchen meschugge, diese Sherlock Holmes, Hercule Poirots, Miss Marples, Nero Wolfes, Perry Masons, bis hin zu Sam Spade und Philip Marlowe? Diese Eierköpfe und einsamen Wölfe, die die kranke bürgerliche Gesellschaft von ihren Geschwüren zu befreien versuchen? Latimers Romane, die mit rasantem Tempo ablaufen und voll leichtfüßiger Pingpong-Dialoge sind, mehr mit Ben Hecht und Frank Capra zu tun haben, waren nie so recht akzeptiert im Krimi-Kanon. Hoffentlich werden bald alle ins Deutsche übersetzt. Sie haben es verdient, denn sie sind von zeitlosem Witz.«
Wolfram Knorr/Die Weltwoche, Zürich

Wettlauf mit der Zeit

Roman. Deutsch von Nikolaus Stingl

Nur noch sechs Tage trennen Robert Westland vom elektrischen Stuhl, als er beschließt, daß er nicht sterben will für eine Tat, die er gar nicht begangen hat.

Acht Personen, allesamt aus Westlands engstem Bekanntenkreis, kommen als Mörder von Westlands Frau Joan in Frage. Detektiv Crane tut sein Möglichstes, aber alle Spuren weisen immer wieder auf Westland. Bis Crane eines Tages eine sensationelle Entdeckung macht…

»Ausgrabungen sind immer dann willkommen, wenn sie kompetent gemacht und vor allem sinnvoll sind. Die Crane-Romane von Jonathan Latimer schreien gerade danach, wieder unter die Leute zu kommen, und es ist Diogenes hoch anzurechnen, daß man die alten Romane neu übersetzt nach und nach herausbringen will. Denn Latimer ist nicht nur ein äußerst eleganter und intelligenter Geschichtenerzähler, er hatte auch schon in den 30er Jahren die sich gerade etablierenden hard–boiled–PIs ironisiert und gebrochen, ohne sie dumm gegen eher langweilige andere Konzepte der Crime-Fiction auszuspielen: durch Suff, hemmungslose Blödelei, wohlgemute Anarchie und wirklich komische Dialoge. Dabei bringt er es in *Wettlauf mit der Zeit* (verfilmt übrigens unter dem Titel *The Westland Case*) auch noch fertig, seine Frivolitäten mit beklemmenden Szenen aus der Death Row zu kombinieren. Kann man nicht? Latimer lesen!« *Thomas Wörtche/Underground,*
Das internationale Krimi-Magazin, Berlin

Mord bei Vollmond

Roman. Deutsch von Kurt Bracharz

William Crane läßt sich freiwillig in eine Privatklinik für Geistesgestörte einweisen, um eine kleine alte Dame zu beschützen. Als der erste Patient erdrosselt aufgefunden wird, wird Crane klar, wie gefährlich sein Auftrag ist. Die örtliche Polizei versucht das Verbrechen aufzuklären, stößt dabei auf die Beteuerungen eines Verrückten namens Crane, der behauptet, Privatdetektiv zu sein…

Rote Gardenien

Roman. Deutsch von Walter Kolbenhoff

Gemeinsam mit Ann Fortune, der Nichte seines Chefs, soll William Crane die Todesfälle in der Industriellenfamilie March aufklären. Daß die beiden dabei als Ehepaar auftreten müssen, gefällt Latimers lebenslustigem und trinkfreudigem Detektiv immer mehr. Aber auch Lady Carmel March hat es ihm angetan. Die schöne Dame ist stets von Gardenienduft umgeben, und nach diesem Parfüm rochen auch die ermordeten Männer. Außerdem gibt es da noch die Lippenstiftspuren im Gesicht des toten Richard...

Salomons Weinberg

Roman. Deutsch von Kurt Bracharz

Privatdetektiv Carl Craven erhält den Auftrag, Penelope Grayson aus dem Refugium einer obskuren Sekte zu befreien. Doch als er in der Kleinstadt eintrifft, ist sein Partner schon tot.

»*Salomons Weinberg* ist von zeitloser Aktualität: Es geht um eine Sekte, die ihre Mitglieder erst schröpft und dann mißbraucht. Craven, Latimers Alter ego, prügelt und schwadroniert sich durch das Bestiarium aus Gangstern, Blondinen und windigen Anwälten wie später Eddie Constantin als Lemmy Caution – nur mit mehr Stil. *Salomons Weinberg* ist erstmals ins Deutsche übersetzt worden und deshalb dringendst zu empfehlen.«
Wolfram Knorr/Die Weltwoche, Zürich

Den Toten ist's egal

Deutsch von Helmut Gerstberger

Weißes Marmorhaus, Palmen, Swimmingpool und die dazugehörigen Blondinen in Florida. Das mußte das Paradies sein, und doch hing überallem ein Hauch von Terror. Ein Phantom ging um und machte selbst vor verschlossenen Türen nicht halt. Mr. Essex wurde bedroht. Ein neuer Fall für Privatdetektiv William Crane.

»Latimer mundet so viel besser als das Zeug, das man üblicherweise an Hard-boiled-Krimis aufgetischt bekommt. Der Autor hat sich perfide Fälle ausgedacht und zu deren Lösung die Figur des William Crane, einen distinguierten Detektiv mit – wenn's drauf ankommt – drastischen Sauf- und Raufallüren. Auch alles übrige an Personal und Arsenal ist geschmackssicher ausgewählt und wird von Latimer mit dramaturgischem Scharfsinn eingesetzt, der den abgebrühten Drehbuchschreiber verrät. Die wenigen Handlungsfäden, mit denen er auskommt, bleiben von vorne bis hinten klar überschaubar, obwohl Latimer sie labyrinthisch drapiert.«
Andreas Schäfler/Kowalski, Hamburg

Magdalen Nabb im Diogenes Verlag

Tod im Frühling

Roman. Aus dem Englischen von
Matthias Müller. Mit einem Vorwort
von Georges Simenon

Schnee im März – in Florenz etwas so Ungewöhnliches, daß niemand bemerkt, wie zwei ausländische Mädchen mit vorgehaltener Pistole aus der Stadt entführt werden. Eine davon wird fast sofort wieder freigelassen. Die andere, eine reiche Amerikanerin, bleibt spurlos verschwunden. Die Suche geht in die toskanischen Hügel, zu den sardischen Schafhirten – schon unter normalen Umständen eine sehr verschlossene Gemeinschaft. Aber es war keine gewöhnliche Entführung. Die Lösung ist so unerwartet wie Schnee im März – oder *Tod im Frühling*.

»Nie eine falsche Note. Es ist das erste Mal, daß ich das Thema Entführung so einfach und verständlich behandelt sehe. Bravissimo!« *Georges Simenon*

Terror

mit Paolo Vagheggi

Roman. Deutsch von Bernd Samland

Italien 1988 – Zehn Jahre sind vergangen, seit die Entführung und Ermordung des christdemokratischen Politikers Carlo Rota die Weltöffentlichkeit erschütterte. Die Hintergründe des Verbrechens sind ungeklärt geblieben, die Führer der Roten Brigaden ungestraft. Viele in Italien zögen es vor, die Ereignisse in Vergessenheit geraten zu lassen. Doch der Kampf gegen den Terrorismus geht weiter – Lapo Bardi, stellvertretender Staatsanwalt in Florenz, führt ihn unerbittlich.
Der Fall Aldo Moro, mit großer Könner- und Kennerschaft in einen glänzenden politischen Krimi umgesetzt.

»Fesselnd ist nicht allein die feingesponnene Kriminalhandlung sondern auch das sie umgebende Geflecht menschlicher Beziehungen. Der Leser wird mit jeder Seite aufs neue gepackt.«
The Guardian, London

Tod im Herbst

Roman. Deutsch von Matthias Fienbork

Die Tote, die an einem nebligen Herbstmorgen aus dem Arno gefischt wurde, war vielleicht nur eine Selbstmörderin. Aber wer schon würde, nur mit Pelzmantel und Perlenkette bekleidet, ins trübe Wasser des Flusses springen? Überall hieß es, die Frau habe sehr zurückgezogen gelebt. Was für eine Rolle spielten dann die ›Freunde‹, die plötzlich auftauchten?
Wachtmeister Guarnaccia in seinem Büro an der Piazza Pitti in Florenz ahnte, daß der Fall schwierig und schmutzig war – Drogen, Erpressung, Sexgeschäfte –, aber daß nur weitere Tote das Dickicht der roten Fäden entwirren sollten, konnte er nicht wissen…

»Simenon hat Magdalen Nabb gepriesen, und mit *Tod im Herbst* kommt sie einem Florentiner Maigret ohne Zweifel am nächsten.« *The Sunday Times, London*

Tod eines Engländers

Roman. Deutsch von Matthias Fienbork

Florenz, kurz vor Weihnachten: Wachtmeister Guarnaccia brennt darauf, nach Sizilien zu seiner Familie zu kommen, doch da wird er krank, und es geschieht ein Mord. Carabiniere Bacci wittert seine Chance: Was ihm an Erfahrung fehlt, macht er durch Strebsamkeit wett! Betrug und gestohlene Kunstschätze kommen ans Licht, aber sie sind nur der Hintergrund zu einer privaten Tragödie. Zuletzt ist es doch der Wachtmeister, der (wenn auch eher unwillig) dem

Mörder auf die Spur kommt – und an Heiligabend gerade noch den letzten Zug nach Syrakus erwischt.

»Unheimlich spannend und gleichzeitig von goldener, etwas morbider Florentiner Atmosphäre.«
The Financial Times, London

Tod eines Holländers

Roman. Deutsch von Matthias Fienbork

Es gab genug Ärger, um die Polizei monatelang in Atem zu halten. Überall in Florenz wurden Touristen beraubt, Autos gestohlen, und irgendwo in der Innenstadt gingen Terroristen klammheimlich ans Werk. Dagegen sah der Selbstmord eines holländischen Juweliers wie ein harmlos klarer Fall aus. Es gab zwar ein paar Unstimmigkeiten. Aber die einzigen Zeugen waren ein Blinder und eine alte Frau, die bösartigen Klatsch verbreitete. Trotzdem war dem Kommissar nicht wohl in seiner Haut – es war alles ein bißchen zu einfach...

»Eine gut ausgefeilte Mystery-Story, bestens eingefangen.« *The Guardian, London*

Tod in Florenz

Roman. Deutsch von Monika Elwenspoek

Sie ist auf dem Revier, um ihre Freundin vermißt zu melden. Beide sind Lehrerinnen und ursprünglich zum Italienischlernen aus der Schweiz nach Florenz gekommen und dann geblieben, um illegal zu arbeiten, – die eine in einem Büro, die andere bei einem Töpfer in einer nahen Kleinstadt. Seit drei Tagen ist die bildhübsche Monika Heer spurlos verschwunden...

»Magdalen Nabb muß als die ganz große Entdeckung im Genre des anspruchsvollen Kriminalromans bezeichnet werden. Eine Autorin von herausragender internationaler Klasse.« *mid Nachrichten, Frankfurt*

Margery Allingham im Diogenes Verlag

»Margery Allingham sticht ins Auge wie strahlend helles Licht. Alles, was sie schreibt, ist von vollendeter Form.« *Agatha Christie*

Die Handschuhe des Franzosen
Fünf Kriminalgeschichten. Aus dem Englischen von Peter Naujack. Zeichnungen von Georges Eckert

Trau keiner Lady
Roman. Deutsch von Gerd van Bebber

Gefährliches Landleben
Roman. Deutsch von Brigitte Mentz

Süße Gefahr
Roman. Deutsch von Peter Fischer

Judaslohn
Roman. Deutsch von Edith Walter

Wenn Geister sterben
Roman. Deutsch von Brigitte Mentz

Überstunden für den Totengräber
Roman. Deutsch von Theda Krohm-Linke

Tänzer in Trauer
Roman. Deutsch von Irene Holicki

Polizei am Grab
Roman. Deutsch von F. A. Hofschuster

Blumen für den Richter
Roman. Deutsch von Marie Rieger

Der Hüter des Kelchs
Roman. Deutsch von Edith Walter

Der Geist der Gouvernante
Roman. Deutsch von Edith Walter

Der Fall Pig
Roman. Deutsch von Karin Polz

Ein böser Nachbar
Roman. Deutsch von Karin Polz

Zur Hochzeit eine Leiche
Roman. Deutsch von Edith Walter

Unschuldiger gesucht
Zwei Geschichten. Deutsch von Monika Elwenspoek

Gedankenschnüffler
Roman. Deutsch von Irene Holicki

Verschwundene Fracht
Roman. Deutsch von Klaus Schomburg

Der Dank des Einbrechers
Kriminalgeschichten. Deutsch von Anne Uhde

Schlag mich mit Blindheit
Roman. Deutsch von Gerd van Bebber

Der vollkommene Butler
Geschichten. Deutsch von Otto Bayer